KB201712

우리 시대의 화가

A Painter of Our Time
우리 시대의 화가

존 버거 장편소설

강수정 옮김

열화당

어느 사회든 그 안에서 만들어진 산물은 한 사람만의 노력이 낳은 결과가 아니다. 많은 사람들이 거기에 기여한다. 이 책에 대해서는 사례와 비판과 격려, 그리고 아주 실질적인 도움을 주신 다음 분들에게 고마움을 전하고 싶다. 빅토르 아낭, 이제는 세상을 떠난 프레데릭 안탈, 아냐 보스톡, 존 에스켈, 피터 드 프란시아, 레나토 구투소, 피터 페리, 윌슨 플랜트, 프리소와 비카 텐 홀트 부부, 게리스 윈저, 그리고 내 부모님.

삶은, 항상 뭔가 더 나은 것에 대한
갈망이 인간의 마음속에서
사라지지 않을 만큼은 고될 것이다.
―막심 고리키

Dear Korean Reader

I want to tell you how glad I am that this book, translated into your language, is, at this very moment, in your hands. This is the first book of fiction that I ever wrote. Since then I have written nine others. Because it was the first one, I doubted, all the while, whether I would be capable of continuing it—not to mention finishing it! This was fifty years ago. And strangely, the book still stands, still seems authentic. It was finishing this book that convinced me that I could be a story-teller.

And now, dear Reader, you are about to read it, and reading it—and this is what I like to think about—you will make it another book. You will make it— if you get to the end—a Korean book.

What the book recounts happened long ago and far away from your country. And if you find in it things that interest or move you, you will relate those findings to your own experiences. This is what I mean by it becoming a Korean book. First, of course, there is the work of the translator, then there is the work of the story itself—yes, stories have to work, those who don't, die—and—this is so often forgotten—there is the work of the reader.

It's a book about dilemmas and courage. Each of you can give those dilemmas and that courage a name of your own choice. This is why I am glad.

With my best wishes,
John Berger
September 2005

한국의 독자들께

이 책이 한국어로 번역되어 지금 이 순간 여러분의 손에 들려 있다고 생각하니 얼마나 기쁜지 모릅니다. 『우리 시대의 화가』는 저의 첫 소설입니다. 이 책 이후로 아홉 작품을 더 썼습니다. 처음이라 그랬겠지만, 이걸 계속 써 나갈 수 있을지 내내 의문스러웠습니다. 완성은 고사하고 말이죠! 그게 벌써 오십 년 전의 일이군요. 그랬던 책이 지금껏 제 자리를 굳건히 지키고, 여전히 진실돼 보인다니 신기한 노릇입니다. 이 책을 마무리하면서 저는 비로소 작가가 될 수 있겠다는 확신을 가졌습니다.

이제 여러분이 『우리 시대의 화가』를 읽으려 하고, 또 읽고 있습니다. 그리고 이렇게도 생각해 볼 수 있을 것 같습니다. 여러분을 통해 이 책은 또 다른 책이 될 것이라고 말이죠. 여러분은 이것을 (마지막까지 읽는다면) 한국의 책으로 만들 것입니다.

책에서 얘기하는 내용은 오래 전에 여러분의 나라로부터 멀리 떨어진 곳에서 일어났던 일입니다. 그런데 여러분이 이 책에서 흥미와 감동을 느낀다면 그 느낌을 여러분이 살며 경험한 것과 관련짓게 되겠죠. 이 책이 한국의 책이 된다는 건 그런 뜻입니다. 물론 먼저 번역가의 작업이 있고, 그 다음에는 이야기 자체의 역할이 작용합니다.(네, 이야기도 제 몫을 해야 합니다. 그렇지 못하는 이야기는 죽고 말죠) 그리고 ―이걸 잊을 때가 참 많은데― 읽는 이의 참여가 필요합니다.

이 책은 딜레마와 용기에 대한 책입니다. 여러분은 그 딜레마와 용기에 저마다 원하는 이름을 붙일 수 있습니다. 제가 기쁜 이유는 그 때문입니다. 감사합니다.

2005년 9월
존 버거

시작
THE BEGINNING

문에 붙은 얇은 쇠붙이 조각에는 '야노스 라빈'이라는 글자가 찍혀 있었다. 기차역에서 일 페니―지금은 육 펜스쯤 하려나?―를 넣으면 일정한 수의 글자를 찍어 주는 그런 기계에서 만든 것이었다. 관리들은 연설문을 쓸 때 항상 그걸 이용해야 한다. 내겐 열쇠가 있었고, 그래서 문을 열고 안으로 들어갔다.

사람이 살지 않는 곳―그곳은 널찍한 스튜디오였다―의 기운이 느껴졌다. 모든 게 늘 있던 자리에 있었지만 적어도 일 주일 동안은 아무것도 움직이거나 사용되지 않았다는 걸 알 수 있었다.

이렇다 할 목적이 있어서 온 건 아니었다. 그냥 한번 둘러보자고, 채광창이 어디 새지나 않는지 살펴보고, 어쩌면 그림이나 몇 점 다시 보겠다는 정도의 마음이었다. 너무 얼떨떨하고 놀란 터라 계획 같은 건 생각할 수도 없었다.

막상 들어오긴 했지만 뭘 해야 할지 몰랐다. 예전의 삶은 모두 사라져 버렸다. 나는 그저 어슬렁거리며 무슨 탐정이라도 된 것처럼 온갖 것들을 살펴봤다. 쓸데없는 짓이었다. 마음을 좀더 편히 가질 필요가 있었다. 커피를 한 잔 마시기로 했다. 커피를 가는 그라인더는 스튜디오 한쪽에 있는 부엌 벽에 붙박이로 고정되어 있었다. 커피 통도 부엌에 있었다. 수돗물은 끊어지지 않았는데, 어쩌면 건물 전체에 수돗물 공급을 중단하지 않고 한 집만 끊을 수는 없는 노릇이어서 그랬는지도 모른다. 건조대에는 찻잎이 그대로 들어 있는 찻주전자와 씻지 않은 잔 하나가 놓여 있었다. 놀라서 급히 떠난 흔적이었다. 창틀에는 물을 담아서 대여섯 자루의 붓을 꽂아 놓은 잼 병이 있는데, 붓을 소중히 여기는 —아무튼 꽤 비싼 것들이니까— 화가에겐 무심히 방치한 흔적이었다.

공간은 속속들이 너무 조용한 나머지, 차곡차곡 쌓인 침묵의 소리를 듣고 있는 듯했다. 나는 주전자의 물이 끓을 때까지 스튜디오에 있는 등나무 의자에 앉아 있었다. 자리를 잡고 가만히 앉아 있는데도 의자는 자꾸만 삐걱거렸다. 작업대 위의 물감은 굳어 더께가 앉았다. 오일 냄새도, 테레빈 냄새도 나지 않았다. 야노스가 느닷없이 나타나는 모습을 상상해 보려 했지만 되지 않았다. 그의 베레모 하나가 문 뒤에 걸려 있었다. 받침 위의 에칭 프레스 손잡이는 물줄기가 말라붙은 지 오래 된 물레방아처럼 영원히 멈춘 것만 같았다.

모든 게 그대로였지만 내 눈엔 모든 게 달라 보였다. 스튜디오를 가득 채운 것—그림이 완성된 캔버스—을 제외한 모든 것이. 바깥을 향하고 있는 이것들은 전에 그려진 그 모습 그대로인 듯했다. 전형적인 런던의 가을 오후였지만, 한풀 꺾인 듯한 이런 빛 속에서도 캔버스의 색감은 여전히 강렬하게 울렸다. 벽 한쪽을 다 차지한 채 기대서 있는 〈대회〉의 거대한 인물들은 확고하고 부동했다. '형태'와 '스타일'의 조화에 대해 나눴던 그 많은 얘기의 의미들이 이토록 선명하고 절실하게 다가왔던 적이 없었다. 이런 특성들 덕분에 이 그림은 이제 독자적인 생명을 지니게 됐다. 그 주변에 널려 있는 개인적인 소지품들은 최근에 일어난 일들로 인해 의미가 달라졌지만, 그림들은 그렇지 않았다. 그림은 이미 그것들이 그려지게 된 환경을 초월하는 생명력을 지니기 시작했다. 그림을 제외한 스튜디오의 모든 것들에 내가 느끼는 혼란과 상실감이 투영됐지만 그림은 그들만의 방식으로, 마치 나라의 비극이 일어난 날의 하늘처럼 무심했다.

주전자에서 휘파람 소리가 났다. 부엌 싱크대 위쪽 서리 낀 창문에는 거울 조각 하나가 비스듬히 서 있었다. 필터에서 커핏물이 떨어지길 기다리던 나는 무심히 거울을 들여다봤다. 야노스는 여기서 면도를 하고, 침실까지 올라갈 시간이 없을 정도로 급할 때 다이애나는 여기서 머리를 매만지고 입술을 칠했다. 그들의 얼굴을 생각해 봤다. 그 예민함에도 불구하고 갈색에 흙이 묻어서 차라리 더 싱싱해 보이는 갓 캐낸 감자 같은 그의 얼굴. 고급스런 도자기잔, 앵두 모양의 입술 자국이 찍힌 그런 도자기 같은 그녀의 얼굴. 거울 옆에는 면도기가 있다. 살아 있다면 그는 지금 수염을 길렀을까? 그는 보헤미안풍의 자유분방함을 싫어했다. 하지만 거의 예순이 다 됐고, 수염은 늘 뭔가를 생각하는 그의 모습이나 연륜과 잘 어울렸을 것이다. 그는 수동적으로 보인 적이 한번도 없었다. 등나무 의자에 파묻히듯 앉아 담배를 피울 때조차 항상 뭔가를 해결하려고 골몰하고 있는 듯한 인상을 풍겼다. 아마 그렇지는 않았을 테지만 어쨌든 그렇게 보였다. 이번의 행동을 계획한 건 언제였을까?

나는 커피를 들고 다시 스튜디오로 가서 작업대 뒤쪽 모서리에 앉았다. 그는 늘 이 자리에서 방의 한가운데를 향해 이젤을 세워 놓고 작업을 했다. 선반에도 거울 조각 하나가 세워져 있는데 원래는 면도용 거울과 한몸이었을 것이다. 이 거울은 캔버스를 곁눈질하기 위한 것이다. 실질적인 그림 도구들—팔레트 나이프, 이젤, 한 뭉텅이의 붓들—을 제외하면 이쪽 한구석의 다른 물건들은 온통 임시변통의 잡동사니들이었다. 작업대는 서랍을 떼어낸 낡은 책상이고, 손잡이가 없는 컵 여남은 개에는 오일이나 테레빈, 아교, 또는 니스 등이 담겨 있었다. 깨진 접시는 작은 팔레트로 잠시 활용했다. 물감을 담고 있어서 저마다 밝은 색 가루로 얼룩덜룩한 갈색 종이봉투 밑엔 오래 된 세면대에서 떼어낸 대리석판이 모서리가 떨어져 나간 채 먼지를 뒤집어쓰고 있었다. 작업대 아래엔 구겨진 낡은 셔츠와 천이, 바닥엔

누렇게 바랜 신문지가 쌓여 있었다. 성냥개비와 담배꽁초로 반쯤 찬 깨진 양동이도 하나 있었다.

스튜디오 열 곳 중에 아홉은 이런 실용적인 '가구' 를 활용한다. 각각의 개성이 드러나는 건 물건, 사진, 화가가 선택해서 주변에 놓아 둔 개인적인 기념물 들이다. 이런 것들은 좋은 그림을 위한 부적들이다. 나무 둥치, 색유리 조각, 낡은 포스터, 직접 그린 드로잉 몇 점, 레오나르도의 초목화와 나란히 놓인 미스 유니버스의 사진, 조개 껍데기, 그 종류와 조합은 끝이 없다. 나름대로의 컬렉션을 갖지 않은 스튜디오는 거의 본 적이 없다.

의자 옆의 벽을 훑어봤다. 이제는 어쩐지 신분을 확인하기 위해 어떤 사내의 지갑을 뒤지는 것만 같았다. 그렇다고 전에 본 적이 없는 뭔가가 있는 것도 아니었다. 이 스튜디오는 내 집 거실만큼이나 익숙한 곳이다. 나는 내가 야노스를 잘 안다고 ─몇 안 되는 그의 영국 친구들보다는 훨씬 많이 안다고─ 생각했었다. 우리는 허물없는 사이였다. 하지만 예기치 못한 상황에 처하자 그를 얼마나 몰랐던가를 절감하지 않을 수 없었고, 이제야 내가 알지 못했던 것, 내가 못 보고 놓쳤던 것의 단서라도 눈에 띄지 않을까 하는 막연한 기대를 가지고 선반한 귀퉁이에 꽂힌 종이조각들을 살펴봤다.

경기에 임하는 운동선수들의 사진이 몇 장 있었다. 장애물 경주와 스키, 다이빙 장면 같은 것들이다. 에펠 탑 사진엽서와 1918년에 부다페스트 대학 학생들과 함께 찍은 사진이 있었다. 그는 원래 변호사가 될 생각이었다. 그림 그리는 것을 진지하게 생각하기 시작한 건 프라하에서 살던 이십대 초반부터였다. 그는 1919년에 소비에트 공화국이 무너진 뒤 헝가리를 떠나야 했다. 1920년대말에 베를린에 있던 자신의 스튜디오에서 수십 명이 모여 파티를 벌였던 또 다른 사진이 있었다. 뒤로 그의 그림들이 몇 점 보이는데, 당시에는 추상이었다. 어딘가에서 뜯어낸 종이에 대문자로 "진심에서 우러나오는 축하를 드려도 될는지요?"라고 쓴 메모도 보였다. 그는 일 년쯤 전에 이 종이를 꽂아 두었는데, 어디서 났느냐고 물어 본 적은 없었다. 야노스는 개인적인 질문을 하기가 쉽지 않은 사람이었고, '감정적인 상태'라고 일컬어질 만한 것을 언급하는 일도 거의 없었다. 그는 사람들이 시시콜콜한 것에 지나치게 많은 시간을 낭비한다고 생각하는 듯한 인상을 풍겼다. 아마 잘못 받은 인상이었을 것이다.

푸생의 〈플로라의 왕국〉과 레제의 〈건축공사장 인부들〉, 그리고 반 고흐의 〈감자를 먹는 사람들〉의 복제화도 있었다. 그는 이런 그림들을 상당히 자주 바꿔 걸었는데, 뭔가 새로운 것을 보게 되면 그걸 꽂았다. 하지만 푸생은 늘 빠지지 않았다. 벽 높직한 곳에는 그가 그린 드로잉이 한 점 걸려 있었다. 다이애나의 두상을 그린 초상화인데 젊은 발레리나처럼 보이는 걸로 봐서 두 사람이 결혼한 직후에 그린 모양이다. 그림 밑에는 야노스가 그녀를 부르는 애칭인 로지라는 글자가 적혀 있었다. 그녀가 그를 부르는 애칭은 지미였다. 두 사람은 이렇게 부름으로써 서로의 차이점을 숨겼다.

벽에는 엘뤼아르의 시구를 붓으로 적어 놓았다. "나는 아무것도 후회하지 않는다, 나는 전진한다." 밑에는 전화번호가 있었는데, 수전의 번호였다.

신문에서 오린 사진도 몇 장 있었다. 하지만 활짝 젖혀진 지갑 안에 서조차도 새로운 단서를 제공해 주는 건 없었다. 이미 알고 있었던 것들을 다시금 떠올려 줄 뿐이었다.

전화 벨이 울렸을 땐 어찌나 흠칫 놀랐던지 커피를 조금 쏟았다. 스튜디오의 반대편 끝으로 가 복층 발코니 아래에서 전화를 받았다. 맬번 화랑이었는데, 그림 값을 상의하고 싶다며 야노스를 찾았다. 아무 얘기도 듣지 못한 게 분명했고, 그래서 나는 조금 우물거리다 야노스가 당분간 떠나 있을 거라고 말했다. 그림 한 점이 더 팔린 모양이었다. 그렇게 되면 이 주 만에 총 열 점이 되는데, 모두 크고 비싼 것들이었다. 나는 벽을 따라 차곡차곡 늘어선 수백 개의 캔버스를 둘러봤다. 십오 미터 스튜디오 한쪽으로 살림을 하는 여기 이 공간까지 차지하고 있는 그림들. 아이러니한 상황에 화가 치밀었다. 그건 거창한 생사의 문제가 아니라 손발 끝에 걸린 동상만큼이나 사소하고, 또 그만큼 아픈 일상의 찌릿거림 수천 번으로 따져질 그런 것이었다.

나는 위층에 있는 두 개의 침실을 들여다볼 생각으로 발코니 계단을 올라갔다. 여기는 그들의 살림공간 ―이런 스튜디오를 집이라고 부를 수는 없는데, 이런 곳에 사는 사람들 스스로가 그런 개념을 거부하기 때문이다― 중 다이애나의 영역이었다. 벽에 압정으로 꽂아 둔 건 아무것도 없지만, 가구와 물건들이 많은 것을 말해 줬다. 18세기 화장대와 은으로 만든 사진틀, 위가 둥근 옷장, 테이블 위에 놓인 와인 디캔터를 비롯한 수십 가지의 물건들은 모두 하인들이 몇 대에 걸쳐 윤이 나게 닦던 시골 저택에서 쓰던 것임에 틀림없었다. 여기 이 비좁은 공간에서 그것들은, 주인이 집에서 도망쳐 나오며 급히 마차에 꾸려 넣은 몇 안 되는 물건들 같았다. 예비용 침실 바닥에는 곰팡이가 핀 듯한 짙은 색 서류가방이 있었다. 한때는 다이애나가 선택한 새로운 인생에서 해방을 상징하던 물건이었다. 모든 게 제자리를 지키고 있었다. 나는 사다리 같은 계단을 다시 내려왔다.

난로를 피우지 않아 쌀쌀했고, 그렇지 않더라도 더 있을 이유가 없었다. 그만 가기로 했다. 설거지를 하고 책꽂이 앞을 지나다가 야노스가 디드로의 번역서를 빌려 갔던 게 떠올랐다. 그걸 가져가야겠어서 책꽂이를 쭉 훑었다. 책꽂이와 마룻바닥 사이에는 붉은 표지의 스케치북 수십 권이 빽빽하게 들어차 있었다. 옴짝달싹 못 하게 끼여 있지 않은 건 한 권뿐이었고, 나는 충동적으로 그걸 뽑아 들었다. 야노스는 완성되기 전의 드로잉은 잘 보여주지 않는 편이었다. 안의 내용을 획획 넘겨 봤다. 놀랍게도 드로잉은 한 점도 없었다. 온통 글뿐이었다. 좀더 자세히 들여다봤다. 영어나 불어로 쓴 문장도 없지는 않았지만 대부분은 다른 언어로 씌어 있었는데, 아마 헝가리어이지 싶었다. 그러다 날짜가 적혀 있음을 알게 됐다. 삼 년 전. 작년. 서둘러 마지막 장을 펼쳤다. 십이 일 전에 쓴 것이었다. 야노스는 일기를 쓰고 있었던 것이다.

나는 마룻바닥에 앉아 어떤 내용인지를 짐작해 볼 요량으로 내가 읽을 수 있는 부분을 찾기 시작했다. 하나도 없었다. 여기저기서 이름이나 알아보는 게 고작이었다.

가슴이 뛰는 동시에 더럭 겁이 났다. 가슴이 뛴 건 뭔가를 더 알고 발견할 수 있으리라는 막연한 희망을 가지고 스튜디오에 왔는데 가능하다고 생각했던 것보다 더 확실한 걸 발견했기 때문이고, 겁이 난 건 이 미스터리가 끝나 가고 있기 때문이었다.

이제 친구로서 내가 사랑했던 이 사람이 나에게 무엇을 감췄고, 그리하여 내가 어떻게 그의 기대를 저버렸는지 고스란히 알게 될 것이었다.

디드로의 번역서는 잊어버렸다. 나는 곧장 나가고 싶었다. 마지막으로 스튜디오를 둘러봤다. 그림들이 달라 보였지만 그건 그저 날이 어두워지고 있기 때문이었다. 이런 빛 속에서는 항상 그렇게 보였을 것이다. 〈대회〉의 운동선수들은 늘 영웅일 것이다. 스케치북을 옆구리에 끼고 서둘러 밖으로 나왔다. 나는 다시 사람들 속에 묻히고 싶었지만 런던이란 곳이 늘 그렇듯이 중심가를 제외하곤 모두 텅 비어 한산했다.

지금 되돌아보면 그때 조금도 망설이지 않았다는 게, 스케치북을 내가 가지고 가는 것이 정당한 일인지를 전혀 따져 보지 않았다는 게 조금은 놀랍기도 하다. 하지만 나는 망설이지도 따져 보지도 않았다. 꼬박 일 년을 머뭇거렸던 문제는 야노스의 일기를 책으로 낼 것인가의 여부였다. 처음에는 헝가리 친구가 내용을 읽어 줬다. 민망한 일이었다. 하지만 개인적인 충격을 떨쳐내자, 얼마나 놀라운 기록이 내 손에 들어와 있는지 실감하기 시작했다. 이름이 밝혀지는 것을 원치 않는 한 친구가 영어로 대충 번역을 해줬다. 그걸 읽었더니 이 속에 얼마나 많은 것이 담겨 있는지 한층 더 또렷해졌다. 그건 **망명자로서의 예술가의 초상**이라고 부를 만했고, 오늘날 어떤 면에서 대부분의 예술가들은 망명자인 것이다.

이 뒤에 나오는 내용을 공개하는 것이 옳으냐 그르냐를 놓고 나 자신과 씨름했던 고민들로 지면을 어지럽힐 생각은 없다. 결국 나는 그렇게 하는 것이 옳다고 결정했는데, 어느 화가의 인생 중에서 사 년이라는 그림을 완성하기 위해서는 뒷배경이 된 사실을 부연해 줄 필요가 있었다. 나는 그걸 써 보려 했다. 그리고 친구의 도움을 받아 번역도 다듬었다. 당연한 얘기지만 이름은 대부분 바꾸었다.

일기
THE BOOK

1952년

1월 4일

이 스케치북에는 그림을 그리지 않을 작정이다. 공책에 따로 생각을 간단히 적어 놓던 것도 오래 전 일이다. 베를린에서는 나중에 강의를 하거나 논쟁을 벌일 때, 또는 주장을 전개할 때 사용하려고 누군가의 말이나 인용구를 기록해 두곤 했다. 하지만 여기엔 나 자신만을 담을 생각이다. 이제 나는 정치적으로 과거지사가 됐다. 그러니 외적인 현상으로 그것을 기록할 필요는 없다. 하지만 그게 이런 글들을 위해 이 스케치북을 마련한 이유는 아니다. 나는 다시 한번 나 자신을 볼 필요가 있다. 과거에는 내가 참여했던 중대한 사건의 맥락 속에서 나 자신을 인식했다. 그런데 이 한갓지고 복받은 나라에서 산 지난 십년 동안 내 삶은 평온했다. 작업은 했다. 하지만 사건을 구성하는 것은 작품의 창작이 아니다. 사건이란 그것이 타자에 의해 수용되는 방식이다. 내 삶이 평온했다는 걸 아쉬워하지는 않는다. 어떤 면에서는 감사한다. 사건이야 겪을 만큼 겪었다. 그리고 이제는 모든 에너지를 작업에 쏟아야 한다. 그렇지만 이런 상태는 적절한 시간감각의 상실로 이어진다. 우리는 사건으로 시간을 재기 때문이다. 그러니 그게 없으면 시간에 무심해질 수 있다. 한번씩 이런 글들을 쓰고, 심지어 쓴 것을 다시 읽기까지 한다면 시간을 좀더 빈틈없이 방어하게 될 것이다. 그러면 일도 더 열심히 하게 될 테지. 나이가 들면 모든 순간이

고마움과 두려움이라는 쌍둥이 보초 사이를 지나게 된다. 엄밀히 말하자면 그것이 오지 않을지도 모른다는 두려움이 앞서고 그것이 도착했다는 고마움이 뒤를 잇는다. 하지만 그 과정이 워낙 빠르기 때문에 동시에 일어나는 것처럼 보이고, 한 순간이 다른 순간을 그야말로 순식간에 쫓아가는 나머지 고마움도 두려움도 모르고 지나는 게 보통이다. 그저 가끔씩만 속도를 늦추고, 그러면 그제야 좌표의 불확실함을 알아차릴 수 있다. 이 스케치북에서 나는 시간의 속도를 늦출 것이다.

야노스는 추상적인 주제를 얘기하는 편이 아니었다. 아무튼 나한테는 하지 않았다. 그도 당연히 추상적인 말을 사용하고, 누구나 그렇듯이 거기에 자기만의 억양을 실었다. 예를 들어, 그가 정의라는 말을 하는 방식은 독특했다. 그는 마치 정의가 바로 여기에 존재하는 듯이, 지금 막 방에서 나갔거나 도시를 떠난 어떤 여자에 대해 말하듯이 얘기했다. 하지만 언젠가 한 번, 위의 내용과는 사뭇 다른 식으로 시간이라는 문제에 대해 얘기했던 게 기억난다. "섹스나 작업보다 훨씬 더 근본적인 게 있어." 그는 이렇게 말했다. "앞날에 대한 기대라는, 너무나 보편적인 인간의 필요 말이야. 인간에게서 미래를 빼앗는 건 그를 죽이는 것보다 더 가혹한 짓이야."

1월 12일
앞에 놓인 컵에 장미 한 송이가 꽂혀 있다. 수전이 가져왔다. 꽃은 벌어지면서 비행기 프로펠러의 가운데 부분처럼 돌아간다. 뒤로 젖혀지는 이파리들이 몇 도씩 더 둥글게 꽃을 돌려대는 것 같다. 꽃잎이 프로펠러의 날개인 셈이다.
꽃을 그리는 건 춤추는 무희나 연기하는 배우를 그리는 것만큼이나 어렵다. 주제가 너무 명백하게 드러나 있다.

야노스는 일 주일에 이틀씩 예술학교에서 강의를 했는데, 수전은 그 학교 졸업생이었다. 야노스의 작품을 좋아했고, 가끔씩 모델이 되어 주기도 했다. 애인은 아니었다.

1월 14일

한 학생이 내게 몇 세기에 살고 싶냐고 물었다, 화가로서. 나는 지금 이라고 대답했다. 가능한 대답은 그것뿐이다. 그 어머니 밑에서 살아야 할 때, 다른 어머니를 갖고 싶다는 바람은 이내 포기하게 된다.

내가 야노스를 처음 만난 것은 이 일기를 쓰기 이 년 전쯤, 내셔널 갤러리에서였다.(예술에 대한 열망에 시달리는 이들에게 얼마나 많은 일들이 그곳에서 시작되고 또 끝나는지는 정말 놀랍다) 우리는 둘 다 고야의 〈이사벨 부인 초상〉 근처에 있었는데, 그때 미술을 전공하는 여학생 한 명이 그림을 보기 위해 성큼성큼 걸어왔다. 검은 머리를 길게 늘어뜨리고, 얼굴에 닿는 머리카락은 머리를 흔들어 뒤로 넘겼다. 딱 붙는 검은 치마를 입었는데 ―청바지가 유행하기 전이다― 마치 수건을 동여맨 것처럼 금방이라도 풀어질 듯했지만 정작 본인은 조금도 당황하지 않을 것 같았다. 그녀는 그림 앞에 서서 한 손을 엉덩이에 얹은 채 몸을 약간 뒤로 젖혀, 자신도 모르는 사이에 이사벨 부인의 자세를 똑같이 흉내내고 있었다. 야노스, 그러니까 커다란 검정색 외투를 입은 키가 큰 사내가 상당히 재밌다는 표정으로 여학생과 그림을 번갈아 보는 모습이 눈에 들어왔다. 그가 여전히 미소 띤 얼굴로 내 쪽을 쳐다봤다. 자글자글한 주름 사이의 눈이 무척 밝았다. 원기 왕성한 육십대로 보였다. 나도 미소로 답했다. 여학생이 다음 전시실로 성큼성큼 걸어갔을 때 우리 둘은 고야의 그림 앞으로 다가갔다. 그는 저음인 데다 외국 억양이 확연한 목소리로 말했다. "산 사람과 죽지 않는 사람, 어려운 선택이야!"
이제 가까이에서 그의 얼굴에 담긴 표정을 좀더 자세히 살펴볼 수 있었다. 많은 것을 겪고 견디고 경험한, 그것은 도시의 얼굴이었다. 그러면서도 여전히 놀라움을 표현할 수 있었다. 닳고 닳은 것과는 정반대였다. 전후 맥락

23

으로 볼 때 화가인 건 분명했고, 손엔 물감도 묻어 있었다. 하지만 또 어떤 면에서는 정원사나 공원 관리인일 거라는 짐작도 가능했다. 고독한 사람일 게 분명했고, 평생 비서를 둔 적이 없는 것도 확실했다. 코털이 삐져나온 커다란 코, 두툼하지만 굳게 다문 입, 이마와 정수리엔 머리가 없고, 턱은 주걱턱이었다. 서 있는 자세는 매우 꼿꼿했다.

이름을 묻고 답했을 때 나는 바로 알아들었다. 칠팔 년 전에 출간된 반나치 전쟁 드로잉 모음집을 봤던 기억이 어슴푸레 떠올랐다. 그런 종류의 드로잉은 대부분 표현주의이기 마련인데 그렇지 않다는 게 인상적이었다. 하지만 화가에 대해서는 별로 생각을 하지 않았고, 했다면 그저 대륙으로 돌아갔을 거라고 지레 짐작한 것뿐이다. 나중에 미술계 사람들에게 그의 이름을 얘기하면 대부분 멍한 표정이 됐다. 그는 따로 떨어져 있는 몇몇 무리에만 알려져 있었다. 한두 명의 좌파 지식인, 소수의 베를린 망명자들, 헝가리 대사관, 개인적으로 만나 본 적이 있는 젊은 화가 몇 명, 그리고 짐작컨대 영국 군사정보국 M. I. 5 정도.

이십년대말에 베를린에서 적잖은 명성을 누리고 전쟁 말엽엔 런던에서 책도 냈던 야노스가 오십년대에는 거의 잊힌 존재가 되었다는 사실을 의아해 할 사람들에겐 세 가지를 지적할 필요가 있다.

런던 미술계는 지극히 편협한 동네라 이곳에 편입해 들어오는 외국 화가들은 대개가 파리에서 명성을 쌓은 사람들이다. 비근한 예를 하나만 들자면, 일차대전 무렵 빈의 젊은 화가 에곤 실레의 작품은 고디에 브레츠카나 모딜리아니 못지않게 인상적이지만 이 나라에서는 여전히 통 알려져 있지 않다. 둘째, 미술계도 영화계와 그리 다르지 않아서, 굉장한 속도로 전진하며 늘 새로운 인물을 모색하고 해마다 존재를 다시 드러내지 않으면 잊히게 마련이다. 지금 누가 네빈슨을 논하는가. 셋째, 배타적인 유행―이미 명성을 얻지 못한 사람들의 경우―이 지배한다. 전쟁 전만 해도 티에폴로 부자(父子)는 미적인 울타리 너머에 있었는데, 이제는 이들의 작품을 연구하고 구매하려는 열기가 뜨겁다. 그러니 최신 유행의 이런 배타성이 동시대의 무명작가에 대한 평가를 얼마나 완전하게, 그리고 작위적으로 지배할지를 상상하기란 어렵지 않다.

이런 점에서 보면 야노스의 위치는 전혀 특별할 게 없었다. 수십, 아니 수백 명의 다른 화가나 조각가들과 똑같은 처지였다.

우리가 만나고 일 년쯤 지났을 때 그는 켄싱턴에 있는 한 지하 화랑에서 작은 전시회를 열었다. 그때 나는 하지 말라고 충고를 했다. 그곳은 옥 장신구로 온몸을 치장한 빈 여자가 운영하는 화랑이었다. 거의 대부분 외국 작가에게만 화랑을 빌려줬는데, 사해동포주의로 시끌벅적한 빈의 분위기를 재현해 보려는 속셈인 것 같았다. 하지만 안목이랄 게 전혀 없는 데다 대관료를 낼 능력이 되거나 한번 사귀어 보고 싶은 사람이면 가리지 않고 공간을 내줬기 때문에 그 화랑에서 열리는 전시회에는 아무도 가지 않았다. 그녀에겐 모든 게 그저 취미생활, 이를테면 흘러간 살롱 문화를 오늘에 되살린 것에 지나지 않았다. 내가 이런 설명을 늘어놨더니 야노스는 더없이 얼빠진 듯이 보이는 그만의 야릇한 미소를 머금고 스튜디오 벽에 기대 놓은 수백 점의 캔버스를 향해 손을 흔들며 말했다. "여기서 자네가 알아야 할 건, 그렇게 하면 적어도 한 달 동안은 내게 공간이 더 생긴다는 거야." 그래서 그는 전시회를 열었다. 평은 하나도 나지 않았다. 그리고 화랑 주인의 친구인 미국 여자에게 달랑 수채화 두 점이 팔렸다. 표구도 해야 했기 때문에 운송비와 도록 제작비, 그리고 대관료까지 합해서 약 오십 파운드가 야노스의 주머니에서 나갔다.

1월 19일

간밤에는, 수업을 하고 돌아와서 늦게까지 〈파도와 갈매기〉의 에칭 작업을 했다. 오늘은 준비작업으로 이 에칭을 보고 드로잉을 했다. 크게 그릴 작정이다. 캔버스가 지금 이젤에 올려져 있는데, 한번도 잠을 잔 적이 없는 침대 시트처럼 넓고 하얗다. 나이를 먹어 가면서 그림의 크기도 점점 커졌다. 젊은 시절에는 주제의 복잡함에 압도된다. 주름 한 줄, 보조개 하나까지도 똑같이 놀라운 계시가 된다. 그건 마치 첫 여자와 같다. 우리는 그녀를 이해하지 못한다. 그저 베끼는 게 고작이다. 머뭇거리면서. 그러다 뻔뻔스러우리만치 자기 자신이 된다. 그 다음엔 자신의 이미지 속에서 창조한다. 가능한 한 실물 크기에 가깝게.

수백 마리 갈매기가 하늘에서 선회하고, 빛이 수평선으로 잦아들면서 검고 흰 색이 뒤섞여 은빛을 띠면 갈매기들은 그들이 잡아먹고 사는 한 무리의 청어떼처럼 보인다. 그렇게 바다와 하늘이 자리를 바꿀 수 있다고 상상한다면, 모래시계처럼 위 아래를 뒤집는다고 상상한다면, 그러면 이 그림이 나온다.

야노스는 종종 그림 준비작업으로 에칭을 했다. 그는 판을 아주 능숙하게 찍어냈다. 프레스기는 스튜디오 한쪽 귀퉁이의 어두운 반침에 놓여 있었기 때문에 한낮에도 불을 켜지 않고는 작업을 할 수 없었다. 그는 다이애나의 낡은 겉옷을 앞치마처럼 허리에 둘렀다. 그곳에 서서 몸을 구부린 채 손으로 작업을 하고 있으면, 알전구에서 나오는 불빛이 벗겨진 머리와 나이 든 사내의 푸석하고 적은 머리숱 위에서 반짝였다. 그는 금속판에서 잉크를 닦아내는데, 한 번 닦을 때마다 허벅지 아래로 늘어진 앞치마에 손을 문지른다. 살짝 데워진 잉크 냄새가 코를 찌르고, 부식을 위한 산성 용액에서는 연기가 조금 피어오른다. 냄새, 강렬한 불빛, 작업에 여념이 없는 남자의 육체적 인내 등은 지하 구둣방의 신기료 장수를 연상시킨다. 그리고 그의 자긍심에는 뭔가 장인다운 것이 깃들어 있다. 프레스기에서 판이 나오면 그는 지문이 묻지 않도록 마디가 울퉁불퉁한 엄지와 검지 사이에 깨끗한 종이조각을 끼고 판을 집어들어 훑어본 뒤, 내게 보여주며 이렇게 말한다. "어디 가도 이만한 건 구하지 못할 걸."

1월 27일

〈파도〉의 캔버스 작업을 시작했다. 여기엔 하늘과 파도, 그리고 물속, 이렇게 세 개의 시선이 필요하다. 그러나 하나도 없을 것이다. 색들이 연처럼 제 힘으로 끌어당겨야 한다. 실제로도 그 채색된 캔버스 조각들은 연 같다. 그러면서도 채색된 이 캔버스 조각들은 이카루스가 떨어져 내리고 침몰해 들어간 모든 것을 담아내야 한다. 이카루스를 그리지 못하게 막는 건 무슨 놈의 몹쓸 순수성일까? 이제 인간이 날 수 있게 됐다는 것? 우리들의 정신세계가 날이 갈수록 광범위해지는 정반합을 추구하는 관계로 이제 구체적인 것을 꺼리기 때문에? 그림으로 그리는 이야기를 미심쩍어 하는 내 성향 때문에? 이 중에는 답이 없는 것 같다. 차라리 화가가 제 작품 속의 보이지 않는 주인공이 되었기 때문이다.

2월 7일

버스 이층에서 본 머리 모양이 이본과 너무 흡사해서 얼굴을 보려고 고개를 돌렸다. 전혀 달랐다. 이 사람은 안경을 쓴 타이피스트의 얼굴이었다. 머리카락은 갈색인데, 햇볕에 탄 다리 중에서 가장 밝은 부분과 같은 색이었다. 정확한 표현은 황갈색인 것 같다. 하지만 느닷없이 마주쳐서 스물다섯 해 전에 그녀의 이름을 발견했던 그런 기쁨을 안겨 준 그 머리카락을 설명하기에, 이 구태의연한 형용사는 얼마나 미흡한지. 나는 지하철에서 이본이 나를 올려다볼 때까지 그녀의 어깨 너머로 신문을 읽었다. 그녀는 아르장퇴유에 살았다. 내가 그녀에게 준 첫번째 선물은 팔찌였다. 미셸이 잔을 위해 산 것이었는데, 나중에 잔은 나를 비난했다. 둘은 격렬하게 싸웠고, 미셸은 창문 밖의 마당으로 팔찌를 내던졌다. 나는 들어가는 길에 그걸 주웠다. "가져." 내가 건네자 미셸은 소리를 질렀다. "수갑으로 쓰게 짭새한테 줘 버리든지." 미셸은 사랑에서는 늘 불행했다. 그리고 초현실주의자로서 거둔 성공에도 불구하고 그런 것에 무심한 화가였다. 하지만 그는 무모했다. 나는 그의 그런 점이 좋았다. 하루는 벌떼를 떼어내는 자기의 모습을 사진 찍겠다는 아이디어를 냈다. 망과 장갑을 비롯한 각종 장구를 갖추고. 그는 결국 그렇게 했고, 벌독이 올라 일 주일 동안 병원에 입원해 있었다. 그는 이제 미술사 책에 이름을 올렸다. 아무튼, 팔찌를 주고 여섯 달이 지났을 때 이본이 말했다. "당신을 사랑할 수 있는 사람은 아무도 없어. 당신은 정치적 동물이야." 다이애나도 같은 말을 여러 번 했다. 그건 참 이상한 노릇인 게, 이제 나는 누가 봐도 정치적 동물이 아니기 때문이다. 내게 정치는 피뢰침이다. 그들이 싫어했던 건 내 삶의 방식, 나의 고집불통이다.

성을 들으면 다 알 만한 미셸이라는 이 사람은 나중에 야노스의 런던 생활에서 짧지만 중요한 역할을 하게 된다. 이본에 대해서는 아는 바가 없다. 야노스의 부인인 다이애나는 마흔두 살인데, 매력적이기는 하지만 나이보다 더 들어 보였다. 몸매가 좋고, 힘있고 우아한 다리를 가졌다. 나이가 들어 보이는 건 얼굴이었다. 단호한 입매와 근심 어린 눈. 그녀는 어딘가 햇볕이 필요한 사람이라는 인상을 풍겼다. 갈색 머리를 헝클어뜨린 채 바지를 입고 요트에 탄 모습도 상상이 됐다. 하지만 그녀는 창백하고, 머리는 직모에 가까웠으며, 오랫동안 도심 한복판에서 사회활동의 의무를 다하며 살아온 것처럼 보였다.
그녀가 스물다섯의 나이에 야노스와 결혼했을 때만 해도, 꽃답다고 해야 정확할 영국 상류층 여자들의 특징, 하지만 엘리자베스 시대의 시에서처럼 한 무리의 정원사들이 관리하는 드넓은 잔디밭과 꽃밭에서 꺾은 그런 꽃 같은 특징을 지니고 있었을 것이다.
그녀가 야노스를 만난 건 1938년이었다. 그는 망명자로 영국에 도착한 지 얼마 안 됐고, 그녀는 유대인과 나치 피해자들의 독일 탈출을 돕는 단체에서 일하고 있었다. 그녀는 옥스퍼드 대학을 나왔는데 그곳에서 집안에 반항할 지적 토대를 발견했다. 코트다쥐르나 한가로운 수다, 주말의 하우스 파티와 정반대되는 스페인, 현대시, 그리고 좌파 도서모임. 그녀의 정치적인 견해가 위선이었다는 얘기는 아니다. 그녀도 다른 많은 사람들처럼 더 원대한 삶을 원했던 것이다. 원칙적으로, 그건 건전한 해방의 욕구이다.
두 사람은 만난 지 몇 달 만에 결혼했다. 당시 그녀에게 야노스는 그저 마혼돌의 사내가 아니라 영웅이자 희생자, 원대한 삶과 유럽의 투쟁 같은 의미로 다가왔을 게 분명하다. 그녀가 두 사람의 미래를 어떻게 그렸을지는 말하기 어렵다. 아마 미래를 그리 많이 그려 보지는 않았을 것이다. 1938년은 장기적인 계획을 세우기에 적당한 시절이 아니었으니까.

그래도 마음 깊은 곳 어딘가에선 막연한 기대를 품었을 테고, 그건 심지어 그녀가 사랑에 빠지는 데에도 일조했다. 섹스는 수많은 희망을 아우른다. 아이를 가질 생각을 한번이라도 해 봤을지는 의문이다. 그녀는 아마 모성애를 전부 야노스에게 쏟았을 것이다. 그가 화가이고, 화가들의 다듬어진 순진함이 여자들에겐 어린이들의 타고난 순진함으로 비칠 때가 많다는 이유도 한몫을 했다. 이런 실수는 심각한 환멸로 이어질 수 있는데 타고난 천진난만함에 반해 다듬어진 순진함은 발전하지도, 모성애에 반응하지도 않기 때문이다. 야노스가 망명자라는 아주 단순한 사실도 한 가지 이유였다.

'아주 단순한'이라고 쓰긴 했어도, 지나친 단순화는 곤란하다. 그것이 단순한 건 딱 한 가지 차원에서이다. 야노스는 세계대전이 일어났고 최초의 사회주의 혁명이 완수됐으며 파시즘이 창궐한 유럽 본토에서 온 이방인이었다. 돈도 친구도 없이 말조차 모르면서 대륙에서 런던으로, 은밀한 조종자만이 거침없이 자유롭게 활동할 수 있는 유럽에서 가장 형식적이고 한갓진 수도인 런던으로 온 이방인. 다이애나는 오래지 않아 자신이 야노스의 통역자가 될 수 있으며, 그에게 자금을 대고, 무엇보다 그의 안내자, 적절한 조종자에게 줄을 대 주는 연락책이 될 수 있다는 걸 감지했을 것이다.

하지만 바로 이 지점에서부터 다이애나의 기대는 더 이상 단순하지 않게 되는데, 그녀에겐 야노스를 영국 신사로 만들 의향이 없었기 때문이다. 그렇게 한다는 것은 그가 그녀에게 줄 수 있는 모든 것을 배반하는 게 될 터였다. 사오 년 반항했다고 해서 자신의 과거가 정말로 파괴됐다거나, 성장 환경이 완전히 지워진 게 아니라는 걸 그녀는 알고 있었다. 그런데 이제 야노스와 함께라면 자신의 이점과 특권을 일정한 목적을 위해 사용할 수 있었다. 바로 그 이점과 특권에 대한 반항과 정확히 일치하는 목적. 자신을 돕도록 허락하는 것만으로 야노스는 그녀를 구원할 수 있었다.

그녀는 배가 고파 본 적이 없다. 심문을 받아 본 적도 없다. 국경을 넘어 밀

입국을 한 적도 없다. 그녀는 회의실에 앉아 있었다. 트러팰가 광장에서 구호를 외쳤고, 행진이 시작되는 것을 보려고 웨일스의 골짜기에 가 본 적도 있다. 하지만 그런 일을 하기 위해 그녀가 걸어갔던 길은 늘 되돌아올 수 있는 길이었다. 그녀는 퇴로가 끊긴 적이 한번도 없다. 반면에 야노스는 돌아갈 길이 완전히 끊어졌다. 그의 목소리, 미행을 하는 것 같은 누군가를 따돌리기 위해 목적지에 닿기 전에 전차에서 뛰어내리면서 동행에게 경고의 말을 속삭이던 그 목소리가 그녀를 로지라고 불렀다. 비밀문서를 읽던 그의 눈이 그만큼 강렬하게 그녀를 바라봤다. 몸을 지탱하기 위해 필사적으로 뭔가를 움켜쥐던 손은 그녀를 어루만지며 달콤하게 흔들어댔다. 그는 개인적인 경험을 별로 말하지 않았다. 하지만 그녀에겐 그런 게 불필요했다. 그런 경험들은 이제 그 모든 것을 살아 넘긴 섹스의 일부가 됐다. 야노스와 결혼을 하면 그의 유배가 의미하는 모든 것 속에 그녀도 속하게 된다. 그리고 그렇게 되면 그와 함께 유배당한 그녀는, 특권에 싸여 태어남으로써 일정한 이익을 누린, 유배자에게 필요할 게 분명한 그런 이익을 누린 나라에서 야노스와 본인 모두를 위해 싸울 수 있게 되는 것이다.

야노스는 카티와 이미 결혼을 했었다. 둘은 학생 때 만났고, 그녀는 카바레 가수가 됐다. 야노스가 가지고 있는 사진을 보면 꼭 집시 같다. 당당하고 숙명적인 인상, 야윈 얼굴, 대담하고 열정적인 눈, 난꽃 같은 입에 숱 많은 검은 머리까지. 그는 이렇게 말하곤 했다. "무대 위에서 얼굴에 조명을 받고 서 있으면 자동차 헤드라이트 불빛에 갇힌 동물 같았어. 나의 토끼. 그래. 하지만 늘 덫에 걸렸지." 두 사람이 결혼하고 이 년이 지났을 때 그녀는 시설에 수용되었고, 나중에 스스로 목숨을 끊었다는 연락을 받았다.

그러니 다이애나가 얼마나 다르게 보였을 것인가. 그녀도 침착성이 없었다. 하지만 야위었다기보다는 날씬했을 것이다. 이 두 단어의 차이에 야노스가 도망쳐 나온 유럽과 다이애나가 걸어 나온 영국 정원의 차이가 적잖이 녹아 있었다. 그에게 깊은 인상을 안겨 준 건 다이애나의 단순함이 아니었을까 싶다. 사실 그녀는 대단히 복잡한 성격의 소유자였다. 하지만 치명적인 것을 목격하거나 경험한 적은 거의 없었고, 치명적인 것만큼 그녀에게 상황을 복잡하게 만드는 것은 없다.

망명자 구호사무실에서 일하는 다이애나의 모습을 그려 볼 수 있다. 더없이 효율적인 그녀. 낭비할 시간이 없고 노닥거릴 시간이 없다. 하지만 폭풍의 중심에서는 늘 노닥거리기 때문에 야노스에겐 그런 진지함이 생소했다. 무슨 소식이 들어오면 그녀는 인상을 썼지만, 그녀의 얼굴은 마치 비단처럼 모든 것에 평안이 감도는 초여름날 아침 같다. 그녀는 프랑스 포로수용소에 있는 스페인 공화당원들을 빼 와야 한다고 말하면서, 그것 자체로 영광스런 승리인 양 얘기한다. 야노스가 드로잉이 담긴 스케치북을 주면 그녀는 그게 브로치라도 되는 것처럼 가슴에 끌어안고는 "너무 멋져요!"라고 외친 다음에 페이지를 넘긴다. 그가 저녁 초대를 하면 저녁마다 기부금 요청 편지를 써야 하기 때문에 곤란하다고 대답한다. 행운을 타고난 아이의 생활처럼 모든 것에는 정해진 자리가 있다. 하지만 그녀는 어쨌거나 아이는 아니다. 그녀의 가슴은 드레스의 꽃무늬를 팽팽하게 밀어내고, 늘 깨끗한 팔은 하얗다. 그녀의 순수한 질서의식은 아이와는 달리 안정감을 약속한다. 그녀의 벗은 몸은 안전을 보장한다.

유럽 망명자들에게 영국해협은 루비콘 강이고, 그 폭은 아마 대서양보다도 넓을 것이다. 그것을 건넌 야노스는 지난 스물다섯 해 동안의 삶을 되돌아본다. 자신의 지난 경험들이 야생의 동물들처럼 떼를 지어 쫓아오는 게 보이고, 로마 신화 속의 달의 여신처럼 안전하게 서 있는 다이애나가 보인다. 그가 생각하기에 그녀는 그의 삶을 이루는 한 시기의 양쪽 끝에서 보초를 서고 있는 것 같다. 그리고 그렇게 그 시기─지난 스물다섯 해─에 종지부를 찍음으로써 그녀는 그것에 의미를 부여한다. 그녀는 그의 어린 시절을 상징하는데, 둘 사이에 어떤 공통점이 있어서가 아니라 그와 그 시절을 갈라 놓는 것에 대해 그녀가 아무것도 모르기 때문이다. 뭔가를 하는 게 아니라 하지 않음으로써 그녀는 그에게 그 시절을 고스란히 일깨운다. 그리고 그러는 동시에 이제 그가 개방적으로, 다시금 평범하게 살아갈 나라에서 자신의 옆에 서 있다. 그는 다가오는 전쟁에서, 어떤 환상도 갖고 있지 않은 전쟁에서 싸울 것이다. 하지만 어떤 면에서 그 전쟁은 이미 과거에 귀속되어 있다. 그는 이십 년 동안 그것과 싸워 왔다. 그의 마음속 가장 깊은 곳에 자리잡고 있는 것은, 앞으로는 끊임없이 일을, 즉 그림 작업을 해야 한다는 확신이다. 하지만 화가로서 작업을 하려면, 아마 다른 어떤 예술가보다 영속감이 필요하다. 다이애나는 그런 영속감을 구현해 주고, 그는 자신의 경험으로 그것의 순수함을 보호함으로써 그것을 공유할 것이다.

아주 간단히 말해서, 나는 야노스가 다이애나와 사랑에 빠진 게, 이를테면 도시에서 오래 산 남자가 산골 마을의 매력에 빠져 거기서 오두막을 짓고 살겠다고 결정하는 것과 비슷하다고 생각한다. 하지만 앞에서 말했듯이 다이애나는 전략적인 유배자가 되기 위해, 그리고 그 나름의 방식으로 자본을 전복하기 위해 야노스와 사랑에 빠졌다.

2월 22일

붉음, 수돗물을 틀어 놓고 씻다가 깨끗한지 보려고 손을 펼쳤을 때의 래디시 같은.

붉음, 벽돌의 붉음, 사랑에 빠진 여자의 젖꼭지 같은.

칼라브리아 골짜기와 똑같은 붉음.

붉음, 솔을 문지르는 여자의 손 같은.

붉음, 파프리카 같은.

붉음, 그 어느 것과도 같지 않은, 그저 캔버스 위의 한 색일 뿐인 붉음.

세상에 존재하는 붉은색 물건만큼이나 많은 의미가 켜켜이 쌓인 붉음.

〈파도〉에는 붉은색이 없다. 다른 캔버스를 시작할 때까지 기다려야 한다.

3월 9일

이제 봄도 됐고 해서 삼십 분 일찍 일어나 작업을 시작하기 전에 잠깐씩 산책을 하는 습관을 들였다. 여전히 전반적으로는 런던이 싫다. 하지만 좋아하는 곳들은 있다—에지웨어 로드, 울위치, 그리고 물론 햄스테드 히스. 이런 곳에 가면 내가 뭘 하기 위해 존재하는지를 알 수 있다.

실제로 야노스는 보통의 런던 사람들에 비해 훨씬 많이 걸었다. 그리고 날씨에 관계없이 베레모를 썼다. 하지만 겉옷이나 심지어 바지까지도 물감이 묻으면 나가기 전에 꼭 갈아입었다. 걸을 때면 대부분의 화가들처럼 도무지 그 변덕을 종잡을 수 없을 만큼 여기저기에 시선을 뺏겼다. 유난히 하얀 벽, 길가에 쌓여 있는 의자 한 무더기, 흑인 여자… 꽃이 활짝 핀 목련나무는 내버려 둔 채 그는 이런 것들에 눈길을 주곤 했다.

3월 12일

〈파도〉가 진척이 있다. 스무 살이 되어서야 처음 본 바다에 이렇게 매료되다니 묘한 일이다. 하지만 바다 위에 펼쳐진 하늘은 헝가리 대평원의 하늘과 너무나 흡사해 보일 때가 많다. 이렇게 쓰고 보니 문득 간밤의 꿈이 떠오른다. 나는 어린 시절 추수 무렵이면 가곤 했던 삼촌댁에 있었다. 우리는 오두막 앞에 있고 숙모가 간이 테이블에 음식을 차렸다. 친구들이 몇 명 있었고, 닭들은 말발굽 주위에서 모이를 쪼아 먹었다. 광활한 대평원의 하늘이 극장의 스크린이라도 되는 것처럼 그 위로 영화가 비춰졌다. 내 인생의 일화와 그림을 담은 영화였다. 총천연색이었던 게 또렷이 기억난다. 영화가 끝나자 모두들 미친 듯이 열광했다. "훌륭해!" 사람들이 소리쳤다. "멋져!" 마지막으로 뵈었던 1920년과 똑같은 모습으로 꿈에 나온 어머니는 너무 기쁘고 자랑스러운 나머지 모두에게 와인을 따라 주기 시작하셨다. 하지만 나는 어머니를 한쪽으로 모시고 가서 땋아 내린 회색 머리 밑의 귀에다 대고 이렇게 속삭였다. "와인을 가지고 계세요. 어머니한테 필요할 거예요. 저들이 환호하는 건 델리밥일 뿐이에요."

…델리밥이란 헝가리 평원 위에 나타나는 허공의 신기루를 말한다. 수평선 바로 위의 하늘에 교회탑이 거꾸로 선 영상 같은 게 보이는데, 수평선 저쪽에서는 보이지 않는다.

3월 14일

어제는 하루를 쉬었는데 끝이 좋지 않았다. 화가는 결코 그리는 걸 중단해선 안 된다. 존이 제럴드 뱅크스 경의 컬렉션을 보러 가는 길에 나도 동행을 하게 됐다. 아마 지난 몇 주 동안의 일들 때문에 생각했던 것보다 훨씬 피곤하고 지쳤던 모양이다. 아무튼 나는 뱅크스 부부 앞에서 성질을 자제하지 못해서 기운을 낭비했고, 이 얘기를 했더니 가여운 다이애나는 있는 대로 화를 냈다. 오늘도 도무지 작업을 할 상태가 못 된다.

이날은 처음부터 끝까지 생생하게 기억난다.

제럴드 뱅크스 경은 자신의 컬렉션을 보러 오라며 시골에 있는 저택으로 나를 초대했다. 야노스라는 그림 그리는 친구가 있는데 함께 가도 괜찮겠냐고 했더니, 그러라고 했다. 그날의 주최자는 옥스퍼드셔 간이역의 플랫폼에서 우리를 기다리고 있었다. 야노스는 누군가를 소개받으면 살짝 고개를 숙이는데, 그날도 예외가 아니었다.

"오시는 길은 즐거우셨나요?" 거리가 느껴지지만 격식을 갖추며 환대하는 태도였다. 그는 기차역이 자기 집 현관인 것처럼 굴었다. 우리는 그를 따라 그의 벤틀리가 있는 곳으로 가서 외교사절인 양 둘 다 뒷좌석에 앉았다.

"이건 어떤 종류의 차죠?" 야노스가 물었다.

제럴드 경은 설명을 마치곤 이렇게 덧붙였다. "제 아들은 이제 벤틀리를 타는 건 구식이라고 늘 말한답니다. 그래도 나름대로 예술품이거든요." 그는 승합차를 추월하면서 경적을 눌렀다. "이런 차를 모는 건 일종의 미학적 경험이죠." 그는 룸미러를 보며 미소를 지었다. 그의 두상은 각이 지고 큰 반면에 이목구비는 작기 때문에 어떤 표정을 지어도 인상에 큰 변화가 없었다. 미소를 짓더라도 턱이 풀어지는 게 가장 눈에 띄는 정도다. "물론 미적인 것 중에서도 하찮은 축에 속하지만요. 그래도 예를 들어 그뢰즈의 그림 한 점을 갖느니 차라리 벤틀리를 갖겠어요."

"스키를 타시나요?" 야노스가 물었다.

"아니오. 한번도 타 본 적이 없어요."

"경험의 수집 차원이라면 그만한 게 없는데요."

나는 주변 경치에 대해 무슨 말인가를 했다.

"여기서부터 풍경이 바뀌죠."

"이곳에서 사신 지는 얼마나 됐나요?"

"십팔 개월 정도밖에 안 됐어요. 아내가 친구들을 만나러 옥스퍼드에 갔었는데 우연히 이 길을 지나다가 집을 본 거예요. 밤에 당장 저에게 전화를 했죠. 몇 년 동안 비어 있었어요. 원래 15세기에는 수도원이었다더군요."

우리는 두 개의 커다란 흰색 문을 지나갔다.

"저 아래쪽으로 작고 예쁜 개울이 하나 흘러요." 제럴드 경은 왼쪽 언덕 아래께를 가리켰다. "봄이면 킹컵이 아주 흐드러지죠."

"킹컵이라, 그게 뭔가요?" 야노스가 물었다.

"내단히 큰 제왕 미나리아재비의 일종이랍니다."

차에서 내려서는데 복서 두 마리가 널찍한 현관 계단을 경중경중 달려 내려왔다. 저택의 양쪽으로 별채가 붙어서 길쭉했다. 엘리자베스 시대에서 19세기에 이르는 다양한 양식의 굴뚝은 집 뒤쪽으로 마을이 옹기종기 모여 있는 듯한 인상을 풍겼다.

금발을 머리 위로 치켜올린 뱅크스 부인은 마흔다섯 정도로 보였다. 턱선은 매우 날카로웠지만 눈은 가늘고 긴장돼 보였다.

"와 주셔서 기쁩니다." 그녀가 내 손을 잡으며 말했다. "오래 전부터 뵙고 싶었거든요. 독자적인 시각을 갖고 계신데 요즘엔 그런 사람들을 보기 어렵잖아요."

"그건 시각이 아니에요. 철학이죠." 야노스가 말참견을 했다.

부인이 뒤로 몸을 휙 돌렸다. 야노스는 손을 내밀면서 미소 띤 얼굴로 말했다. "야노스 라빈입니다."

"아, 함께 오신다던 그 화가분이시군요. 조만간 작품을 볼 수 있게 되길 바랍니다. 바깥양반이 그림을 몇 점 가져오십사 부탁드렸으면 좋았을 텐데, 그러실 분이 아니라고 하더군요."

"뭘 한 잔씩 드셔야겠죠." 제럴드 경이 말했다.

안으로 들어가자 흥미로운 분위기가 느껴졌는데, 처음에는 뭐라고 꼭 집어내기가 쉽지 않았다. 사실 그건 역사적인 분위기였지만, 여행안내서에서 흔히 쓰는 그런 의미와는 달랐다. 그것은 전혀 다른 세 가지의 생활양식이 서로 겹쳐지고 포개진 결과였다. 넓은 복도는 돌이 그대로 드러나 있고, 기다란 공간에 늘어선 세로살 창문이며 나무지붕 같은 것들은 맨 처음 수도원 시절의 것이었다. 그런데 우리가 코트를 벗어 놓은 외투 보관실, 버들무늬의 화장실 변기, 검은 손잡이가 달린 커다란 문 등은 아직도 사람이 살고 있을 주변에 널린 시골 주택들과 똑같았다. 그리고 마지막으로, 뱅크스 부부가 가지고 내려간 것들이 앞선 두 가지의 양식을 압도하려 들었다. 도시의 저택—이를테면 리젠트 파크에 있는—에서 쓰는 세련된 18세기 가구들, 현대적인 액자에 끼운 그림들, 중국 당나라 때의 말 장식, 그리고 벽난로 위에 놓은 대사관의 초청장에서 드러나듯이, 유럽에서 각광받는 특별한 분위기였다.

뱅크스 부인은 벽난로에 불이 활활 타고 있는 방으로 우리를 안내했다. 가운데에는 미술 행사를 벌이는 공공도서관처럼 기다란 탁자 위에 이탈리아와 스위스, 독일, 미국의 미술 신간들이 펼쳐져 있었다. 벽에는 고갱의 그림 두 점, 미켈란젤로의 드로잉 한 점, 그리고 드가의 커다란 파스텔 누드화 한 점 등이 걸려 있었다. 우리는 벽난로 주변에 서서 분위기를 누그러뜨리기 위해 소소한 얘기들을 주고받았다.

잠시 후, 야노스는 방을 가로질러 드가의 그림이 걸린 곳으로 가선 한 걸음 물러났다가 인상까지 찌푸려 가며 감탄을 하고, 다시 유리에 코가 닿을 듯이 얼굴을 가져다 대더니 우리가 있는 쪽으로 돌아오면서 어깨 너머 그림을 향해 손을 휘저었다.

"저 그림, 엄청나군요. 대단합니다."

"제가 가장 아끼는 작품은 아니에요." 뱅크스 부인은 목소리에 힘을 주어 말했다. "와서 감탄들을 많이 하시지만요. 여보, 지난 주에 저 그림에 대해 얘기를 하고 또 하고 했던 사람이 누구죠? 아 맞다, 나이절. 저 그림에 대해 기사를 쓰겠다고 했었지."

뱅크스는 야노스 쪽으로 몸을 돌렸다. "물론 선생의 말이 옳아요. 대단하죠. 그리고 제가 느끼기엔 청동상에 버금가는 긴장, 그 정도의 냉혹함을 담아낸 몇 안 되는 파스텔화 중 하나입니다."

'냉혹함' 이란 말은 확실히 하기 어려운 말이었다.

"앉으세요." 안주인이 권했다. 우리는 자리에 앉았다.

점심식사는 대단히 격식이 있었다. 나는 야노스와 세잔의 그림을 마주 보며 왼쪽엔 뱅크스 부인, 그리고 오른쪽에 제럴드 경과 나란히 앉았다. 요리가 나오고 가정부가 시중을 들 때마다 대화는 짧은 연설처럼 단락이 지어졌다.

그것은 마치 외교상의 충분하고도 타당한 이유 때문에 일정한 토론의 주제나 시간, 그리고 친밀도에서도 적당한 거리를 넘어설 수 없는 대사관에서의 공식적인 개별면담 같았다.

커피를 마실 때에는 연설이 더 길어졌다. 야노스는 식탁에 팔꿈치를 괴고 몸을 앞으로 기울인 채 양념통을 만지작거렸다. 뱅크스 부인은 등받이에 살짝 기대고 앉아 담배를 피우며 조련사처럼 남편을 지켜 봤고, 제럴드 경은 대사의 역할을 수행했다. 각진 얼굴의 지적인 눈은 모든 문제를 적절한 시각으로 통찰했다. 그는 알력이 심한 그 지역의 파벌들, 지역적인 편견에 맞서야 하는 어려움, 국제 정세의 대략적인 개요 등에 대해 말했다. 그는 외교적인 이유 때문에 그리 내키지 않는 수단을 강구할 때도 종종 있다고 털어놨다. 그 동안 축적한 경험을 보다 폭넓은 상황에 적용할 수 있도록 전근 발령이 날지도 모른다는 말은 설득력있게 들렸다. 그리고 시종일관 그의 시각은 넓었다. 거론된 인물들보다, 이런저런 점에도 불구하고 존경한다는 그 사람들보다 훨씬 넓었다. 그가 팔을 쭉 뻗고 손바닥을 식탁에 댄 채 이런 말로 이야기를 마무리한 게 기억난다. "어쨌든 우리는 대개의 경우 천재들이 자신의 업적을 통 모른다는 걸 인정해야 합니다."

우리가 담배를 다 피웠을 때 뱅크스 부인이 자리를 떴고, 우리는 집을 구경하기 시작했다. 우리가 초대된 건 그것 때문이었다. 컬렉션은 확실히 인상적이었지만, 그저 비밀스러운 재산을 축적하듯이 뭔가 저속한 수단으로 손에 넣었기 때문은 아니었다. 그것이 인상적인 이유는 유럽 예술계에 대한 폭넓은 식견과 자신이 원하는 것의 반의 반 정도는 구입할 만큼 재력을 지닌 어떤 이의 예리하고 지적이고 보편적인 취향이 반영되었기 때문이었다. 처음에는 야노스도 나도 모든 작품을 세심하게 감상했다. 보기 드문 정원을 둘러보는 것과 조금 비슷했다. 옅은 회색 양복을 입은 제럴드 경은 꽃과 나무에 대해 카탈로그에 나와 있는 정보는 전부 알고 있었다. 반면에 실질적인 전문 정원사인 야노스는 몸을 숙이며 한 손으로 빛을 가려 보기도 하고, 또 한 손으로는 아무 생각 없이 다리를 긁었다.

"큐비즘의 가장 순수한 단계죠." 뱅크스는 피카소에 대해 이렇게 말했다. 개 한 마리가 안으로 달려 들어오다가 우리를 보자 우뚝 멈추더니 페르시아제 카펫 위에 몸을 바짝 낮췄다.

"나가, 틸리! 부엌으로 가! 부엌! 틸리!"

그리고 우리는 이 카펫에서 저 카펫으로, 이 방에서 저 방으로 옮겨 다녔다. 하지만 얼마쯤 지나자 야노스의 인내심이 바닥났거나 지루해 한다는 걸 알 수 있었다. 제럴드 경의 말에 대꾸하는 건 나에게 넘기고, 그림에 집중하는 대신(그래도 그림 자체는 최소한 구경을 막 시작할 때만큼은 흥미로 웠다) 카펫이나 천장, 또는 굽도리널 같은 것들을 막연히 둘러보기 시작했다. 뭔가에 집중하거나 흥미가 동할 때면 정확한 표현을 찾아 손가락 인형처럼 허공을 헤집는 그의 손이 지금은 바지 주머니에 들어가 있었다. 제럴드 경의 태도가 어딘지 관공서의 안내원 같았다면, 이제 야노스에겐 그렇게 안내를 받는 무리로부터 뒤로 처진 지루한 구경꾼의 모습이 완연했다. 우리는 세련된 계단을 올라갔다. 층계참에 있는 창문에서는 기하학적으로 조성된 장미 정원이 내려다보였다.

"수도원의 정원이죠." 제럴드 경은 묘한 미소를 지으며 말했다. "전체를 아예 교외 미술관으로 바꾸고 학원을 하나 세울까도 생각했었죠. 이상적인 환경이지 않겠어요?"

우리는 또 다른 계단을 내려갔고, 유리문 바깥으로 잔디밭이 펼쳐진 방에 들어갈 때 야노스는 한층 더 뚱한 표정이 됐다. 햇볕은 금빛을 띠는가 싶더니 서서히 저물어 갔다. 그곳은 여성 취향의 방이었고, 우리는 벽에 걸린 프라고나르와 와토의 드로잉을 감상했다. 뱅크스는 와토의 콩테 드로잉에 손을 대고는 숨을 들이마시며 감탄했다. 뭔가에 특별한 관심이 끌렸는지,

야노스는 목을 길게 늘이고 그림을 꼼꼼히 들여다봤다. 순간적으로, 그리고 느닷없이 다시 흥미가 동한 것이다.

"마음에 들어 하시니 기쁩니다." 뱅크스는 속내라도 털어놓는 투로 말했다. "이 집 전체에서 제가 가장 귀하게 여기는 소품 중 하납니다. 고유한 아름다움을 지닌 드로잉이죠. 체온으로 데워진 그런 온기를 지닌 듯하면서도 이제 곧 벗겨져 의자에 늘어지게 될 것임을 예언하는 실크 코트를, 와토말고 누가 그릴 수 있겠어요? 그 치명적인 비밀을 종이에 속삭였고, 그러면서도 형태는 피에로만큼 뚜렷하잖아요." 그는 더 이상 비밀 얘기를 나누는 투가 아니었다. 이젠 강의를 하고 있었다. "하지만 이 드로잉을 귀히 여기는 또 다른 이유는 제가 보기에 예술에 대한, 삶에 대한 어떤 태도를 나타내고 있는 듯하기 때문이에요. 물론, 주제를 말하는 건 아닙니다. 그건 너무나 귀족적이랄까, 엄밀히 말하자면 구시대적이죠. 아니, 이것이 너무나도 통렬하게 단언하는 것을 저는 예술의 비개연성이라고 부르겠습니다." 뱅크스는 이제 드로잉을 완전히 등지고 섰지만, 우리 쪽도 어쩌다 한 번씩만 쳐다볼 뿐이었다. 그의 눈은 방안을 두루 살피면서 연신 문가에 머물렀는데, 마치 또 다른 저명인사가 관중으로 합류하길 기다리는 듯했다. "예술은, 만약 순풍이 불고 돛마저 적당히 조정된 상태라면, 우리의 행선지와 여행의 목적을 잊어버리는 바로 그 지점에서 시작되는 것이죠. 예술은 우리가 과감히 초연할 수 있을 때 시작됩니다. 그리는 사람과 보는 사람 모두가 말이죠! 진정한 예술은 오직 모험에서만 싹트는 것입니다. 끊임없이 또 다른 책임의 감수를 강요하는 삶의 와중에서 극단적인 무책임에 투항하는 모험, 플라톤이 예술가를 위협적인 존재로 여겼던 이유는 바로 이것입니다. 그리고 위협인 게 사실이죠, 이런 세상에! 그러면서도 가끔은 작품이 화가 자신의 자멸에서 탈출하고, 이 세상이 화가에게 취할 수밖에 없는 대응책에서 탈출하는데, 그러면 그런 작품은 불후의 명작으로 밝혀집니다. 바로 이런 드로잉이죠. 이걸 보세요. 빛 바랜 작은 종이 위의 희미한 자국이 예술가와 대응책과 청소부의 쓰레기통과 유럽에서 네 번이나 일어난 대규모 전쟁의 참화를 기적적으로 탈출했습니다. 그 모든 것을 피했는데, 제가 화랑의 폐지 쪼가리들 틈에서, 어떤 모험도 감행한 적 없는 인간들이 그린 수천 점의 드로잉들 사이에서 찾아낸 겁니다. 그리고 이걸 구해내기 위해 저 역시 무책임해야만 했습니다. 다른 사람들 모두가 달리는 가운데 몸을 숙여 그걸 집어 올려야 했으니까요. 또 얼마의 시간이 흘러야 다른 누군가가 이렇게 작은 종이조각을 위해 모험을 걸지 누가 알겠습니까?"

제럴드 경은 즐거움을 덧댄 모종의 불확실함을 나타내려는 듯 어깨를 들썩해 보였다.

야노스는 못마땅한 표정으로 바닥을 내려다보며 제럴드 경의 시선을 피했다. 나는 그가 다른 그림으로 눈을 돌릴 거라고 생각했다. 그런데 갑자기 고개를 들고는, 완전히 납득하지 못한 이유에 대해 어떤 의무를 수행하기라도 하는 듯한 태도로 매우 단호하게 말했다. "이해가 안 되는데요. 당신은 몸을 숙여 이걸 집어 들었습니다. 이제는 벽에 걸려 있죠. 더 이상의 모험을 걸 필요가 없지 않나요?"

뱅크스는 자신의 얘기가 야노스를 얼마나 자극했는지 알지 못하는 것 같았다. 그저 자신의 얘기를 제대로 알아듣지 못했다고만 생각했다. 그는 바보들을 기꺼이 감내했는데, 모든 사람이 그에겐 바보로 보였기 때문이었다. 그는 상상 속의 청중을 향해 차분히 설명을 시작했다.

"이걸 보는 것이 모험이죠. 이것을 제대로, 완전히 보려면 —한순간만이라도— 의무감을 잘라내고, 야망을 잊고, 편의는 전혀 고려하지 않은 채 잠시 동안 와토와 더불어 묵상에 잠겨야 하는 것입니다. 그렇게 잘라내고 잊은 후엔, 원래의 위치로 돌아가는 길을 끝내 못 찾을지도 모르는 중대한 위험이 존재합니다. 이런 점에서 예술의 유혹은 다른 모든 종류의 유혹과 같습니다. 우리는 모두, 예술에 발을 담근 우리는 모두, 신성한 매춘부의 노예인 것입니다."

야노스는 이제 바닥을 내려다보지 않았다. 웅크리고 다니던 평소의 자세를 바로잡고 허리를 꼿꼿이 편 채, 이미 뱅크스의 목덜미를 움켜쥐고 얼굴을 노려보기라도 하는 듯이 시선을 십오 센티미터 전방에 고정시켰다.

"모호하고 시시한 **헛소리**군요." 그는 평상시보다 서너 단계는 더 낮은 목소리로 말했다.

"뭐라고 하셨나요?" 제대로 들었으면서도 뱅크스는 이렇게 물었다.

"여기엔 어떤 위험도 없어요. 전혀." 야노스는 천장을 향해 손을 흔들어댔다.

뱅크스는 다시 한번 오해가 있었음을 깨달았다. 이 치는 정말 둔하군.

"하지만 친애하는…"

"확실히…" 내가 입을 열었다. 하지만 너무 늦었다. 이제 야노스는 몸 전체가 분노로 팽팽했다. 뱅크스를 노려보는 그의 눈은 흡사 망치 끝 같았다. 뱅크스는 그저 각진 머리가 어깨선과 일직선이 되도록 뒤로 젖힐 뿐이었다. 야노스는 방을 가로질러 창가의 탁자로 걸어갔다. 제럴드 경은 긴장을 풀었고, 눈썹을 의식적으로 묘하게 치켜올린 채 그를 지켜 봤다. 야노스는 탁자 위에 있던 마졸리카 도자기를 움켜쥐곤 그걸 손에 든 채 몸을 휙 돌렸다.

"이 물병을 생각해 봅시다." 그가 소리쳤다. 그의 어휘도 몸짓만큼이나 거칠었다. "눈을 여기에 떨궈 봐요. 누군가 이렇게 했어요. 만들었다고요. 수천 개를 만들었죠. 한숨처럼. 하루에도 수없이. 더 많은 모험, 더 많은 고통, 더 많은 손의 상처, 더 많이 피곤에 지친 눈, 단언컨대 당신의 평생보다 이 도공이 하루에 감수한 모험이 더 많다고요!"

뱅크스는 이어질 말을 기다렸다. 하지만 야노스의 얘기는 끝났다. 그는 몸을 돌려 도자기를 탁자에 내려놓았다. 손이 떨렸다. 그때 개 한 머리가 커다란 공간을 둘로 나누고 있는 커튼을 헤치고 들어왔다. 갑작스러운 움직임에 야노스가 몸을 뒤로 돌렸다. 그의 팔에 도자기가 걸리면서 바닥으로 떨어졌다. 그리곤 산산조각이 났다. 개는 깜짝 놀라 뒤로 물러났다. 그 중 가장 큰 조각의 둥근 면이 바닥에 닿아 계속 흔들렸다. 다른 조각들은 움직일 수도 없이 부서졌다. 야노스는 바닥은 쳐다보지도 않고 즉시 고개를 돌려 뱅크스를 봤다. 뱅크스는 고개를 저으며 미소를 지었다. 야노스는 계속해서 비난하듯 그를 응시했다.

영문을 모르는 사람이 그때 방으로 들어와 명백히 보이는 것만으로 상황을 판단했다면, 야노스가 가장 아끼는 물건을 뱅크스가 깨뜨렸다고 단정했을 것이다.

"하나도 중요하지 않아요. 정말입니다. 상관없어요." 그는 마침내 이렇게 말했고 커튼 옆에 가만히 서 있던 개를 불렀다. "틸리, 이리 와." 그리고는 성큼성큼 걸어가 문을 열고는 큰소리로 말했다. "어서. 나가, 틸리!"

개가 나가자 문을 쾅 닫은 그는 넥타이를 매만진 후 주머니에 손을 찌른 채 조각난 물병 옆에 서 있는 야노스를 향해 걸어갔다.

"제 말을 오해하신 겁니다, 라빈 씨. 아니오, 사과는 하지 마세요. 전혀 상관없습니다. 수집가에겐 좋은 교훈이죠. 그리고 어쩌면 내 논점을 입증해 준다고도 할 수 있어요. 예술의 덧없음 말입니다. 안 그래요?"

그는 웃으면서 야노스의 팔에 손을 얹고는 커튼 저 편으로 데려갔다.

"호쿠사이를 좋아하시나요, 라빈 씨?"

이때까지 한마디도 하지 않았던 야노스가 아주 조용하게 얘기했다.

"가야겠어, 존."

"이런, 물론 그러실 수는 없죠. 보여드릴 게 아직도 많은데요. 이건 부디 잊어버리세요. 게다가 당신의 잘못도 아닌걸요. 집 안에 개를 풀어놓으면 일어나는 일이죠."

그리고는 다시 한번 야노스의 팔을 잡고 호쿠사이의 판화 여섯 점이 있는 곳으로 데려갔다. 관람은 계속됐다. 하지만 이제 야노스는 모든 관심을 그림에 집중했다. 또는 집중하는 것처럼 굴었다. 그리고 뱅크스는 야노스에게만 집중했다. 이건 단순히 예의나 에티켓의 문제는 아니었다고 생각한다. 갑자기, 야노스는 올 수도 있었던 저명한 손님의 자리를 차지했다. 어느 순간 나와 눈이 마주친 뱅크스는 야노스의 등을 한 번 쳐다보더니 나를 향해 미소를 지었다. 마졸리카 도자기 하나가 컬렉션에서 사라졌지만, 독특한 인물, 이상하리만큼 강렬하고 변덕스런 열정의 소유자를 얻게 된 것이다.

짙은 색 나무를 댄 복도를 따라 다른 방으로 가던 중, 야노스가 나를 붙들더니 우리가 온 방향을 머리로 가리키며 속삭였다.

"가야 해."

"괜찮아." 내가 말했다. "그에게 도자기 하나가 무슨 대수겠어?"

"그게 문제가 아니야." 그는 자못 진지했다.

"역에 데려다 줄 때까지 기다려야 해."

"길을 잃으신 건 아니겠죠?" 제럴드 경의 집주인다운 목소리가 어둠 속에서 들려왔다.

"그렇다면 내가 얘기할게." 야노스가 말했다. 그는 벌써 나를 앞질러 복도를 내려가고 있었다. 끝에 있는 방은 직사각형꼴의 커다란 서재였다. 긴 벽마다 책이 가득했다. 나무로 얽은 천장엔 들보가 그대로 드러나 있었다. 제일 안쪽에는 책상이 있었고, 제럴드 경이 한쪽 다리를 흔들며 거기 앉아 있었다. 야노스는 그와 몇 미터 떨어진 방 한복판에 멈춰 섰다. 책상 위의 램프 빛은 강렬했지만 나머지 공간을 비추는 건 벽의 선반등뿐이라 침침했고, 창문을 통해 큰 나무들이 드리운 갈색 그림자를 볼 수 있었다.

"제럴드 뱅크스 경!" 야노스의 목소리는 차분했지만 또렷했고 조금은 울렸다. 그는 뱅크스 경과 어정쩡한 거리를 유지하며 그 자리에 서 있었는데, 마치 뱃머리에 선 채로 부두에 있는 누군가에게 소리를 치는 사람처럼 더 이상 앞으로 내딛는 게 불가능한 것 같았다. 뱅크스는 흔들던 다리를 멈췄다.

"사과드립니다."

"친애하는 라빈 씨, 제가 말씀드렸다시피…"

"도자기를 깬 얘기가 아닙니다. 제가 성질을 자제하지 못했어요. 그렇게 하고 난 후에는 화해를 하거나 떠나야 하는 법이죠. 저는 화해를 하지 않았는데, 그럴 수가 없었기 때문입니다. 하지만 떠나지도 않았죠. 사과를 드려야 하는 건 바로 그 때문입니다."

뱅크스는 흥미진진한 표정이 역력했다. 내가 보기엔 이렇게 생각하는 것 같았다. 나이도 지긋한 외국인이 별나게 격식을 차리는군! 하긴 저 사람들은 모욕과 도발과 결투도 온통 정형화한 에티켓을 따르지! 야노스는 여전히 같은 자리를 지키고 서 있었다.

"하나만 말해 보세요." 사과든 뭐든 이제 다 끝난 얘기라는 뜻이 분명히 담긴, 대화를 이어 가는 편안한 말투로 뱅크스가 말했다. "뭐가 그토록 못마땅하셨나요?"

"솔직한 대답을 원하시나요?" 야노스는 머뭇거렸는데, 얘기를 중단할 여지가 있어서 그런 게 아니라 하려는 말의 시작을 분명히 하고 싶었기 때문이었다. "이겁니다. 이 모든 것이요." 그가 덧붙였다.

"하지만 그걸 보러 오신 게 아닌가요?"

"그림을 좀 보러 온 겁니다."

"컬렉션 대부분이 그림인데요."

"같은 꽃이라도 다른 단춧구멍에 꽂으면 달라 보이는 법이죠."

뱅크스는 모욕을 받고도 꿈쩍하지 않았다. 그러기는커녕 미소를 지었다. 그는 전체적인 상황과 그로부터 야기될 수 있는 결과까지도 모두 파악하고 싶어했다. 여전히 같은 자리를 지키고 선 야노스도 이젠 긴장을 풀었고, 한 손을 겉옷 주머니에 찔러 넣었다.

"저것들이 뭐가 그렇게 충격적인지 말해 보시죠."

"이 집, 이건 정글에서 총을 쏘는 사람의 집 같습니다."

"맹수 사냥꾼?" 제럴드 경은 웃음을 터뜨렸다. 램프의 불빛에 그의 자신만 만한 얼굴이 반짝였다. 그가 무대 중앙에 선 배우처럼 빛나는 반면에, 야노스는 배우들이 퇴장하는 무대 한쪽 구석에 있는 사람처럼 말했다.

"바로 그겁니다. 이건 맹수 사냥꾼의 컬렉션들이죠. 당신의 집에 있는 이 모든 작품들이 한때는 살아 숨쉬었습니다. 지금은 죽은 것처럼 보이는군요. 아, 제 뜻을 오해하지는 마십시오. 저는 당신의 솜씨를 존경합니다. 당신은 그것들을 이해했습니다. 그것들과 마주 섰고, 손에 넣었죠. 당신은 전문가예요. 몇 안 되는. 당신은 예술가라는 동물들을 잘 압니다. 하지만 이렇게 벽에 걸린 채, 밑에는 조그만 은으로 된 명판에 새긴 제목을 달고 있는 이 모든 포획물들—전리품들—은 야생에서 누리던 자신들의 삶이 아니라 당신의 솜씨를 찬양하는 것입니다. 하지만 맹수 사냥꾼만큼 뛰어나진 않네요. 예술품 사냥은 위험하지 않으니까요."

"하지만 개인 컬렉션들은 전부 다 이렇습니다. 어떤 예술작품을 소유했는데 그것의 가치가 뛰어나다고 믿는다면 자랑스러워하지 않을 도리가 없죠. 르네상스 시대의 군주들도 이런 사고방식을 지녔었어요. 영광의 반향을 조금 누리는 걸 그렇게까지 끔찍해 할 일은 아니라고 보는데요. 라빈 당신은 이상주의자로군요." 그는 이상주의자라는 말을 온 세상 모든 사람들이 하듯이, 애정을 담아서 얘기했다.

"아니오, 잘못 생각하셨습니다. 저는 화가이지 이상주의자가 아닙니다. 예술가들이 누구를 위해 그림을 그리는지 아세요? 제가 말해드리죠. 그들은 영웅을 위해 그립니다." 힘주어 강조하는 그의 말은 가죽처럼 거칠고 피로한 그의 얼굴, 그리고 초로의 신사의 벗겨진 머리나 머리카락과 묘한 대조를 이뤘다.

"오늘날에도요?"

"오늘날에도요. 오늘날의 화가들은 자기 자신을 위해 그림을 그립니다. 그들은 단절됐고, 그래서 자기 자신의 영웅이 되었습니다. 르네상스 시대에는 군주들이 새로운 영웅이었죠. 18세기에는 말과 부인의 그림을 원했던 중산층 상인들이 그 자리를 차지했는데, 심지어 그들도 일종의 영웅이었습니다."

"그런가요!" 뱅크스가 사람 좋게 대답했다.

"오늘날, 보세요. 수집가, 그는 영웅이 아니에요." 야노스는 손으로 뱅크스를 가리켰다. "그렇기 때문에 당신은 예술작품을 보는 것이 모험이라는 둥의 동화를 꾸며내고 만들어내야 하는 겁니다. 현대의 수집가는 영광의 반향을 누릴 자격이 없어요. 그는 영웅이 아니에요. 한 가지 물어 보죠. 피카소가 값비싼 집을 사기 위해 그림을 그린다고 생각하시나요?"

"그는 능력이 되는 사람이면 가리지 않고 작품을 팔죠."

"물론입니다. 그는 그림을 그리듯이 영웅을 만들어낼 수는 없어요. 한 가지 더 묻죠. 곤살레스가 장미 정원에 놓을 장식품을 만들기 위해 철을 두드린다고 생각하십니까?"

"곤살레스의 조각은 대부분 미술관에 소장되어 있습니다."

"현대의 작품들을 미술관에 두는 이유는 오래 된 작품을 들이는 것과 똑같습니다. 옛날의 영웅은 죽었습니다. 그리고 새로운 영웅, 그들은 존재하지 않습니다."

"그렇군요. 제 생각은 전적으로 다릅니다. 하지만 한 가지만 말씀해 보세요. 모든 개인 소장들과 미술관을 인정하지 않는다면, 도대체 당신이 신뢰하는 건 뭔가요? 예술가들은 어떻게 살라는 얘기죠?"

"인정하지 않는 게 아니에요. 참을 수 없게 된 겁니다."

"하지만 그 와중에도, 친애하는 라빈 씨, 그 와중에도 생활은 해야 하지 않습니까. 아마도 요즘의 개인 후원자들이 메디치 가문 같지는 않겠죠?"

"왜 작품을 전혀 의뢰하지 않는 거죠?"

"작가들이 완전한 자유를 누릴 때 더 좋은 작품이 나온다고 믿으니까요. 이제는 그걸 터득했죠."

"그렇게 생각하시나요? 그들에게 영감을 줄 수 없다는 걸 알기 때문에, 그들과 아이디어를 나누지 못한다는 걸 알기 때문이 아니라요? 형태에 대한 아이디어만 제외하고 말이죠. 당신들이 작품을 의뢰하지 않는 건 당신들에게 주제가 없기 때문이에요. 예술가는 고용될 수 없어요. 그가 자유로운 이유는 이 때문이죠. 그를 어디에 활용해야 하는지를 정말로 아는 사람은 아무도 없습니다. 그래서 그는 연습을 하고, 순수한 색상과 순수한 형상—추상예술—을 만들다가 자신이 뭘 할 수 있는지를 판단하게 되는 거죠. 그런데 수집가들이 그 결정을 도와주나요? 그럴 수가 없어요. 그 이유를 말씀드리죠. 예전의 후원자들은 진리를 사냥해 올 매를 손목에 얹고 있는 사람과 같았지만 이젠 카나리아를 키우는 노파일 뿐이에요."

뱅크스는 이 말에 웃음을 터뜨렸다. 그리고는 이렇게 말했다.

"개인 후원자도 없고, 미술관도 없다. 그렇다면 국가 차원의 예술만 남는군요."

"그렇습니다."

"하지만 그것의 가공할 위험은 어쩌죠? 독점 상태가 되면 백 배는 더 심각할 텐데요? 위원회 예술은 신뢰할 게 못 돼요. 이른바 최소한의 공통된 취향이거든요."

"국가예술에는 실질적인 위험이 도사리고 있죠. 하지만 저는 당신이 만들어낼 위험보다 그쪽을 선호합니다." 야노스의 목소리가 다시 높아지고 있었다.

"제가 만들어내는 거요?"

"그림을 볼 때 생겨난다고 말씀하신 당신의 그 위험 말입니다."

"아, 하지만 그건 표현의 방식이었어요. 지금 우리가 얘기하고 있는 것과는 전혀 상관없습니다. 제가 물어 보죠. 러시아를 보세요."

"그리고 그건 행동하는 방식이죠. 때때로 끔찍합니다. 하지만 당신, 당신

46

은 어떤 실수도 저지를 수 없어요. 그게 당신의 문제예요."

"실수? 확실히 당신은…"

그때 뱅크스 부인이 들어왔다. 부인을 보자 제럴드 경은 얘기를 중단했다.

"여기들 계셨군요." 그녀가 말했다.

목소리를 듣는 순간 부인이 화가 났음을 알 수 있었다. 쇳소리 같은 울림에서 공손한 안주인의 분노가 느껴졌다. 무슨 일이 있었는지 들은 모양이었고, 우리 세 사람 모두에게 책임을 돌리는 듯했다.

"이렇게 어두운데!" 그녀가 덧붙여 말했다.

안쪽의 벽난로 앞에서 뱅크스 부인은 남편에게 우리를 역까지 태워다 줄 건지, 아니면 자기가 할지를 물었다. 방문시간이 끝났다.

"작품 감상은 즐거우셨나요, 라빈 씨?"

야노스가 뭐라고 답을 하기도 전에 뱅크스가 말했다.

"관련 원칙에 대해 매우 흥미로운 반론을 갖고 계시더군."

"그러시겠죠." 그녀는 몸을 휙 돌렸다. 뒷머리를 단단히 틀어 올려 빗으로 고정시켰는데, 머리카락은 한 올도 빠져 나오지 않았다.

뱅크스는 야노스에게 위스키 한 잔을 건넸다.

"언제 런던에 소장하고 있는 현대작품들도 꼭 오셔서 감상하세요."

어색한 분위기 속에 십 분쯤 얘기를 나눴다. 우리 중에서 완전무결한 확신을 소유한 사람은 뱅크스 부인뿐이었다. 그녀는 자신이 원하는 게 뭔지를 알았다. 그건 사과였다. 그녀는 계속해서 화제를 오후의 작품감상과 컬렉션으로 몰고 가며 야노스를 공격적으로 뚫어지게 응시했다. 제럴드 경은 불편함을 겉으로 드러내는 법이 없는 사람이었고, 다시금 의례적이고 외교적인 태도를 견지했다. 그렇지만, 휑한 서재 끝의 휘어진 조명을 받으며 이례적으로 날이 선 대화를 나눌 때는 줄곧 무대 위의 주연배우 같았던 그가, 느닷없이 무대에 막이 내려진 지금은 특별관람석에서 걸어 나오는 저명인사처럼 굴었다. 낭만적인 기분전환은 끝났다. 부인, 해야 할 일들, 택시를 잡아야 할 시간이 되었다.

야노스는 갈 준비를 하고 있었다.

우리는 일어섰다. 뱅크스 부인이 손을 내밀었다.

"그리고 다음에는요, 라빈 씨, 어디서이든 당신의 작품을 감상한 후이기를 바랄게요."

역 앞에서 우리는 제럴드 뱅크스 경과 작별인사를 나눴다. 침침한 불빛 속에서 한층 더 크게 보였던 그 커다란 얼굴은 선거 전단에 실린 총리의 얼굴 같았고, 코트를 토가처럼 걸쳐 입었다.

"이 말씀을 드려야겠네요." 빗줄기를 뚫고 울타리 너머의 젖은 철길을 바라보며 그가 말했다. "오늘밤 그 끝없는 도시 속으로 당신만의 길을 떠나시는 게 부럽다는 말씀을요."

존은 뱅크스에게 그에 대한 생각을 얘기한 걸 대단하게 여겼다. 하지만 사실 그는 상황을 제대로 이해하지 못했다. 나는 그렇게 행동하려 했던 게 아니었다. 나는 원칙에 따라 행동하지 않았다. 그저 반응했을 뿐이다. 내 행동은 반사작용과 같았다. 항의는 대부분 그런 식이다. 자신의 원리원칙을 성냥갑에 넣을 수는 있지만, 공간을 꽉 채우는 것은 본능적인 반응, 과거의 경험에서 나온 결과 들이다. 이번 경우엔 그걸 자제했어야 했다. 나 자신을 고스란히 드러내 보였을 뿐이다. 〈파도〉가 끔찍해 보인다.

3월 18일

작업이 형편없었고, 그 결과, 늘상 그렇듯이 다이애나와 말다툼을 벌였다. 그녀는 그 빌어먹을 도서관에서 지치고 녹초가 된 채 돌아왔다. "잘 지냈어?" 그녀는 이렇게 물었는데, 그녀의 하루도 나만큼이나 형편없었기 때문이었다. "아니." 내가 대답했고, 다이애나는 한숨을 내쉬고는 닭털을 뽑기에도 적당하지 않다고 생각하는 욕실로 목욕을 하러 들어갔다. 나중에 우리는 말없이 함께 산책을 나갔고, 불현듯 갈매기를 밝은 바탕에 어두운 색—에칭 때문에 혼돈이 왔던—이 아니라 어두운 바탕에 밝은 색으로 그려야 한다는 걸 깨달았다.

48

다이애나는 일 년에 이백 파운드 정도의 매우 적은 개인소득이 있었고, 시립도서관에서 시간제로 일을 해서 그걸 보충했다.

3월 23일
작업 도중 난관에 봉착할 때, 그 어려움, 그런 지체는 항상 이전에 나도 모르는 사이에 저질렀던 실수의 결과이다. 그러면 이제 내 길을 막아선 장애물을 넘어야 한다. 하지만 그것을 기어오르는 행위의 요점은, 마침내 그 꼭대기에 걸터앉았을 때 장애물을 피하려면 어디로 갔어야 했는지를 알게 된다는 데 있다. 그런 다음 장애물에서 내려와, 길을 되짚어 제대로 된 길을 따라간다. 나는 장애물을 극복하는 게 아니다. 비록 그것을 넘어감으로써 그렇게 할 수 있다는 건 입증했다고 하더라도. 예술작품이란 일련의 정복에 따른 결과물이 아니다. 만약 그렇다면 일학년 학생은 정복한 게 그렇게 많으니 천재라고 해야 할 것이다. 그것은 훨씬 더 어려운 무엇―상상할 수 있는 온갖 종류의 거암과 장벽과 울타리가 산재한 풍경 속을 곧게 가로지르는, 논리적이고 확고부동한 길을 찾는 것 같은―의 결과다. 예술가는 미로가 고속도로처럼 보이게 만들어야 한다.
〈파도〉는 아직도 미로다.

3월 25일
비둘기들이 날아다니는 트러팰가 광장을 지날 때면 항상 라슬로와 그의 시가 떠오른다. 시를 먼저 생각하고, 그 다음에야 케치케메트의 실제 비둘기들과 그곳에서 실제로 일어났던 사건을 떠올린다는 건 놀랍다. 그 이후로는 라시와 함께 웃던 것처럼 웃어 본 적이 없는 것 같다. 그때 우리는 지금이라면 좌절감이 들고 위선적으로 보이는 것에도 웃어댔는데, 그것들을 없앨 수 있으리란 걸 추호도 의심하지 않았기 때문이다. 그리고 지금이라면 확고하고 고상해 보이는 것에 대해서도 웃음을 터뜨렸는데 —다른 식으로— 그런 특징들을 대수롭지 않게 여겼기 때문이다.

부다페스트 작가연합에서 연설을 하거나 새로운 문학을 선언하는 최근의 사진을 보면 그가 이제 덜 웃는다는 인상을 받는다. 아랫입술 위에서 도무지 가만히 있지 못하는 윗입술은 지금도 여전하다. 하지만 책임감으로 인해 얼굴은 어딘지 닫혀 버렸다. 네번째 사람—지금 그가 막중한 책임을 지고 있는—에 대해 우리가 했던 얘기를 그도 나만큼이나 생생하게 기억하고 있는지 궁금하다. 그 자리엔 라슬로와 에르노와 나, 이렇게 셋이 있었다. 시인, 건축가, 그리고 화가. 우리는 돌아가면서 빈털터리가 되었고, 낙담을 하거나 어리석게 폭력을 휘두르곤 했다. 그러면 그 사람은 다른 두 사람에게 도움을 청했고, 그건 익히 예상할 수 있는 일이었다. 라시는 언젠가 침대보 하나를 펼쳐 들고 있는 세 사람에 우리를 비유했다. 우리는 항상 침대보를 팽팽하게 당기라고 서로를 독려하는데, 그 이유는 하늘에서 그 침대보 위로 떨어질 네번째 사람을 기다리고 있기 때문이라는 것이었다.

에르노는 죽고, 나는 여기에 있다. 오직 라슬로만이 그 네번째 사람, 사회주의자가 출현하는 것을 봤다. 그렇기 때문에 그는 막중한 책임을 짊어지고 있다.

그런 책임감을 지고 있으니 이제 그는 나를 어떻게 생각할까? 그는 물론 내가 하고 있는, 또는 앞으로 할 작품을 볼 수 없다. 하지만 만약 그럴 수 있다 해도 뭐가 다를까? 내가 이십 년 동안 정치활동에 헌신했다는 이력은 어느 정도의 선의적인 해석을 허락할까? 전혀 그렇지 않을 것이다. 나이 들어 가는 세대의 사실이 사회주의 옹호의 경계심을 훼손하게 해서는 안 된다. 나는 사회주의에 기여하기 위해 돌아가지 않았다. 그리고 이 사실은 나의 모든 판단에 영향을 미칠 수밖에 없다. 관료적인 부분을 키우고 시인다운 면모를 줄였다는 점에서 나는 라슬로를 존경한다. 하지만 내 존경심에도 불구하고 그는 전혀 그렇게 하지 않았을지도 모른다. 그건 방관자나 하는 구분일 것이다. 그가 결혼을 했을지 궁금하다. 그에 대한 기사에 이런 내용은 나오지 않는다.

비록 당시에는 가볍게 생각했지만, 내 인생에서 가장 중요한 결정은 모스크바가 아니라 서구로 가겠다는 결심이었다. 그런 결심을 낳게 된 이유를 지금 생각해 보면 순진할 뿐만 아니라 아이러니해 보인다. 나는 사회주의를 위해 계속 싸워야 할 곳으로 가고 싶었다. 다른 이들이 투쟁해서 쟁취한 승리를 누리고 싶지 않았다. 그런데 여전히 싸우는 건 라시다.

야노스는 라슬로에 대해 거의 얘기하지 않았고, 그가 죽은 후에는 전혀 하지 않았다. 이 당시에도 나는 야노스가 그에 대해 얘기하는 이유가 해묵은 상처를 드러내기 위해서라는 인상을 받았다. 그래도 케치케메트 비둘기에 대한 시 얘기는 들려 줬다.

나중에 그 유명한 백색 테러리스트가 되는 소규모 반동주의자 무리들은 1919년의 소비에트 공화국 시절에 이따금씩 잘 알려진 사회주의자나 사회주의 집회를 공격했었다. 야노스와 라슬로가 케치케메트라는 소도시에 갔을 때에도 이런 공격이 일어났다. 백색 테러 단원들은 광장의 대중집회 현장이 내려다보이는 학교에 몸을 숨겼다. 광장에 서식하는 비둘기들은 학교의 창가에서 먹이를 받아먹는 것에 익숙했기 때문에 사람의 형상이 나타나면 그곳으로 날아갔다. 잠시 후, 이 형상들은 연단에 오른 연사들에게 총을 발사했고(한 명이 죽었다), 놀란 비둘기들은 흩어졌다가 도시의 높은 하늘에서 맴돌았으며, 군중들은 몸을 피할 곳을 찾아 사방으로 달아났다. 나중에 라슬로는 이날의 사건을 소재로 시를 썼는데 총성 위로 날아오른 새들을 민중의 기상에 비유했다. "하지만" 야노스는 이렇게 덧붙였다. "진짜 테러가 자행될 때 비둘기들은 예전처럼 평화로운 모습으로 광장에 돌

아와 있었어. 인간에게 가장 좋은 투쟁의 이미지는 인간이라는 걸 입증해
준 거지. 안 그래?'

3월 28일

〈파도〉는 또다시 막다른 골목에 봉착했다. 그래서 하루 종일 드로잉
만 했다. 이렇게 일시적으로 주된 그림 작업을 등한시할 때 드로잉을
하지 않으면 마음속에 생각이 들끓고, 그렇게 들어찬 생각들은 나를
추궁해댄다.

대개는 누군가와 함께 있으면 나 자신에 대한 믿음이 되살아나기 때
문에, 저녁식사를 마친 후 커피를 마시자며 렌 핸콕이 부인과 함께 들
렀을 때 무척 기뻤다. 다이애나는 말없이, 그리고 본분에 충실한 자
세로 침대보의 단을 꿰매고 있었다. 내 사기가 저하되면 그녀로서는
최악의 두려움이 확인되는 것이다. 우리는 탁 트인 스튜디오의 여기
이 바닥에, 다시는 아무 일도 일어날 수 없는 버림받은 영혼들처럼 앉
아 있다. 그녀의 생각이 귀에 들리는 듯했다. '모든 게 우리를 스쳐
지나가고, 이 침대보를 꿰매고 있는 내가 수치스러워.' 내 사기가 저
하되지 않으면 내 자신감이 그녀에게도 조금은 힘이 된다. 그럴 땐
최소한 그 자신감이 향하고 있는 것에 대고 화를 낼 수 있다. 아무튼,
핸콕 부부는 우리를 그냥 스쳐 지나지 않았고, 렌을 지루하다고 생각
하는 다이애나조차 두 사람이 찾아오자 기쁜 모양이었다.

핸콕은 독특한 사람이다. 그는 어떤 상처도 입지 않았다. 그가 보기
엔 아무것도 변색되지 않았다. 그는 삶을 즐기기 위해 돈을 벌고 싶
어하는데, 실제로도 그렇게 한다. 그는 아내를 인형처럼 떠받들고자
하고 그녀는 그 이상을 바라지 않는다. 그는 순전히 취미로 그림을
그리고, 그림은 그에게 순수한 즐거움을 선사한다. 그를 못마땅하게
여길 수 있는 건 오직 탐미주의자, 정치꾼, 또는 불쌍한 다이애나처럼

더 이상 행복을 믿지 않는 사람들뿐이다.

야노스는 고기가 아직 배급제였을 때 렌 핸콕을 알게 됐다. 가까운 상점 거리에는 이미 정육점이 세 군데나 있었지만, 렌은 개의치 않고 네번째 정육점을 열었다. 그는 그 가게를 사서 새 유리를 끼우고 크롬 간판을 걸었다. 그런 다음 유리창 앞에 간과 소시지, 살라미, 닭 프리카세, 갈매기 알을 쌓아 두었고, 가끔은 사슴고기, 그리고 배급되지 않는 것이면 뭐든 진열하곤 했다. 먹을거리 사이에는 제철에 피는 꽃으로 장식을 했다. 돼지머리 고기 옆에 흰 장미가 있고, 쟁반에 담긴 간이 수선화에 둘러싸인 걸 본 적도 있다! 어느 날 오후에 스튜디오로 돌아가던 야노스와 나는 다진 고기를 조금 사기 위해 새로 생긴 이 가게에 들어갔다.

첫눈에 핸콕은 주위환경과 묘하게 겉도는 듯이 보였다. 훌쩍 큰 키에 흰색 윗도리와 앞치마, 철테 안경 뒤로 보이는 근시의 검은 눈동자는 할인매장의 주인보다는 괴짜 화학자를 연상시켰다. 예리한 성격을 드러내는 것은 다진 고기의 무게를 달아 포장하는 속도, 솜씨를 짐작케 하는 손놀림뿐이었다.

"화가시죠?" 지갑의 돈을 세는 야노스를 보며 그가 물었다.

"네, 맞습니다." 야노스가 대답했다.

"저도 조금 그려요." 핸콕은 머리로 가게 뒤쪽을 가리키고는 커다란 엄지손가락에 핏물이 얼룩진 손으로 안경을 고쳐 썼다.

"어떻게 알았어요?" 야노스는 코트 주머니에 고기를 쑤셔 넣으며 물었다.

"애인을 보고 짐작했죠."

우리는 웃었지만, 야노스의 웃음은 약간 모호했다.

"어느 쪽이시죠?"

"죄송한데, 무슨 말씀이신지."

"그러니까 풍경화냐 초상화냐, 아니면 요즘에 많이들 하는 현대화 쪽인가요?"

"아, 그거요. 그냥…" 야노스는 여전히 조금 민망해하며 커다란 코트 밑에서 어깨를 들썩였다. "여러 가지를 그려요."

핸콕이 한 손으로 저울을 짚은 채 계산대 위로 몸을 기울이는 바람에 바늘이 최대치까지 올라갔다. 그래도 여전히 우리보다 컸다.

"모델을 쓰시나요?"

"네, 가끔."

"운이 좋으시네! 누드를 그릴 수 있다면 뭐라도 주겠어요. 그런데 아내가 받아들이지 않을 거예요."

"그래요?"

핸콕에 대해 들은 그 다음 얘기는 케이크에 대한 것이었다. 풀햄 로드 뒤쪽에 공장이 하나 있는데, 여기서 일하는 백여 명의 아가씨들은 열한시 간식 시간에 케이크를 즐겨 사 먹는다. 그래서 핸콕은 어느 날 아침 진열대 위에, 갈빗살과 살라미와 꽃들 옆으로 커다란 쟁반에 밝은 색 케이크를 담아 올려 놨다. 열대 조류의 깃털에 견줄 만한 색깔이었다. 그렇게 해서 케이크 장사가 시작됐다. 하지만 설탕 케이크와 콩팥을 계속 섞어 팔 수 없다는 건 핸콕도 알았기 때문에 ─미학적인 시각을 들먹일 것도 없이 실용적인 차원에서라도─ 가게 뒤쪽에 따로 계산대를 마련했다. 야노스에 따르면 여기서 케이크를 파는 사람은 세상에서 제일 예쁜 서른 살의 여자라고 했다. "아랍 여자처럼 아름다워." 그리고 다이애나에 의하면, 그 여자는 핸콕의 부인이었다.

며칠 후 야노스가 길을 가는데 핸콕이 그를 불렀다. 승합차를 몰고 가던 핸콕은 야노스 옆에 차를 세우고는 자기 그림을 좀 보지 않겠냐고 물었다. 고기를 실어 나르는 차 뒤쪽에 캔버스가 두 개 있었다. 야노스가 말했다. "한 점은 풍경화고, 하나는 하늘을 날아가는 야생 오리를 그린 거였어. 색이 밝고, 형편없더군. 이를테면 장사수완만큼은 솜씨가 좋고, 그가 파는 케이크만큼 달다고 할까." 하지만 길에서 그렇게 만난 것을 계기로 야노스는 핸콕에게 부인과 함께 스튜디오에 한번 들르라고 말했고, 그들이 처음 방문한 날 저녁에 나도 그 자리에 있었다.

핸콕 부인은 정말 아름다웠다. 날씬하고 건강한 몸에 금발을 길게 드리운 여자였다.

"진짜 스튜디오네요!" 들어서던 그녀가 탄성을 질렀다. "렌이 늘 말하는 게 이런 거예요." 그녀의 목소리엔 친근한 중부의 억양이 배어 있었다.

남편은 안경 너머로 희색이 만연해서 커다랗고 붉은 손으로 아내의 팔을 꽉 쥐었다. "그런 얘기는 하지 마, 비. 내가 여길 사러 온 줄 아실 거 아냐."

우리는 앉아서 수다를 떨며 와인을 마셨다. 렌은 아버지가 그림 복원가였다며, 그림 그리는 법도 그런 연유로 배우게 됐다고 말했다.

"날이 좋으면 제가 그린 렘브란트의 〈도살된 소〉 모사화를 보여드릴게요. 빛의 효과가 뛰어나죠. 최고예요. 옛날에 그랬던 것처럼 그걸 가게 밖에다 걸고 싶은데. 그 노란 지방들 때문에 손님들이 다 도망갈 거예요."

핸콕 부인은 야노스가 따라 준 와인의 맛을 봤다.

"브르타뉴에서 마셨던 와인이랑 맛이 똑같아. 꼭 그거 같지 않아요, 렌?"

"조금 비슷하네."

"브르타뉴를 좋아하세요?"

"좋아하냐고요? 일 년에 한 번 우리는 자유예요. 짐을 꾸린 다음엔 모든 걸 잊어버리죠. 저는 화구와 이젤을 차 뒤에 실으면 되고, 비는 수영복이 있으면 되죠. 우리는 원하는 곳에 멈춰서 머물고 싶은 만큼 머물러요. 저는 그림을 그리고 비는 해수욕을 하고. 가열찬 보헤미안의 삶이죠! 거친 세상 속으로!"

핸콕 부인은 즐거워하며 미소를 지었다.

그때 느닷없이 렌이 물었다. "그림을 좀 볼 수 있을까요?"

야노스는 쌓여 있는 그림들 중에서 여섯 점 정도를 꺼내 이젤 위에 하나를 올려 놓고는 알아서 보라는 듯이 뒤로 물러섰다.

"비, 당신도 와서 봐."

핸콕은 부인과 함께 그림을 응시했다. 그는 개가 코를 꼬물대듯이 얼굴을 꿈틀거리며 자신이 그 캔버스를 구석구석 채우는 모습을 상상해 보려 했고, 그녀는 고개를 한쪽으로 기울인 채 생각에 잠겼다. 그건 자전거를 타고 달려오는 사람의 그림이었다.

"최고예요. 야, 정말 열심히 작업하셨겠는데요, 라빈 씨."

"확실히 사실적인 속도감이 느껴져요." 핸콕 부인이 덧붙였다.

"프랑스나 이탈리아에서 열리는 자전거 경주를 보신 적이 있나요?" 야노스가 물었다. "대단해요. 자전거는 사람이 만든 것 중에 가장 아름다운 기계죠. 그리고 거기에 합류하는 군중. 날이 아주 뜨거울 때 주자들이 마을을 통과하면 여자들은 병에 찬물을 담아서 남자 주자들이 지나갈 때 더위를 식히라고 물을 뿌려 줘요. 아름다운 풍경이죠, 그건. 안 그래요?"

"네, 상상이 돼요." 이런 설명을 듣자 마음이 편안해진 핸콕 부인이 말했다. 하지만 그녀의 남편은 계속해서 그림을 쳐다보다가 마침내 이렇게 단언했다.

"대작의 자질을 갖췄네요."

야노스는 다른 캔버스를 이젤 위에 올려 놨다. 앉아 있는 누드였다.

"멋지군요." 핸콕이 말했다. "멋져요. 저기선 피부의 농담을 제대로 표현하셨네요."

야노스는 핸콕 부인을 쳐다봤다.

"아주 좋아요. 정말이에요. 하지만 **갖고** 싶지는 않아요."

"당신한테 그러라고 하는 사람 없어, 여보. 게다가 당신은 그럴 필요도 없잖아. 길고 긴 거울이 있으니까." 핸콕은 팔을 뻗어서 그 거울이 자기 부인의 몸과 비교해서 어느 정도인지 보여줬다. 그녀는 얼굴을 붉혔지만, 미소를 완전히 숨기지는 않았다.

우리는 그림을 몇 점 더 봤다. 그림을 올려 놓을 때마다 핸콕은 부인에게 농담을 하거나 그렇지 않으면 질문을 하고 감탄을 했다. 우리가 다시 자리에 앉았을 때 그가 말했다.

"아, 당신은 확실히 행운아예요."

"어째서죠?"

"항상 여기서 작업을 할 수 있으니까요." 핸콕은 스튜디오 주변과 위까지 둘러봤다. "제가 늘 비에게 하는 말이 있어요. 화가가 세상에서 제일 행복한 사람이라고요."

4월 6일

〈파도〉는 그저 패턴에 불과해졌다. 색들은 의미를 향한 입맛을 모두 잃어버렸다. 전혀, 아무것도 없다. 그 캔버스는 스튜디오 문의 푸른

색만큼이나 익숙하다. 그거라면 쾅 닫은 후 잊어버릴 수 있을 텐데. 쿠르베의 바다 풍경을 떠올려 본다. 그라고 해서 조금이라도 쉬웠을 거라고 믿는 건 잘못이다. **비교적** 쉬웠던 경우라면 완고한 종교적 전통 속에서 작업한 화가들뿐이다. 그들로서는 자신의 작품을 의심하면 곧 신의 권능을 의심하는 게 되니까. 그래서 그들은 의심하지 않았다. 쿠르베라고 해서 더 쉬운 건 아니었지만, 문제가 좀더 구체적이었을 것이다. 우리의 경우 붓 끝의 물감을 제외하면 모든 것이 다소 막연하다. 우리의 분석, 전통, 관람객들과 목표도. 세잔 이후로 우리가 뭔가를 창조했다면, 그렇다면 우리는 그걸 진짜로 창조해낸 것이다.

4월 10일
날씨가 고작 팔 킬로미터 두께라는 사실을 기억하는 건 유익하다. 그건 그저 지구를 싸고 있는 덮개일 뿐이다. 우리의 기질처럼.

4월 11일
형편없이 제멋대로인 마음. 도대체 왜 새로 감은 머리로 새장의 창살을 들이받아야 하는가, 모든 이성과 논리를 감안할 때 오랜 믿음만이 평화와 차분함을 가져다줄 수 있는데. 왜 새로 감은 머리가 그토록 얼토당토않게 초여름 아침의 순수한 풍경처럼 보여야 하는가, 하늘이 살 같은 푸른색이고 —만약 살이 원래 그런 색이었다면— 이브에 대한 묵직한 징조로 가득 찬 날의 아담처럼 잠에서 깨어나는데. 일과 생계에 대한 문제를 해결하고 여유를 갖는다 해도 아마 우리는 여전히 저와 같은 징조의 문제에 직면할 것이다. 심지어 새로 감은 금발 머리를 어떻게 잊을지 하는 문제까지!

내 생각에 이 내용은 핸콕 부인을 말하는 것 같다.

4월 14일

평행선 몇 개를 촘촘하게 그린 후 그것과 수직이 되도록 선을 몇 개 그리면 변증법 과정의 가장 단순한 시각화를 손에 넣게 된다. 이건 직교평행선이라고 하는 것이다. 첫번째 선들을 그리고, 첫번째와 반대되는 두번째 선들을 그린다. 하지만 이 둘로부터 나오는 것은 일련의 다이아몬드다.

이제 이 다이아몬드들을 보면서 이것들을 하나하나 그려야 했을 걸 떠올린다면 그 작업의 기간과 복잡함에 압도될 것이다. 이 다이아몬드는 우리가 가꿔 나가는 미래와 같다. 그러나 용기를 가질지니. 첫번째의 선들은 이미 그려져 있다. 우리는 그것을 가로지르기만 하면 된다.

4월 17일

〈파도〉를 다시 그리기 시작했다. 물에 빠지는 물체는 교회의 예배단처럼 분명하지만 그러면서도 빛처럼 기동력있게 구성을 가로지른다. 구조와 움직임을 대비시키는 것은 쉽다. 하지만 구조를 움직임으로 **만들기**란! 입체파 화가들이 이 문제를 발견했지만, 그들은 답의 윤곽선만을 그렸을 뿐이다. 그들은 모든 것을 수면 위로 드러나게 했다. 이제 그들이 띄워 올린 것의 반은 다시 밀어 넣어야 한다.

브라이턴은 다이애나와 내가 모두 좋아하는 몇 안 되는 곳이다. 그녀는 영국 섭정기의 건축과 골동품 가게들을, 그리고 나는 해안가를 오가는 아이스크림 장사들과 리무진의 행렬을 즐긴다. 이 그림의 아이디어가 처음 떠오른 것도 브라이턴에서였던 것 같다. 부두의 잔교 아래로, 한편으로는 수면 위로 얼마나 남았는지를 재고 또 한편으로는 수심을 측정하는 철제 교각들이 보였다. 하지만 그 순간에 머릿속으로 그림을 그리기 시작한 건 아니었다. 그건 수족관에 가고 난 다음의 일이었고, 그걸 그려야겠다는 실질적인 필요성은 훨씬 더 나중에, 그리니치의 강물 위로 날아가는 갈매기를 보다가 떠올랐다. 지금도 여전히 찾고 있는 것, 그것을 나는 그때 정확하게 봤다.

5월 3일
그림이 완성됐다. 몇 주 동안 여기에 글을 쓰지 못했다. 그리고 육 평 방미터 정도의 거친 이 캔버스에 대해 썼던 것들을 다시 읽어 보니 저절로 미소가 머금어진다. 그건 마치 내가 어떤 여자와 나눈 대화, 실제로 하고 싶은 말은 "당신은 아름다워, 우리 집으로 가자" 뿐인데도 예술이니 여행지니 정치에 대해 늘어놓은 대화를 녹음해서 듣는 것 같다.

이제 마침내 그녀―캔버스―가 여기에 있다. 다행히 그게 여자가 아니라 캔버스이기 때문에 또 다른 상대와 다시 시작하는 것, 예술이니 여행지니 정치에 대해 이야기하는 것에 대해 어떤 후회나 죄책감도 들지 않는다.

하지만, 사실 꼭 그렇지는 않다. 한 작업을 마치고 다른 작업을 시작하기 전에 우리는 죄책감에 시달린다. 오른 집세와 전화요금으로 되돌아간다. 프티부르주아들이 현실이라고 부르는 것으로 다시 돌아간다. 예술가는 일종의 타이탄이어서, 강하고 독립적이고 자유롭다고 상상한다. 빈털터리라 하더라도. 그러나 사실은 의존적이다. 후원은 자선의 수준으로 축소되었다. 모두에게 골고루 돌아가기에는 충분치 않다. 나머지 사람들에겐 강사라는 경제적인 직업이 있다! 작은 자선을 받거나 한직을 구할 능력도 안 되는 사람들에겐 여자가 있다. 자기 남자를 계속해서 이젤 앞에 앉혀 놓기 위해 돈을 버는 부인이나 애인들. 또는 돈이 조금 있어서 여유가 생길 경우 그림을 사거나 초상화를 의뢰하는 ―직접적인 선물은 모욕이 될 테니까― 친구들도 간간이

있다. 예술가란 죄수와 같다. 주변에서 도와주는 몇 안 되는 사람들은
그가 무죄이거나 억울한 형량을 선고받았다고 믿는다.

사람들은 좋은 작품을 창조했을 때 예술가가 승리감을 느낀다고 믿
는다. 사실 그가 어쩌다 갖는 것은 자기변호의 느낌이다. 그는 때때
로 이렇게 생각한다. '나는 후원에 값을 하고 있어.' 하지만 대부분
은 가책을 느끼며 영원히 작업할 시간, 지금처럼 양심의 가책이 밀려
오지 않는 영원한 시간을 갈망한다. 이런 느낌을 갖지 않는 예술가는
기생충이다.

예술가는 타인의 희생 덕분에 존재한다. 예술가를 '영혼의 엔지니
어'라고 칭한 스탈린의 말에 우리가 집착하는 것도 무리가 아니다.
엔지니어들은 타인의 필요 덕분에 존재한다. 스탈린이 내린 정의엔
강철이 지나치게 많이 들어 있는지도 모른다. 하지만 의존이 곧 작업
이다.

성공한 이들, 피카소나 레제, 브랑쿠시의 경우, 현재의 가치가 아니라
그들의 삶을 보라. 그들도 모두 초기에는 의존의 굴욕감으로 상처를
입었다. 그리고 지금 그들은 모두 자기가 가진 것이 복권에 당첨된
것이고, 성취를 인정받아서 얻은 대가가 아님을 안다.

야노스가 〈파도〉를 완성한 직후, 나는 얼마 전에 얘기를 들은 체육협회 공
모전에 출품해 보라고 권유했다. 총 상금이 팔천 파운드였다. 그가 그러마
했고, 다이애나는 누가 심사를 맡게 되느냐고 물었다. 나는 아직 정해지지
않았다고 대답했다. 하지만 내 권유로 그날 밤 우리는 모두 마음이 가벼워
졌다. 우리는 저마다 이천 파운드가 생기면 뭘 할 건지 얘기하면서 와인을
마시고 이탈리아 여행 계획을 짰다. 나중에 핸콕 부부가 왔는데, 두 사람은
야노스가 상을 탈 거라고 확신했다. 다이애나는 로마에 사는 사촌에게 편
지를 써서 숙박할 곳을 알아보겠다고 말했다. 우리는 정말로 믿지도 않으
면서 이런 계획을 세울 때가 많았다.

5월 10일

햇볕이 나면 세상이 얼마나 달라지는지. 여자들은 유모차를 위아래로 흔들어대며 길 위에서 쑥떡거리고, 아기들은 부신 눈을 가늘게 치켜뜬다. 보석상 진열대를 들여다보는 연인들은 손을 잡고 다니기엔 날이 너무 덥다고 느낀다. 어디선가 그네를 타는 소녀는 그늘에서 햇볕, 햇볕에서 그늘을 오간다.

5월 12일

막스가 돈을 빌리러 왔다. 빌려 주지 않았다. 그러자 그는 왕년의 베를린 이후 우리가 어떻게 변했으며, 문을 열어 놓는 대신 우체통을 이용한다는 둥, 은행 계좌와 양복은 있는데 정신은 사라졌다는 둥의 얘기를 늘어놨다. 형은 자신이 성공했다고 믿고 있지만, 나는 낙오자인 게 기뻐, 그가 말했다. 하지만 이십 년 전이라면 그런 표현을 쓰지 않았을 것이다. 그는 머리를 흔들곤 예의 그 탭댄서다운 미소를 지었다. 막스는 구제불능인데, 나는 그래서 그가 좋다. 오늘이 성(聖) 금요일이라는 걸 깨달은 막스는 문득 윤이 나는 멋쟁이 구두를 내려다보며 말한다. "가련한 놈! 가련한 놈!" 하지만 그는 비극적이기도 하고, 그래서 그가 싫다.

망명자라면 누구나 무인지대에 살아야 할 때가 있다. 그래야 한다. 그러면서도 마음은 그곳에 머물러 있지 않다. 뒤를 돌아보며 회한에 잠기고 앞을 내다볼 땐 두려움이나 희망이 차오른다. 하지만 막스는 벌써 이십 년째 그 무인지대에서 천막생활을 하고 있다. 태연함과 매력과 수제 구두로 그곳의 생활을 아늑하게 만드는 그의 방식은, 추측컨대 많은 이들에게 영웅적으로 비친다. 사실 그건 혐오스럽다. 막스는 자신의 과거를 제외하고는 어떤 것에도 의무나 책임감을 느끼지 않고, 그에게 이제 과거는 아예 자부심이 되었다. 망명자는 스스로 망명자임을 중단할 때까지는 아무것도 아니다. 막스는 그걸 존경받는 직업으로 만들기 위해 애써 왔다. 그 결과 내가 아는 가장 편협한 인간이 되었다.

막스에 대해 유일하게 좋게 말할 수 있는 것은 이런 말들을 그에게 할 수 있다는 것뿐이다. 그는 한편으로는 사랑을, 그리고 또 한편으로는 가열차게 공격할 권리를 배제시킨 영국적인 우정관을 받아들이지 않았다. 친구라면 공격의 의무가 있다. 벗겨 줄 필요가 있는 상처에서 붕대를 걷어내듯 허위의 가면을 벗겨낼 의무. 영국인들은 이걸 이해하지 못한다. 우리가 이해하는 방식으로 영국 사람과 **친구**가 되면 동성애자로 간주된다.

베를린에서 코미디언 생활을 했던 막스는 BBC 방송국 모니터실에서 일했다. 야노스보다 최소한 열 살은 어리고, 독일에서부터 알고 지냈다. 같이 있는 걸 볼 때마다, 그건 주로 스튜디오에서였는데, 두 사람은 말다툼을 벌였지만 야노스가 썼듯이 그건 일종의 이해에 기반한 말다툼이었다. 이 당시에 막스는 바버라라는 여자와 함께 살았고, 그 여자는 끊임없이 그를 떠났다. 그는 야노스에게 여자에 대한 불만을 토로하곤 했다.

"형은 부인이 있고, 집과 아이들이 있잖아. 엄밀히 말해서 아이는 없지. 나도 알아. 하지만 원하면 가질 수는 있잖아. 난 아무것도 없어. 변변하게 살 곳조차 없다고. 메리 레빈슨이 아이 가진 거 알아? 어쨌든 가졌어. 그래서 우리가 나와야 했지. 삼 개월 전에 알려 주더군. 그렇지만 우리한테 시간을 좀더 줄 수도 있었다고 생각해. 육 개월이면 알고도 남거든. 사실, 어떻게 되는지를 이미 본 적도 있고 집에 아이가 생기길 바라 왔어. 바버라에게 좋은 영향을 미칠 거라고 생각했지. 모성본능을 불러일으키는 거 말야. 하지만 웬걸. 어느 날 아침에 메리가 너무 미안하지만 우리가 쓰는 방이 필요하게 됐다는 거야. 나도 나가게 되어서 유감이지만 그래도 너무 잘된 일이라고 말했어. 몇 주가 지난 후에도 우리는 아직 거기 있었어. 옮겨 갈 데를 못 찾았거든. 메리는 내 앞을 지날 때마다 책망 비슷하게 배를 쑥 내미는 거야. 배가 커질수록 내가 왜소하게 느끼길 바란 거지. 그러다 바버라가 회사 사람한테서 굉장히 큰 방이 나온다는 얘기를 들었어. 하지만 어딘지 알아? 발햄이야. 발햄이라고 알아? 야간 티켓을 끊어서 귀신 전철―그 시체들 틈에 탈 수 있다면 말이지―을 타고 가야 하는 그런 곳이야. 바버라는 아침마다 런던을 관통해서 아홉시까지 워런가(街)에 가야 해. 그러려면 일곱시에 일어나야 한다는 뜻이지. 아침 일곱시에 침대에서 달걀 프라이 냄새를 맡는다고 생각해 봐. 머리를 하는 동안 화장대에서 그걸 먹는 거야. 나는 그녀를 위해 베개 밑에 머리를 파묻고 참아. 그러다 내가 야간조로 가게 됐어. 그리고 바버라는 엄마를 찾아가기 시작하더군. 수상하게도 켄싱턴 근처에 산다는 거야. 이 엄마는, 알겠지만, 나를 무슨 악마의 화신쯤으로 생각해. 그래서 밤이면 밤마다 바버라에게 넌 더 좋은 사람을 만나야 한다고 세뇌를 하는 거지. 저번 밤에 끝이 났어. 아침이 돼서 그 지하동굴 같은 데로 돌아갔더니 그녀가 떠나고 없었어. 탁자 위에 쪽지 한 장이 있더군. "당신의 충고를 따르기로 했어―바버라." 그렇게 된 거야. 한때는 시작이었던 것의 또 다른 끝인 거지."

5월 15일

지난 번 밤에 막스에 대해 쓴 것 때문에 자꾸만 그를 생각하게 됐다. 나는 그가 뭔가가 될 때마다 속에서 싸움을 벌였다. 맨 처음부터. 왜냐하면 그 다음에는 싸우기 시작할 수 있는 지점이 하나도 없기 때문에. 새로운 도시나 나라에 도착할 때마다 나는 ―적어도 내가 보기엔― 바로 직전의 장소에서 내가 얻은 약간의 안정감, 명성, 성취감 등의 기억으로 나를 구축하고픈 유혹을 느꼈다. 베를린에는 몇 백 개의 캔버스를 두고 왔던가! 그리고 늘 이런 유혹에 저항했다. 나는 내 과거를 부정한 적이 없다. 그리고 나이가 들면서 이젠 예전보다 더 자주 회상에 잠긴다. 하지만 현재가 전성기라는 생각을 고수해 왔다. 나는 한번도 용두사미 같은 안도감이나 비장감에 빠진 적이 없다. 유혹은 여러 가지 방식으로 우리를 사로잡는다.

어딘가에 도착했다고 해 보자, 혼자서. 기억, 동시에 꿈이기도 한 그 것들을 끄집어내 방에 주르륵 걸고 싶어진다. 그림처럼. 그리고 그림 들 사이사이로 자신의 얼굴이 비치는 상상의 거울을 건다. 과거로 방 을 치장한다는 건 이런 식이다. 그리고 얼마 동안 그것은 심지어 영 감으로 작용할 것이다. 하지만 내가 더 좋아한 것은 —비록 돈 한 푼 없고, 새로운 언어도 몇 마디 몰랐지만— 새로운 거리를 걷는 것이었 다. 외국인이라는 게 단박에 표가 나는 나를 알아보는 이들의 빤한 시선이 내겐 도전이었고, 나는 항상 그 도전을 받아들였다. 공산주의 자 또는 예술가의 친구들과 적들은 어느 나라나 똑같다. 하지만 우선 은 자기 자신과 그들을 입증해야 한다. 학습과정은 부단하게 다시 시 작하는 과정이다.

또는 다른 방식으로 진행된다. 자신이 믿는 것이 잘못돼 가는 게 보 인다. 멍청하고 잔혹한 실수들을 보게 된다. 속으로 이건 내가 뜻했 던 바가 아니라고, 이건 내가 꿈꾸었던 게 아니라고 생각한다. 그리 고 이건 또 다른 종류의 유혹이다. 뭔가 새로운 것을 위해 싸운다는 건 비전을 위해 싸우는 것이다. 그러나 이 비전이 현실이 될 경우 그 새로움의 상당 부분이 우리에게 상처와 충격을 안겨 줄 것에 대비해 야 한다. 고리키도 어디선가 똑같은 말을 했다. 우리가 대비해야 하 는 것은, 아들을 진정으로 자랑스러워하기에 앞서 그 아들이 상처를 주고 떠나 자신의 세계를 무너뜨리리라는 걸 어머니가 알아야 하는 것과 같다. 남자들은 거칠다. 아들이건, 연인이건. 그리고 아들을 갖 기 위해서라도 거친 남자를 받아들여야 한다. 우리는 동정녀 마리아 가 될 수 없다. 그렇지만 세상이 너무 거칠 땐 노처녀가 돼서 꿈이나 꾸고 비판이나 하는 게 더 쉽다. 오늘날 이런 노처녀 예술가와 노처 녀 지식인들이 얼마나 많은지!

그리고 런던에서 스무 해를 살고 난 지금도 유혹은 여전하다. 젊은 여자가 조랑말처럼 총총히 걸어가는 게 보인다. 눈으로 그녀를 좇는다. 늙어 버린 머리카락에도 불구하고 우리는 학생이고 혁명의 영웅이며 이국의 도시에서 동지로 살았을 때 어떻게 사랑을 나누고 희망을 품었었는지를 떠올린다. 그리고 생각한다. 나는 지금도 똑같아, 나는 지금도 바로 그 세계에 속해 있어. 그러다 나중에 친구의 파티에서 이 여자를 만났는데 여자가 미소를 지으면서 너무나 많은 것을 본 낭만적인 남자 같다며 외치듯 말한다면, 자신이 느끼는 것보다 나이 든 것처럼 행동하기가 무척 어렵다. 하지만 그렇게 하지 않으면 우리를 과거로 데려다 줄 조랑말로 그녀를 이용하게 될 것이다. 못할 이유가 뭐냐고? 그 다음엔 혼자 늙은 혈기나 펄떡이며 꿈이나 꾸고 있을 테니까. 청교도나 칼뱅주의적인 뜻으로 하는 말은 아니다. 이건 신의 법칙이 아니다. 이건 단지 **망명자**이기도 한 나이 든 낭만주의자의 규칙일 뿐이다. 그리고 오늘날엔 예술가가 아무리 전심전력을 기울여 고전주의를 위해 투쟁한다 하더라도 모든 예술가는 낭만주의자가 되도록 강요받는다.

5월 20일

학교에서 오는 길에 그나마 남은 머리카락을 자르러 갔다. 신문 파는 사람이 가는 이발소였는데, 버스정류장 근처에 있는 걸 전에는 한번도 보지 못했다. 이발사는 이탈리아 사람이었고, 우리는 여왕에 대해, 그 다음엔 가리발디에 대해 얘기를 했다. 나는 세면대 위의 거울을 통해 머리를 자르는 그를 지켜 봤다. 그는 가끔가다 한 번씩 뒤로 물러나서 고개를 한쪽으로 기울이고 눈을 가늘게 치켜뜬 채 내 머리를 살폈다. 그건 한 걸음 물러나서 캔버스를 살펴보는 화가의 자세와 정확히 일치한다. 그는 지금 방금 한 작업을 보고 싶고, 가장 최선의 상태와 제일 그럴듯한 조명 속에서 그걸 보고 싶지만, 그러면서도 진실되게 보고 싶어한다. 이런 목적의 충돌이 우리로 하여금 실눈으로 곁눈질을 하게 만든다. 하지만 이런 몸짓이 이발사와 화가에게만 한정된 건 아니다. 이건 자신의 창작품을 평가하려는 전 세계 모든 사람들의 몸짓이다.

5월 23일

라슬로의 또 다른 연설이 『넵서버』지에 보도됐다.

"사회주의 리얼리즘의 정당성은 그것이 발전의 어느 단계에 있건, 역사적인 사회의 전환에서 차지하는 영웅적인 역할에 대한 노동자 계급의 인식을 일깨우는 정도에 따라 평가되어야 한다. 이런 역할을 수행하지 못하는 예술은 반동을 꾀하는 선동주의자거나 부르주아 형식주의자의 작품이다. 혹자는 형식주의자의 잘못은 생략의 오류뿐이라고 주장한다. 안타깝게도 그런 의견은 우리 시대의 객관적이고 정치적인 현실에 대한 총체적인 무지를 드러낸다. 오늘날 사회주의가 소비에트 연방, 중국, 그리고 인민민주주의공화국 들에서 건설되었을 때, 사회적인 무력감은 사회주의 업적을 부인한 경우에만 발생한다는 건 잘 알려진 사실이다. 그런데 형식주의자들의 염세주의와 현실도피적인 태도는, 그들이 원하든 원치 않든 간에 그 업적들을 반동의 진영에 가져다 놓는다."

내 〈파도〉에 대해서는 어떻게 생각할까. 산 위의 구름처럼 지나가는 그 그림에 대해서는?

마음으로야 나는 우리가 학생일 때 그대로다. 하지만 라슬로는 무거운 책임감을 짊어졌다. 그가 사용하는 인습적인 말에서 그걸 느낄 수 있다. 집중적이고 조직된 말들. 그런 말들은 마치 불도저처럼 지면 위를 육중하게 지나가면서 적절하지 않은 것들을 걷어낸다. 그리고 거기에 예술가의 어려움이 있다. 예술가는 새로운 관련성을 창조함으로써 자신을 정당화한다. 하지만 여기에는 오랜 시간이 걸린다. 오년이나 십 년 안에 중공업을 일으키는 것은 원대하지만 가능한 목표다. 같은 시간 내에 중량급의 예술을 창조해내는 건 불가능하다. 라슬로는 이 점을 알아야 한다. 그가 실제로 하고 있는 일은, 아마 그도 깨닫고 있겠지만 새로운 철강공장, 새로운 우라늄 탄광을 지키는 것이다. 할 수만 있다면 나도 그와 함께 그것들을 지키겠다.

나는 우리가 즐겨 갔던 미술관 카페에서의 그의 모습이 기억난다. 그는 약속시간에 항상 늦었다. 전차가 카페 앞을 지날 때 뛰어내린 라슬로는 유리문을 요란하게 밀고 들어와 우리가 있는 자리로 와선 사과의 말을 열렬히 늘어놓았다. "마르타!" 그는 카운터에 있는 여자에게 소리를 쳤다. "굴라시 하나하고 접시 두 개. 얀시하고 나눠 먹을 거니까." 그리고 나는 먹는데 그는 얘기를 하느라 먹는 걸 잊어버리곤 했다. "우리가 뭘 할 건지 말해 볼게. 우리 세대, 얀시 같은 화가와 조각가, 작가와 시인들 말야. 우리는 모두 한 작은 소녀의 후견인인 거야. 우리가 맡은 일은 그 아이를 먹이고 키우고 가르쳐서 멋진 여인으로 자라나게 하는 거지. 여기 이 마르타처럼 말야. 하지만 그 아이는 마르타가 갖지 않았거나 알지 못하는 것도 모두 지니게 될 거야. 그러면 사람들이 그 아이와 사랑에 빠지게 되겠지. 아마 우리는 결혼식을 끝내 못 볼지도 몰라. 하지만 분명히 열릴 거야. 예술과 민중의 결혼식이!" 사람들은 더 이상 그렇게 얘기하지 않는다. 하지만 그때 우리는 젊었을 뿐만 아니라 젊은 시대에 살고 있었다. 이제 나는 시대가, 아무튼 유럽에서는, 그렇게 젊다는 인상을 받지 못한다.

5월 27일
사탕 같은 분홍과 황토색, 코발트를 약간 섞으면 냄새가 코를 찌르고 순수한 카드뮴이나 크롬보다 열이 더 나면서 온도가 올라간다. 열은 푸른색이 나머지와 맺는 관계의 문제다. 열은 공명이지 광채가 아니다. 구리와 금을 비교해 보라. 푸생은 그의 그 고전적인 살을 영원토록 따뜻하고 영원토록 젊게 만들기 위해 푸른색을 사용했다. 망토가 그의 인물에게 발휘한 효과를, 나의 헤엄치는 사람에게는 물이 해주길 원한다.

야노스는 연작을 그릴 때가 많았다. 〈파도〉를 완성한 후 헤엄치는 사람을 그리기 시작했는데, 이전의 그림에서 보여줬던 혁신적인 방법들을 많이 사용했다.

6월 22일

몇 주 동안 〈헤엄치는 사람〉을 작업하면서 글은 전혀 쓰지 않았다. 가로 이 미터, 세로 삼 미터의 커다란 캔버스다. 이건 십 헥타르의 땅을 경작하는 것과 맞먹는다.

6월 24일

오늘은 드로잉을 하면서 생각을 가다듬기 위해 캔버스 앞을 벗어났다. 수전이 모델을 하러 왔다. 그녀는 상냥하고 예민함이 흘러넘친다. 그녀는 몸을 뒤척여서 포즈를 취하고 그 자세를 유지하다가, 내가 허락을 하면 레제나 르 코르뷔지에를 어떻게 생각하느냐며 질문을 퍼붓는다. "현대적인 고전주의가 가능한가요?" 내가 중앙을 가르는 허벅지를 통해 둔부의 포물선을 그려서 배의 포물선과 연결하는 동안 그녀는 이렇게 물을 것이다. 그러다 휴식을 취할 때면 턱을 무릎에 대고 가슴이 조이도록 한데 모으고 앉아 학교의 다른 교사들은 얼마나 형편없이 가르치는지 얘기한다. 하지만 그녀가 과연 화가가 될지는 의문이다. 그 대신 화가와 결혼을 할 것이다. 어쩌면 이런 점에서 미술학교들이 잘하고 있는 한 가지는 화가의 아내를 교육시키는 것일지도 모른다. 그것도 하나의 직업이니까.

소중한 다이애나. 그녀는 역할에 충실하지만, 지나치게 꼿꼿한 걸음걸이에서는 무의식중에 이 상황을 얼마나 못마땅해 하는지 드러난다. 청교도적인 잣대에 의해서가 아니다. 질투 때문도 아니다. 그녀가 못마땅해 하는 것은 격식을 벗어난 일상들이다. 그녀는, 예술가는 오직 부인 또는 애인의 누드만을 그려야 한다고 믿는다. 그 이외의 것은 전반적인 위엄의 손상을 의미한다. 다이애나는 늘 은으로 된 찻주전자와 가장 좋은 찻잔 세트를 내온다. "우유나 레몬을 넣을까요?" 이렇게 묻고는 수전에게 섬세한 손짓으로 잔을 건네고, 스튜디오를 제외한 다른 것들에 대해 얘기하기 시작한다. 그림을 쳐다보지도 않고, 어떤 식으로든 그날 오후의 작업에 대해 언급하는 법도 없다.

그렇지만 역시 야노스의 누드화 중 최고는 결혼 직후에 그린 다이애나의 모습이다.(그림 속의 그녀는 열일곱 살 정도로 보인다)

6월 26일

이 드로잉이라는 것은 모든 활동 중에서 가장 심오한 활동이다. 또 가장 많은 노력을 요하는 것이기도 하다. 내가 탕진해 버린 몇 주, 어쩌면 몇 년의 시간을 후회하는 것은 드로잉을 할 때이다. 동화에서처럼 장래에 화가가 될 아이에게 어떤 선물을 줄 수 있다면, 나는 그 아이가 드로잉을 완전히 터득할 수 있도록 긴 수명을 선물로 주겠다. 대부분의 사람들이 깨닫지 못하는 것은, 화가는 작가나 건축가 또는 디자이너와는 달리 자신의 예술을 창조하는 사람인 동시에 그것을 구현하는 사람이라는 사실이다. 그에게는 두 개의 목숨이 필요하다. 그리고 무엇보다 드로잉을 터득해야 한다. 거의 모든 화가들은 어떤 발견을 했을 때 드로잉을 할 수 있다. 하지만 발견을 하기 위해 드로잉을 하는 것, 그것은 마치 신이 하는 것과 같은 과정이며, 인과를 규명하는 작업이다. 선의 힘에 비하면 색의 힘은 아무것도 아니다. 자연에는 존재하지 않지만 실질적인 대상과 대비시켰을 때 그 유형의 실체를 그냥 보는 것보다 더 선명하게 드러내고 표현할 수 있는 선의 힘. 드로잉을 하는 건 손으로 아는 것이다. 도마가 요구한 증거를 제시하는 것이다.(예수의 제자 도마는 예수의 부활을 의심하며 증거를 원해 결국 예수의 몸에 난 상처를 만져 본다—역자) 예술가의 정신에서 출발해 연필이나 펜 끝을 통해 이 세계가 견고하며 구체적이라는 증거가 나온다. 하지만 그 증거는 전혀 익숙하지 않다. 위대한 드로잉—손이나 토르소의 뒷면처럼 전에 수천 번쯤 본 형상을 그린 것이라고 해도—은 하나같이 새로 발견된 섬의 지도와 같다. 다만 지도보다 드로잉을 읽기가 훨씬 쉬울 뿐이다. 드로잉 앞에서는 우리의 오감이 측량기구가 된다.

모든 위대한 드로잉은 기억에 의존한 그림이다. 그걸 배우는 데 그렇게 오랜 시간이 걸리는 건 이 때문이다. 드로잉이 필사처럼 글쓰기의 일종이라면 몇 년 안에 가르칠 수 있을 것이다. 모델을 앞에 두고 있을 때조차 드로잉은 기억에서 나온다. 모델의 역할은 기억을 상기시켜 주는 것이다. 그저 외우고 있는 판에 박힌 고정관념이 아니다. 의식적으로 떠올릴 수 있는 것도 아니다. 모델이 상기시키는 것은 드로잉에 의해서만 구체화하고, 그럼으로써 떠올릴 수 있는 경험이다. 그리고 그런 경험들이 더해지면서 실체를 지닌 삼차원의 구조적 세계에 대한 인식의 총합을 이룬다. 스케치북의 비어 있는 면은 텅 빈 백지다. 그 위에 뭔가를 하나 표시하면 그 면의 가장자리는 더 이상 단순히 종이를 잘라낸 면적이 아니다. 그것은 소우주의 경계가 된다. 고르지 않은 힘을 가해서 그 위에 두 개를 표시하면 백지는 더 이상

하얗지 않은 불분명한 삼차원적 공간이 되며, 표시가 더 늘어날 때마다 공간의 불분명함은 줄어들어 점점 더 명료해진다. 그 소우주는 이제껏 우리가 인식했거나 감지한 모든 비례의 잠재력으로 가득하다. 그 공간은 모든 형태, 지금까지 한번이라도 보거나 만졌던 비스듬한 사면, 움푹한 구멍, 맞닿는 접촉점, 분리의 흐름 등의 잠재력으로 가득하다. 그리고 거기서도 끝나지 않는다. 왜냐하면 몇 개의 표시를 추가한 후에는 공기와 압력이 작용하고, 그렇게 되면 부피와 무게가 개입하기 때문이다. 그리고 이제 이 단계가 되면 한번이라도 머리를 파묻었거나 부딪친 적이 있는 온갖 강도의 단단함과 유연함, 능동적이거나 수동적인 움직임으로 가득 찬다. 그리고 땅 속 지하수처럼 뭔가에 가려진 흉근이며 팔꿈치와 발목, 또는 나뭇가지를 창조하기 위해 우리는 몇 분 안에, 자연이 수천 년에 걸쳐 했던 대로, 그 모든 것 중에서 선택을 해야 한다. 이 모든 것 중에서 우리는 하나의 자물쇠와 하나의 열쇠를 선택해야 한다. 두 개가 아니라 세 개의 목숨을 주어야 할 것 같다.

7월 4일

다 같이 엡솜 근처의 수영장에 갔다. 다이애나, 존, 핸콕 부부, 그리고 나. 이 행복한 아이디어를 낸 것은 핸콕이었고, 우리는 모두 그의 승합차를 타고 갔다. 핸콕은 내가 〈헤엄치는 사람〉 작업을 하고 있으니 실제로 어떤지를 봐야 한다고 말했다. 핸콕의 부인은 실력이 탁월했고, 물에서 나올 때는 보티첼리의 비너스 같았다. 하지만 나는 무엇보다 태평스런 오후의 한나절을 만끽했다. 수천 명의 사람들이 밝은 색의 면이나 실크 옷을 입고 런던에서 물밀듯 빠져 나왔다. 대형 유람버스와 오토바이, 자전거, 마차와 자동차, 그리고 아이들을 한가득 태운 트럭. 어디를 봐도 푸른 잔디 위에 사람들이 누워 있었다. 서로

팔베개를 하고 누운 사람들, 신문으로 얼굴을 덮은 사람들. 햇볕으로 인해 갑자기 희극이 되어 버린 연극을 보는 듯한 기분이었다. 몇 시간 동안은 스포츠카 보닛 위의 은빛 마스코트가 대영박물관에 소장된 그리스와 에트루리아의 모든 유물 조각들—그것들을 붙여서 다시금 완전하게 만든다 해도—보다 백 배는 더 의미심장했다. 예술이란 늘 현대적이어야 한다는 확신은 정당했다. 태양은 모든 것을 현대적으로 만들었다.

수영장의 여자들은 쉰 목소리로 비명을 지르고, 물로 뛰어드는 몸의 속도에 그들의 자그마한 옷은 앵무새의 반짝이는 깃털처럼 보였다. 내 캔버스는 옳았다.

돌이켜 생각해 봐도 딱히 이유를 설명하긴 힘들지만, 그날 오후엔 확실히 다들 행복했다. 그 전날에는 체육협회 공모전 심사위원단에 내가 포함됐으며, 제럴드 뱅크스 경도 그 중 한 명이라는 얘기를 들었다. 이 사실을 야노스는 무척 재미있어 했고, 다이애나는 혼란스러운 흥분에 휩싸였다. 한편으론 내가 야노스의 작품을 최우수작으로 뽑아 줄 기회라는 생각에 기뻐했지만, 또 한편으론 야노스가 뱅크스에게 그렇게 핏대를 세웠다는 사실에 다시 한번 분개했다. 〈파도〉를 그린 사람이 누구인지를 뱅크스가 모를 테니 상관없다는 내 설명에도 그녀는 여전히 수긍하지 못했다. 어쩌면 그저 날씨에 취했던 것일 수도 있다. 야노스의 표현대로 그날은 완벽한 칠월의 토요일이었다. 수영장은 들뜬 연인들로 가득했다. 야노스는 발코니에 앉아 몸을 앞으로 기울여서 우리를 쳐다봤다. 과하게 올록볼록한 백구십오 센티미터 몸의 중간에 짧은 트렁크 수영복을 입어 어딘지 우스꽝스러워 보이는 렌 핸콕은 다이애나를 자기 어깨에 태우려고 했다. 처음엔 격렬하게 반항했지만 함께 수영을 하더니 다이애나도 민망함을 잃어버렸다. 핸콕 부인은 가장 높은 다이빙대에서 공중제비를 돌며 떨어지기 전에 우리에게 손을 흔들었고, 연이어 다이빙을 하는 그녀의 모습은 새장을 떠난 새 같았다. 한 시간쯤 후에 우리는 야노스가 있는 발코니로 올라갔다.

"바다에서 사랑에 빠져 본 적이 있나요, 라빈 씨? 그보다 더 깊이 빠질 수는 없어요. 제가 장담하는데, 그 경험은 최고예요. 비도 그렇게 해서 만났죠."

핸콕이 아내의 어깨에 팔을 둘렀다.

"렌, 바보 같은 소릴랑 그만둬요. 한마디도 믿지 마세요, 라빈 씨. 이이는 아무 생각 없이 이런 얘기를 해요."

"물 속에 있는 당신을 보면 모든 남자가 사랑에 빠질걸요, 핸콕 부인."

"지당하신 말씀입니다." 렌이 말했다.

"당신도 들어가지 그래?" 다이애나가 물었다.

"그래요, 그러세요. 너무 따뜻해요."

"갑시다. 그림을 실행에 옮겨야죠!"

"가서 당신 수영복을 가져올게." 다이애나가 말했다. "당신도 아주 좋아할 거야."

"지당하신 말씀이에요." 렌이 거들었다.

그렇게 해서 야노스는 결국 설득을 당했다. 빌려 온 수영복은 영 맞지 않았지만, 야노스의 몸은 배가 아주 살짝 나왔을 뿐 놀랄 정도로 단단했다. 그는 검은 털이 숭숭한 팔을 문지르며 씩 웃는 얼굴로 수영장 가장자리를 걸어 우리가 있는 곳으로 다가왔다. 그런 모습을 보고 나니, 양쪽 귀 위에 난 흰머리는 어쩐지 뒤늦게 생각나서 작업한 덧칠 같아 보였다.

"내가 물에 빠지면 좀 구해 줘."

"비는 인명구조에서 금메달을 땄고, 나는 저기에서도 걸을 수 있어요." 핸콕은 물이 어디에 닿는지 보여주기 위해 손을 턱에 가져다 대며 말했다.

야노스는 물에 뛰어들었다가 부수수한 머리가 찰싹 붙은 채로 올라왔다.

"그렇게 차갑지 않은데."

"물이 서늘해졌어요." 렌이 소리쳤다.

"다이빙을 할 줄 아시네요." 핸콕 부인이 말했다. "더 높은 곳에서 한번 해 보세요."

야노스는 가슴을 살짝 부풀리며 물 밖으로 올라갔다.

"한 번만 해 보죠."

야노스는 가장 높은 다이빙대로 올라갔는데, 시합에 참가하는 것처럼 표정이 자못 진지했다. 다이애나는 조금 걱정스럽게 손을 흔들었다. 야노스는 팔을 머리 위로 치켜들더니, 너무나 느닷없이 코를 움켜쥔 채 발부터 그대로 뛰어내렸다.

"아, 예술가다워!" 핸콕이 탄성을 질렀다.

7월 7일

라슬로가 처형당했다.

나는 작업을 할 수도, 글을 쓸 수도 없다. 내 마음은 끊임없이 빙글빙글 맴을 돈다. 마음을 털어놓을 수 있는 사람이 아무도 없다.

시실리에 이런 노래가 있다. 감옥의 노래다.

우리를 풀어 줄 때라네. 날이 어두워,
고양이의 가죽이 빛나기 시작하니.

자네를 다시 만날 기회는 끝내 없는 거였어.

8월 5일

새벽 두시. 스튜디오의 모든 것은 미동도 없이 고요하다. 모든 것은 분명히 밤을 견뎌낼 것이다. 귀를 바짝 세우고 들으면 다이애나의 숨소리를 들을 수 있다. 그녀의 인생도 기구하다. 그녀가 다시 희망에 찬 모습을 볼 수 있으면 얼마나 좋을까. 어쩌면 아이를 가졌어야 했는지도 모른다. 그랬으면 나와 싸울 때 필요한 동지를 얻었을 텐데. 한결 대등한 싸움이 됐겠지. 다른 남자들은 힘으로 윽박지르지만, 나는 실패로 그녀를 으른다. 그리고 내겐 실패가 아닌 게 그녀에겐 그렇다는 사실이 더 참담하다. 다이애나는 실패에, 그리고 그것을 실패로 여긴다는 내 비난에 이중으로 시달린다. 그리고 나는 그녀의 체념에 시달린다. 그러다 보면 우리는 등에 육십 와트짜리 전구를 끼울 것인지, 아니면 백 와트짜리를 끼울 것인지를 놓고도 말다툼을 벌일 수 있다. 부다페스트 감옥엔 전기가 들어오지 않았다.

나는 여기에조차 완전히 솔직하게 글을 쓰지 않는다. 나는 그 점을 의식하지만, 그것 때문에 괴롭지는 않다. 고백은 무기력한 행동이다. 죽음의 시간은 더 이상의 행동을 불가능하게 한다. 그게 자네의 결론이었나, 라시? 하지만 그때까지는 솔직하게 행동하는 편이 낫고, 보다 솔직한 행동은 동기를 있는 대로 파헤치지 않아야 가능하다. 솔직한 행동은 결과를 솔직하게 직시한 것의 결과다. 내 인생에서 가장 솔직했던 행동들은 모두 정치적이었다. 나는 여전히 그것을 믿어야 한다. 자넨 자백을 했을 때조차 그걸 믿었나?

채광창으로 별 두 개가 보인다. 옛날 같았으면 여름의 절정이어서 이제 서서히 한 해의 끝이 시작되는 것으로 봤을 것이다. 입맞춤 한 번에 되돌아올 수 있는 잠의 지하세계로나 돌아가는 페르세포네.(그리스 신화에서 저승의 신 하데스에게 납치되어 그의 아내가 된 저승의 여왕—역자) 지금은 그저 작업을 하는 두 날 사이의 막간이라고 믿고 싶다. 나는 늘 한가한 시간을 싫어했다. 우리가 믿는 미래가 임박했기 때문에 단 한순간의 낭비도 있을 수 없었다. 물론 많은 순간들을 허비했다. 하지만 우리는 그것을 전혀 깨닫지 못했다. 밤이 있고, 일하는 낮이 있다. 심지어 지금도 여기 영국 사람들이 '주말'이라고 하면 그게 이틀 동안 일에서 손을 놓는다는 뜻이라는 걸 기억해야 한다. 하지만 만약 한 평생을 낭비했다면?

8월 11일

〈파도〉를 공모전에 제출했다. 보내기 전에 그걸 들여다봤다. 나로서는 다른 사람들이 그걸 어떻게 받아들일지 상상할 수 없다. 다이애나는 "이제 다 끝났어?"라고만 물었다. 막스는 "브리타니아 섬은 어디 있어요?"라고 농담을 하며 웃음을 터뜨렸다. 렌 핸콕은 이렇게 말했다. "아주 훌륭해요, 진짜 아주 훌륭해요. 정말 열심히 작업하셨어요." 존은 여느 때처럼 칭찬을 했는데, 그의 마음을 차지하고 있는 어떤 모호한 점을 입증하려면 내 재능을 믿어야 하기 때문이다. 라슬로가 심문을 받는 동안 나는 그걸 그렸다. 어쩌면 그림 속에서 하늘을 나는 갈매기들도 그의 시 속에서 하늘을 선회하는 비둘기들에 대한 기억에서 나왔는지 모른다. 그러나 내 바다는 비인칭이다. 그리고 그의 군중은 사람들이다. 라슬로는 고초를 당하고 비난받고 처형되었다. 그리고 나, 나는 내 예술에 빠져 있는 걸까? 처지라는 것은 우리 모두를 낭만주의자로 만들고 마는 걸까? 라시, 자네의 마지막 시간들이 나를 괴롭히네. 그때 자네는, 자네가 썼던 것처럼 사보타주를 한다고 비난받았던 철강공장 옹호자와 같은 생각이었나? 아니면 이젠 그 소리를 다시 들을 수 없다는 걸 아는 전차에서 뛰어내리던 청년, 미술관 카페로 돌진하듯 뛰어 들어오던 그 젊은이의 생각이었나? 하지만 또 다른 카페가 있었지. 뒤쪽에 있는 방에서 파울이 총에 맞았던 빈의 그 카페. 빈에 도착하기도 전에 체포당한 우리 다섯 명을 밀고했던 파울. 라시, 그랬나?

8월 14일

나는 절대로 화가가 되지 말았어야 했다. 작업을 해야 한다는 도의적인 의무감만이 이걸 지속하게 한다.

8월 15일

생각이나 행동이 그 결과가 아닌 의도나 진정성에 의해 평가될 때, 자신감이라는 사기꾼이 늘어나는 것은 인간 본성의 역설 가운데 하나다. 라시, 그랬나?

예술에서는 그 어떤 것도 정당화되지만, 모든 것은 관련되어야 한다. 화가가 금해야 할 것은 아무것도 없다. 전혀 없다. 하지만 작품이 완성됐을 때 그가 한 작업은 자신의 잠재력을 보다 완전하게 실현하려는, 늘 다르게 존재하는 인간의 투쟁과의 관련하에서 평가되어야 한다. 라시, 자넨 그걸 이해했나? 그건 간단치 않다.

체육협회 공모전의 심사위원은 제럴드 뱅크스 경, 비평가이면서 비어즐리와 스윈번 그리고 19세기 미술 전문가인 가이 헌터, 추상미술의 옹호자로 잘 알려져 있으며 『상징으로서의 기계』라는 책을 쓴 커스버트 라이언스, 체육협회를 대표해서 나온 월멋 씨, 그리고 나였다. 우리는 참가작 육천 점 중에서 전시할 백 점과 수상작 넉 점을 골라야 했다. 우리는 의자에 일렬로 앉아 일꾼들이 그림을 들고 지나는 동안 작품을 봤다. 하나씩 지나갈 때마다 우리는 거부, 찬성, 보류의 의견을 냈다. 제럴드 뱅크스 경은 의자에 깊숙이 앉아 팔짱을 낀 채 어쩌다 어떤 작품이 흥미롭다고 여겨지면 "포함"이라고만 얘기했다. 둥근 얼굴에, 위에 은을 댄 지팡이를 짚고 의자 등받이에 기대앉은 가이 헌터는 "좋아요, 좋아"라는 말로 작품에 대한 지지를 표명했고, 통이 꽉 끼는 바지에 해군처럼 머리를 짧게 자른 커스버트 라이언스는 몸을 앞으로 기울여 팔꿈치를 무릎에 얹은 자세로 가늘고 하얀 얼굴을 찌푸려 가며 집중을 했다. "찬성." 그림이 마음에 들면 그는 이렇게 말했다. 월멋 씨는 아무 말도 하지 않았다.

다른 그림들보다 큰 야노스의 작품을 일꾼 두 명이 들고 왔다. "좋아요, 좋아." 내가 말했다. "아, 아, 아카데믹하군요"라고 라이온스가 말했지만 그밖의 사람들은 아무 말도 없었기 때문에 그건 찬성이었다. 평균 일 분에 세 작품을 봤고, 그렇게 사흘이 지나자(심사위원들은 일인당 팔십 파운드의 사례비를 받았다) 찬성과 보류 중에서 수상작을 선정하는 일만 남게 되었다. 이때쯤엔 우리의 판단력도 다소 무뎌진 상태였다. 헌터는 킬킬거리며 이렇게 말했다. "성직자가 된 기분이군요. 왜 있잖아요, 축제가 끝난 다음에. 이젠 웬만한 간음의 고백이 아니고선 저를 놀래킬 수 없어요." 월멋 씨는 우리에게 위스키를 열심히 권했고, 우리는 각자 넉 점씩 추천작 목록을 작성했다. 몇몇 작품이 겹쳤기 때문에 우리는 열여섯 개의 캔버스를 앞에 놓고 네 작품을 골라야 했다. 내 생각에 이 단계에서 〈파도〉에 표를 준 사람은 나 하나였던 것 같다. 이제 사람들은 저마다 자신이 선택한 것을 옹호하고 다른 사람들을 설득하려 했다. 제럴드 경은 우리의 전체적인 책임의식에 호소했다. "우리가 여기 모인 이유는 장래가 촉망되는 재능을 격려하기 위해서가 아니라, 재능의 성취를 심사하기 위해서입니다." 라이언스는 캔버스 앞에서 팔을 흔들며 '공간의 막이 어떻게 건축적'이 되었는지를 온몸으로 증명해 보였다. 이미지를 추구하는 헌터는 '겔랑의 향수처럼 매혹적인 것'을 찾아냈다. 두 시간이 지났을 땐 여섯 작품이 남았고, 〈파도〉도 그 중 하나였다. 우리는 잠시 멈추고 나가서 요기를 했다. "말해 봐요." 뱅크스가 물었다. "당신이 그렇게 높이 평가하는 그 바다 그림, 당신은 그걸 누가 그렸는지 알고 있나요? 완숙한 작품이라는 건 분명하지만 뭐라고 이름을 붙일 수가 없어요." 나는 잠시 주저하다가, 실보다는 득이 되겠다고 판단했다. "야노스 라빈입니다." 내가 말했다. "역시 그랬군요." 그러더니 잠시 먼 허공을 응시했다. 우리는 다시 일을 하러 들어갔다. "저는 저 바다 그림에 반대표를 던지겠어요. 너무 차가워요, 그러니까 제 말은 기계적이라는 거죠." 헌터가 말했다. "그리고 제가 보기엔, 지나치게 타협을 했어요. 회화적일 정도로 치장이 된 추상이에요." 라이언스도 같은 생각이었다. 뱅크스는 그들의 머리 위로 그림을 바라봤다. "저는 마음에 듭니다." 그는 단호하게 선언했다. "개성이 있어요. 독자적이고." 그렇게 해서 결정권은 월멋 씨에게 넘어갔다. 우리는 모두 그를 쳐다봤고, 그는 가늘게 뜬 눈으로 캔버스를 응시했다. "글쎄요, 여러분. 제가 보는 바로는, 우리는 모두 정말로 진보적인 사람, 그러니까 진정으로 현대적인 작가에게 상이 돌아가길 원하죠. 이건 약간 단조롭다고 말할 수 있겠는데요."

8월 25일

심란하고, 너무 늦게 잠든다. 다이애나는 그런 나를 지켜 보며 그것이 공모전에 대한 반응이라는 지레짐작에 놀라움을 금치 못한다.

정원 울타리 틈새로 헐벗고 파헤쳐져 삼베자루 같은 색의 땅 위에 햇살이 떨어진다. 그리고 햇살의 가느다란 금빛 선은 금빛 묘목을 한 뜸 한 뜸 줄 지어 놓은 것 같다. 런던에서 하얀색 벽은 야생화보다 드물다.

8월 30일

내셔널 갤러리에 가서 벨리니의 〈고뇌〉와 티치아노의 〈바쿠스와 아리아드네〉를 봤다. 그들은 신이 아니었다. 그렇게 생각하는 건 학자들뿐이다. 아무리 형편없고 보잘것없는 화가라 하더라도 위대한 선배들 앞에서 경외감을 느낄 필요는 없다. 우리는 대등한 자들의 성공에서만 배울 수 있다. 의심을 낳고 능력과 그것의 용도를 분리함으로써 예술을 손상시키는 것은 끊임없이 재능이나 천재성을 비교하고 따지는 못돼먹은 태도다. 티치아노는 나를 인정했을 것이다. 만약 그렇지 않았다면 그건 내 얼굴이 마음에 들지 않았거나, 내가 그를 속여서 일거리나 여자를 빼돌렸기 때문일 것이다. 티치아노의 작품 앞에서, 그게 좋은 작품일 경우, 나는 더 큰 자부심을 느낀다. 화가가 된다는 게 어떤 것인가를 새삼 떠올린다. 그리고 거기서 만약 내 그림의 상대적인 실패를 되새긴다 해도 그건 중요치 않다. 동료의식이 더 강하다. 다른 화가들만이 이걸 이해할 수 있다. 이걸 가장 이해 못 하는 사람들은 예술이란 게 가지고 다닐 수 있고 시간을 초월하며 보편적이라고 생각하는 치들이다. 그들은 힌두교 조각을 미켈란젤로 옆에 세워 놓고 양쪽 모두 여자들이 가슴을 두 개씩 달고 있다는 사실에 감탄한다! 하지만 우리네 동료의식의 본질은 차이점이다. 우리는 저마다 서로 다른 목적을 향해, 서로 다른 중압감 아래서 작업을 한다. 그중 약간은 개인적인 것이고, 대부분은 사회적이거나 역사적인 것이다. 이런 차이가 없다면 우리는 성취의 차이를 결코 받아들일 수 없을 것이다. 우리가 유일하게 공유하는 것은 우리가 직면한 거대한 어려움, 기술적인 어려움의 크기이다. 물론 미술사가들은 그것조차 부정할 것이다. 그들은 몇 세기 동안 거의 변하지 않은 비잔틴 전통을 따르는 장인과 르네상스의 혁명적인 작가들을 비교할 것이다. 하지만 나는 이걸 완전무결한 진실로 받아들이지 않는다. 우리 모두는 눈과 손을 마음과 조화시킨다는 같은 문제에 직면해 있다. 우리 모두는 이미지라는 팔다리를 가진 운동선수들이다. 그리고 운동선수는 시대에 관계없이 공통점을 지닌다. 비잔틴의 모자이크 장인은 방금 붙여 넣어 운명이 정해진 각석(角石)에 대해 잠시 곰곰이 생각에 잠긴다. 르네상스의 화가는 붓을 잠시 멈추고 비례나 대위(對位)가 좀더 통일성을 가질 수 없는지를 곰곰이 생각한다. 바로크의 화가는 잠시 멈추고 긴장감을 한층 더 진행시킬 수 없는지를 따져 본다. 들라크루아는 잠시 멈추고 색상의 낭만적인 연금술을 숙고한다. 세잔은 잠시 멈추고 자신이 여전히 작고 교묘한 감각에 충실한지를 다시 한번 돌아본다. 오늘날의 우리는 간결함을 더 간결하게 만들 수 있는지를 곰곰이 생각하기 위해 잠시 멈춘다. 그리고 이렇게 멈춘 잠시 동안 예술가들은 같은 어려움, 감지할 수 없는 것을 감지되게 만드는 어려움, 뜨거운 내용물을 담아낼 차가운 형태를 창조해내는 어려움에 직면해 있다. 우리를 하나로 묶어 주는 것은 그 어려움이다. 우리 모두는 그 어려움을 너무나 속속들이 알고 있기 때문에 전혀 다른 생각들이 우리의 잠시를 채움에도 불구하고 모두 그것의 본질을 인지할 것이다. 길 아래쪽에 사는 한 노인은 현관 앞에 의자를 내다 놓고 앉아 햇볕을 쪼인다. 굉장히 늙은 노인이다. 사실상 죽어 간다고 할 수 있다. 그리고 이걸 알기 때문에 그 앞을 지날 때마다 나는 인사를 건넨다. 햇볕에 살이 그을리셨다고 얘기하고, 노인이 내 장바구니에 담긴 채소의 값을 물으면 —예전엔 시골에 사셨단다— 굉장히 다정하게, 그리고 장황하게 대답한다. 나는 왜 그렇게 하는 걸까? 그건 자연스러운 반응이다. 그는 곧 죽을 것이다. 라슬로처럼 죽을 것이다. 그리고 나는 그가 가끔씩, 어쩌면 숨이 넘어가는 순간에도 좋은 생각을 가졌으면 좋겠다. 나를 개인적으로 생각해 달라는 게 아니라, 삶에 대해, 그가 두고 떠나는 세상에 대해. 나는 그에게 최대한 좋은 생각을 할 이유를 주고 싶다. 그리고 모든 화가들이 다 그랬다. 햇볕을 쬐며 며칠 남지 않은 날을 보내는 그 노인네는, 엄밀히 말해서, 우리 예술가들에게 필요한 것을 상기시켜 주는 존재는 아니다. 채소가게에 다녀오는 길에 그를 지나치지 않아도 우리는 그걸 안다. 우리 모두는 우리가 안간힘을 써서 명백하게 드러낼 수 있는 최대한 좋은 생각을 다른 이들이 가져가길 원했다. 그리고 여기에 우리의 동료의식이 있다. 그것의 이려움에 직면해 보지 않은 자들에게 우리의 공통된 목적은 너무나 모호해서 비현실적으로 들릴 것이다. 하지만 그것이 그토록 비현실적이었나, 라시? 그게 아니라면, 자네가 그랬나? 티치아노와 벨리니에 대해 다시 생각해 봐야겠다.

르네상스 예술가들에게 주름 표현은 채색화와 드로잉이 우리에게 주는 의미를 지녔었다. 그들의 주름이 우리의 붓자국, 또는 우리들 중에서 제스처를 미심쩍어 하는 사람들에겐 면을 분석하는 방식이 되었다. 르네상스의 주름 표현은 큐비즘의 면 분할만큼이나 작위적이다. 벨리니의 그림 속에서 예수가 입고 있는 옷은, 동시에 몸의 구성을 분석하고, 옷이 아닌 돌로 똑같은 균열이 만들어진 무자비한 풍경과 그를 통합시키고, 세상에서 가장 느리면서도 가장 빠른 유성보다 더 가차없이 움직이는 빙하처럼 시간이 고착될 심판의 순간을 표현하는 방식이기도 하다. 형을 받은 후에, 라시 자넨 자네를 죽일 바로 그런 시간을 기다렸지.

티치아노에 대해서도 생각해 보자. 마찬가지다. 옷의 주름은 그 그림 속에서도 의복과는 아무 상관이 없다. 그것들은 감싸고 흘러내리고 뒤로 늘어지면서 몸을 빛나게 한다. 삼백 년 후에 르누아르가 빛을 가지고 그랬던 것처럼. 또는 오십 년 후에 티치아노 자신이 빈의 〈양치기와 님프〉에서 그런 것처럼. 아, 빛이 우유처럼 부윰한 그 그림을 스물다섯 해 동안이나 보지 못했다! 그리고 연인의 손인 양 제 팔을 꼬집는 그 여자의 손! 그 노인네의 꿈! 수면제를 먹고 민첩하고 명랑한 당직 간호사의 마지막 점검도 끝이 나면, 양치기가 왕년의 유행곡을 피리로 불고 뒤쪽의 부러진 나무가 머리맡 차트에 적힌 나이와 체온을 보는 동안 수많은 팔순의 노인네들은 그 양치기 옆에 앉아 웅얼거리며 제 늙은 손을 그 젊은이의 장갑에 끼워 보는 꿈을 꾸는 것이다. 우리는 모두 단순했다. 가늠할 수 없이 복잡한 것은 우리의 기교다. 티치아노는 위대한 화가에겐 단 세 가지 색만이 필요하다고 말했다. 하지만 나는 시각도 기교로 친다. 괴팍한 노인네인 티치아노는 삶의 마지막 여름에 만나는 여자들을 구경하는 길 아래께에 사는 내 친구와 조금도 다르지 않다. 천재는 결코 예외가 아니다. 천재는 병적으로 열광하는 사람과 정반대다. 천재는 평범한 것, 수십만 번도 넘게 존재해 온 것의 무게를 고스란히 짊어진다. 하지만 그는 자기 자신을 지켜 본다. 그것이 그의 기교에서 가장 큰 부분을 차지하고, 다른 이들과 그를 갈라 놓는 특징이다. 우리는 모두 끝없이 망각한다. 천재는, 자기 자신을 지켜 보기 때문에, 기억한다. 그는 순수하게 자신의 꿈을 기억하고, 무자비하게 실제의 경험을 기억하고, 평평한 면에 색을 칠하는 사람으로서 경험한 실수와 성공의 엄밀한 본질을 기억하는 법을 서서히, 아주 서서히 터득한다. 그리고 그럼으로써 다른 사람들이 느꼈지만 결코 알지 못했던 것을 인식한다. 기교와 천재성은 바로 그 인식에 다름 아니다.

자려고 애썼지만 소용없었다. 눈을 감으면 빈에 있는 티치아노의 캔버스가 떠오른다. 하지만 문질러 그린, 아직 완성되지 않은 새벽하늘의 부융한 빛 속에 선 인물들 뒤로 빈의 모습이 너무 많이 보인다. 우리가 배신자 파울을 죽인 후, 이른 아침 근처에서 들었던 관리인의 양동이 소리가 들린다.

전면에 있는 여자에 대해 다시 생각해 본다. 양쪽 엉덩이는 진주 같다. 기억에는 두 가지 종류가 있다. 드레스텐에는 조르조네의 비너스가 있다. 그리고 티치아노가 있다. 조르조네는 이미 떠난, 이미 존재하지 않는, 기억을 기억하기 시작하는 순간에 시작되는 기억의 이상화에 이미 종속된 여인의 모습을 기억한다. 나는 그런 조르조네를 사랑한다. 하지만 그 여인은 구름 낀 밤을 기억하는 초승달처럼 거기 떠 있다. 그녀는 재구성된 것이다. 그러므로 정해진 형상에 맞춰진다. 그녀는 기대이며 기억이지만, 실체는 아니다. 어색한 팔다리는 완벽한 비례의 전체적인 형태 속으로 미끄러져 들어간다. 비록 완벽하기는 하지만 —이게 중요하다, 완벽하지 않은 게 아니라는 것— 잔디에 남긴 흔적으로부터 재구성된다. 하지만 두 알의 진주 같은 엉덩이를 가진 티치아노의 여인은 그렇지 않다. 거기에도 생략은 있지만, 실체 앞에서 우리가 느끼는 비합리적인 숭배에 바치는 헌사일 뿐이다. 알려진 사실과 부대끼는 알려지지 않은 특징—전혀 부대끼지 않는 그런 종류의 기억이 아닌—에 보내는 헌사인 것이다. 조르조네의 작품은 모른다는 점이 톡 쏘는 처녀의 꿈이다. 티치아노의 작품은 언젠가 한때 그림이 주장하는 모든 것이었던 여인에 대한 기억이다. 이런 구분은 제 나라의 여인을 꿈꾸기도 하고 기억하기도 하는 **망명객**이 아니라면 지나치게 미세할지도 모른다. 카틴카. 나의 시절.

9월 15일
아침 내내 〈헤엄치는 사람〉에 매달렸다. 오후엔 학교에 갔다. 나는 모델에게 자전거 위에서 자세를 취해 달라고 했다. 학생들은 처음엔 킥킥거리더니 잘 반응했다.

9월 16일

지금은 굉장히 늦은 시간이고, 지금 막 나 자신에게 장난을 하나 쳤다. 새로운 에칭 플레이트를 작업했는데, 사다리를 들고 가는 한 남자의 모습이다. 그리고 첫번째 프린트를 찍었다. 하지만 아침까지는 보지 않을 작정이다. 이것 때문에 일찍 일어나게 되겠지.

9월 18일

하드윅은 내가 모델을 자전거에 앉힌다는 얘기를 듣고 교직원실에서 농담을 했다. 못마땅한 게 분명했다. "그렇게 할 모델은 거의 없을 거예요." 그가 덧붙였다. "관록있는 모델 중엔 하나도 없을 게 분명하고." 그는 통상부에서 일해야 할 사람이다.

학교에 선생이 새로 왔다. 그는 정물화를 맡았는데 나처럼 나이가 지긋하다. 어제는 내가 얼마나 늙었는지를 새삼 느꼈다. 캔버스의 한 부분을 전체적으로 보기 위해 몸을 뒤로 젖히다가 그만 계단에서 떨어졌다. 크게 다친 건 아니고 엉덩이에 멍이 살짝 든 정도다. 하지만 복도에 누워 욕을 퍼붓고 있자니 심장이 마치 고장난 엔진처럼 쿵쾅대는 게 느껴졌다.

이 사람은 레너드 고라고 한다. 안경을 쓰고, 렘브란트의 아버지 같은 얼굴에, 테 없이 둥근 모자 속에 들은 것만 제외하곤 모든 게 다 낡았다. 남다른 점은 귀가 완전히 멀었다는 것이다. 얘기를 나누려면 필담을 주고받아야 한다. 점심 때 그는 내 옆에 앉더니 쪽지를 건넸다. "가르치는 게 좋아서 하시는 건가요?" 나는 고개를 끄덕였고 그는 계속 식사를 했다. 이따금씩 표정으로 대답의 진위를 저울질하려는 듯이 나를 쳐다봤다. 그러다 다시 메모지 한 장을 건넸다. "당신의 작품은 어떤가요?" 나는 웃으면서 그 밑에다 썼다. "훌륭하죠." 그걸 읽고 나서 고는 내 팔을 잡고 미소를 지었는데, 왠지 내가 그보다 한참 어리다는 느낌이 드는 그런 미소였다. 사람들 얘기를 듣자니 뛰어난 선생이라는데 그걸 믿을 수 있는 게, 그는 말로 하는 대신 보여줘야 하기 때문이다. 모든 예술학교의 선생들이 귀머거리라면 조용한 예술이 융성할지 모른다.

문화부 장관이 방금 라슬로에 대한 담화를 발표했다. "그는 예술을 빙자해서 사회주의의 적에게 부역했다."

하드윅이라는 사람은 야노스가 강의를 했던 미술학교의 교장이다.

9월 23일

조지의 새 작품들을 보러 퍼트니에 갔다. 노동계급이라는 출신은 그에게 얼마나 큰 이점으로 작용하는지! 18세기였다면 취향이라고 부르는 데 만족했을 것을 지녔다는 이유만으로, 예술에 손을 대는 딜레탕트들의 온갖 주술로부터 그는 안전하다. 신작들은 훌륭하다. 그는 고집이 있는데, 포위당한 우리네 조건하에서는 가장 필요한 덕목이다. 노동계급이나 역사적으로 소외당한 계층 출신의 예술가는 이런 고집이나 근본적인 의심을 지니는 경우가 거의 대부분이다. 하지만 후자는 치명적이다. 이런 예술가들이 상처를 입을 때 상처를 가하는 주체는 세련된 문화의 결여가 아니라 바로 의심이다. 베를린의 하인츠를 나는 아직도 기억한다. 철도노동자의 아들이었던 그는 비범한 재능의 소유자였다. 하지만 동시대 사람들이 다른 혜택과 더불어 일상적으로 받아 왔는데 자신은 누리지 못한 어떤 숨겨진 지식이 있을까 봐 늘 겁을 냈다. 이런 마음은 무의미하고 생산적이지 못한 노력으로 이어졌다. 그는 따뜻한 색으로만 그림을 그린 다음, 똑같은 그림을 똑같은 방식이되 온통 차가운 색만을 이용해서 다시 그리곤 했다. 단지 어떤 바보 같은 책에서 이것이 색을 이해하는 비밀이라고 써 놓은 걸 봤기 때문에. 누가 자신의 그림을 비판이라도 하면 하인 츠는 얼굴을 찡그리며 진지하게 말했다. "그래, 나도 알아. 그걸 아직 못 배웠어." 마치 모든 실패가 공식 교육이 부족한 탓이라는 듯이. 조지는 그렇지 않다. 그리고 준은 이상적인 화가의 아내다. 화가는 후원자가 아니라 요리사와 결혼해야 한다.

조지 트렌트는 요크셔 광부의 아들로 서른두 살이었는데, 야노스에겐 가장 제자에 가깝다고 할 만한 사람이었다. 자주 만나지는 않았지만 조지는 야노스의 의견을 무척 중시했다. 아마 그림으로 번 돈은 야노스보다 조금 더 많을 텐데, 적잖은 수집가와 판매상들 사이에서 리얼리즘의 신예로 알려졌기 때문이다. 이름표만 잘 붙으면 싸움의 반은 먹고 들어간다.
한번은 야노스와 함께 조지의 작품을 보러 갔다.(내가 기억하기론 두 사람이 처음 만난 건 나를 통해서였다)
조지는 가구가 하나도 없는 앞쪽 방으로 우리를 데려갔고, 겨울이라 석유난로를 피워 놨는데도 무척 추웠다. 바닥엔 신문지가 깔려 있고, 액자에 끼우지 않은 캔버스가 온 벽에 기대 서 있었다.
조지는 문을 열더니 그날의 연사를 단상으로 안내한 후 이제 비켜나는 것밖에 더 할 일이 없는 사람처럼 옆으로 비켜섰다. 스무 점 정도 되는 그림 속에서 대부분 요크셔 노동자인 사람들의 머리가 우리를 바라봤다.
야노스는 천천히 방을 돌았고, 두세 점은 쪼그리고 앉아 자세히 살펴봤다. 정수리는 머리가 벗겨졌지만, 뒤에서 보면 숱이 어찌나 무성한지 귀가 보이지 않을 정도였다. 주름 잡혀 올라간 소매 밖으로 긴 손목이 불쑥 나왔고, 캔버스 한 귀퉁이를 만져 손에 얼룩이 졌다.
"훌륭해, 훌륭해." 그가 중얼거렸다.
"제가 추구하는 건 아직 아니에요." 그때까지도 문가에 서 있던 조지가 대꾸했다. "하지만 계속하는 것밖엔 방법이 없어서요. 뭐라고 꼬집어 말할 수가 없어요. 가끔은 제대로 나오고, 가끔은 그렇지 않아요."

야노스는 여전히 쪼그려 앉은 채로 그를 향해 몸을 돌리고는 소리내어 웃었다.

"좋은 그림은 밤도둑처럼 오지. 안 그래?"

그리고 얼마 후에 그림들에 대해 꼼꼼하게 얘기하기 시작했다.

"이 머리는 아주 좋아, 아주 훌륭해. 영속적인 느낌이 들어."

"무척 애먹은 작품이에요. 색을 여섯 번쯤 칠했어요."

"그래, 그래, 당연하지. 영속적인 느낌을 받은 건 전체가 하나이기 때문이야. 자세와 표현은 항상 물감과 캔버스만큼 오래 지속될 수 있을 것처럼 보여야 해. 그렇지 않다면 한낱 스냅샷, 훔친 삶의 한 조각일 뿐이지. 그런데 이건 그렇지가 않아. 두터운 칠, 형태, 혈색과 빛, 이 남자가 살아온 모든 삶, 그것들이 함께 어우러져 있어. 서로의 팔을 비틀어대는 게 아니라…. 하지만 이거, 이건, 그다지 마음에 들지 않아. 여자와 소녀는 좋아. 그런데 뒤의 계단, 이건 앞으로 나오는 거랑 다르게 뒤로 빠지잖아. 이건 색칠한 패턴에 불과해. 이걸 봐. 여기서는 소녀의 발목 주변으로 공간이 느껴지거든. 물감을 두텁게 묻혀서 붓질을 두 번 했을 뿐인데도 그 발목 둘레에 공간감을 만들어냈어. 하지만 두 사람 뒤로 벽이 얼마나 떨어져 있는지는 느껴지지가 않아. 둥둥 떠 있는 거야, 벽 말이야. 제자리를 찾지 못한 거지. 그리고 여기 이 손, 이건 잘려진 손이야. 손가락 하나하나는 다 괜찮지만, 진짜 손의 경우엔 어깨에서 이어진다는 느낌을 받을 수 있거든. 여기서는 어깨에서 이어지는 느낌이 없어. 모사가 지나쳤어. 다시 만들기 위해, 팔을 구성하기 위해 끝까지 이어 가 주질 않은 거야."

말을 하는 동안 그림 위에서 움직이는 야노스의 손은 거기서 실을 잡아당기거나 가상의 삼차원 공간 속에서 거대한 수를 놓는 것처럼 보였다. 조지는 그 옆에 서서 얘기를 들으며 고개를 끄덕였다. 우리는 천천히 방을 돌면서 작품을 하나씩 살펴봤다. 조지는 한 번씩 느리고 신중하게 얘기를 했지만, 말에 대한 불신은 여전했다.

"무슨 말씀인지 알겠어요. 저번 날엔 이런 생각이 들었어요. 앞을 못 보는 사람이 어째서 현실감각이 결여되지는 않는지, 그렇잖아요? 그리고 바로 그런 리얼리티를, 제 말씀을 이해하실지 모르겠지만, 그림 속에 담고 싶어요."

사십오 분쯤 지나자 빛이 사라지기 시작해서 더 이상 볼 수 없었다. 우리는 부엌으로 돌아갔고, 야노스는 차가워진 손을 비볐다. 조지의 아내는 직장에서 돌아와 차를 준비하고 있었다.

"안녕하세요, 선생님. 새 작품들을 어떻게 보셨어요?" 그녀가 물었다.

"남편에 대해 어떻게 생각하는지 알잖아. 아주 할 말이 많은 친구지…." 야노스가 얘기를 시작했다.

"제가 늘 이이한테 얘기하는 것도 그거예요." 그녀가 끼어들었다. 눈은 굉장히 크게 떴지만, 목소리는 날카로웠다. "조지의 문제는 걱정이 지나치게 많다는 거죠. 가끔 한밤중에 일어나서 저기 앞쪽 방에 내려가 어슬렁거리는 거 아세요?"

조지는 입을 다물라는 표정으로 아내를 쳐다봤다. 준은 커다란 눈으로 맞받아 쳐다보고는 빵 써는 칼을 내려 놓았다.

"아유, 제가 늘 쓸데없는 소리를 한다는 건 알지만 이이는…" 그녀의 작은 손이 짐짓 비난하는 듯한 시늉으로 남편을 가리켰다. "이이는 피클처럼 모든 걸 병에 담아 버려요."

"차는 어떻게 됐어?" 이게 조지의 대꾸였다.

"잠깐이면 돼요." 그녀는 종이화살 같은 미소를 그에게 던졌다.

"하지만 정말 어떻게 보셨어요?" 그녀는 다시 야노스에게 물었다. 야노스는 식탁 옆에 앉아 몸을 앞으로 숙여서 바닥에 놓인 전기난로에 손을 녹이고 있었다. 그는 준을 올려다보더니 마음 놓으라는 듯한 미소를 지었다. 눈꺼풀이나 눈썹이나 광대뼈와는 달리, 눈에는 경험의 흔적이 담기지 않는 사람들이 있다. 야노스가 그랬다. 언젠가 학교에서 가져온 살라미가 훔친 게 아니라고 어머니를 안심시키기 위해 미소지었을 그 눈이 이제 준에게 미소를 보내고 있었다.

"향상되고 좋아지고 있어." 그가 말했다.

9월 25일

하루 종일 〈헤엄치는 사람〉 작업을 했다.

오늘밤에는 마치 직선으로 쭉 펴 놓은 무지개 같은 노을이 졌지만, 이런 힘찬 장관이 연출된 언저리에는 구름이 없고 황량했다.

10월 8일

라슬로에 대한 얘기는 아무에게도 할 수 없다. 영국 사람들에게 정치범의 처형은 세상에서 가장 **미개한** 짓이다. 물론 이네들도 정치적인 처형을 하긴 하지만, 미개한 사람들—아일랜드, 아프리카, 말레이시아 등 필요 이상의 야만적인 폭력으로 자신들을 자극하는 어리석음을 범한 사람들—에게만 가한다. 이들은 살인을 더 이해한다. 하지만 정치적 원칙을 위해 사람을 죽이는 것, 그것은 미개하고 있을 수 없는 짓이다. 내전은 으레 국가의 패배 뒤에 시작된다. 영국인들은 그런 것을 겪는다는 게 어떤 건지 잊어버렸다. 국적이란 어떤 사람에 대한 일차적인 정보라는, 계급이나 정치적인 신념은 물론이고 심지어 성별보다 앞선 사실이라는 이네들의 가정은 여기서 출발한다. 나는 영국에 오고 나서야 내가 헝가리인이라는 사실을 온전히 실감했다.

지난 며칠 동안 다이애나와 나는 일어날 수 있는 온갖 상황 속에서 언쟁을 벌였다. 파이프에서 새어 나온 가스처럼 공간 전체가 실망감으로 묵직하다.

10월 14일

〈헤엄치는 사람〉이 완성됐다. 부분적으로는 좋다. 하지만 색의 톤을 모두 최대한 동일하게 유지하려 했더니 집중해서 살펴보는 것보다 스치듯 볼 때 더 뿌듯한 느낌이 든다. 애초에 목적했던 바와는 너무나 동떨어진 어떤 향수 어린 분위기가 감도는 것도 아마 그 때문인 듯하다. 눈부심이 향수로 이어지는 것을 막기란 무척 어렵다.
프라 안젤리코와 모네는 성공했다.

몇 달 뒤에 야노스는 〈헤엄치는 사람〉을 재작업해서 색조의 대비를 높였고, 그렇게 했더니 내가 보기에도 그림이 한결 나아졌다.

10월 20일

핸콕 부부가 예고 없이 찾아오고, 존도 친구 몇 명을 데려왔다. 그리고 한두 번 초대한 적이 있는 학생 두 명이 지나는 길이라며 들렀다. 사람이 많다 보니 여러 대화가 동시에 진행됐다. 간만에 스튜디오가 목소리로 가득 찼다. 다이애나는 지난 몇 주에 비해 더없이 활기찬 모습이었다. 다들 와인을 제법 많이 마셨고, 그러다 존의 친구 한 명이 아일랜드 노래를 부르기 시작했다. 내겐 온통 탄식처럼 들렸다. 하지만 나는 그 속에 어울릴 수 없었다. 그 사람들끼리 즐기게 내버려 두고 혼자 나가 산책을 하고 싶었다. 하지만 그들이 내 스튜디오에서 행복하다는 생각은 좋은 생각, 더 나아가 위안이었을 것이다.

이 내용은 의외다. 야노스는 즐겁고 유쾌해 보였다. 나중에 친구들을 스튜디오에 데려가길 참 잘했다고 스스로 기특해 했을 정도다. 덕분에 야노스가 너무 명랑해진 것처럼 보였기 때문에. 노래만 하더라도 야노스 역시 헝가리 노래를 몇 곡 불렀고, 대단히 신이 나서 이야기를 몇 개 들려주기도 했다. 그 중 하나는 술집에서 본 어떤 늙은 런던 여자에 대한 내용이었다. 그 여자는 공을 가지고 개를 놀려대는 한 남자를 쳐다보고 있었다. 그러더니 저 건너편에 있는 남자에게 소리를 질렀다. "난 저렇게 동물에게 잔인하게 구는 인간을 보면 신에게 제발 저런 인간을 당장 벙어리가 되거나 죽거나 마비가 되게 해 달라고 기도하지!" "당신네 영국인들의 운명이란!" 야노스는 약간 알쏭달쏭한 말을 덧붙였다.

핸콕은 돌아가기 전에 나를 한쪽으로 데려가더니 나와 사업에 대한 얘기를 하고 싶다며 전화를 하겠다고 속삭였다. 진짜로 그림을 구입하려는 걸까?

11월 4일
새 작품에 대한 구상과 드로잉을 시작했다. 야외수영장에서 나오는 네 사람. 르네상스 시절에는 누구나 여신의 상징을 용인했다. 현대의 누드는 전혀 다르며, 그것은 고야로부터 시작됐다. 우리의 여신들은 민중의 즐거움 속에서만 창조될 수 있는데, 여신들의 모든 아름다움은 바로 그들이 익명이라는 데 있기 때문이다.

11월 12일
하드윅이 나를 불렀다. "선생님 학생들 몇몇 때문에 조금 걱정이 됩니다." 그가 말했다. "그 아이들은 약간 지나치리만큼 이론에 치중하고 있어요. 전시회를 좀더 자주 찾아 다니라고 해주세요. 그렇다고 맨날 내셔널 갤러리만 가면 곤란하겠죠. 탄탄한 기초를 중시하신다는 건 알지만 좋은 작품은 아무리 봐도 지나치지 않잖아요. 시대와 보조를 맞춰야 합니다. 이해하시죠?" 이해했다.

11월 21일
현대의 의복 중에서 유일하게 정말로 아름다운 건 운동복이다. 테니스 스커트, 사이클 반바지, 비키니, 스키 바지, 미식축구 셔츠. 자넨 측면을 맡았고, 나는 하프백이었지. 순식간에 삼 점이나 올리며 시합을 마친 뒤, 자네는 우리 둘 다 축구선수가 됐어야 했다고 말했어. 넌 화가보다 하프백에 더 소질이 있어, 자넨 이렇게 말했지. 그리고 몇 년 뒤에는 또 이렇게 말했어. 넌 친구 이상이라고, 넌 나의 가장 진실된 동지라고.

저들은 자네가 예술을 빙자해서 사회주의의 적에게 부역했다고 하네. 자네가 자네의 동지를 배반했다고. 우리들 중에도 전부터 그런 비슷한 말을 해 온 사람들이 많았어. 하지만 언제나 헛소리였지. 예술을 빙자해서 다른 뭔가를 위해 일할 수는 없거든. 나는 심지어 예술이라는 허울을 쓰고 사회주의를 위해 일을 할 수도 없어. 예술이 아닌 것을 빙자해서 다른 뭔가를 위해 일하는 건 가능하지. 예술은 가리는 게 아니라 드러내는 것이니까. 하지만 난 고통으로부터 조금씩 멀어지고 있네. 자넨 예술가인 동시에 한 인간이었고, 인간은 온갖 것을 빙자해서 그 어떤 것을 위해서라도 일을 할 수 있어. 또 최근 들어 자넨 예술가라기보다 행정가에 더 가까웠는데, 행정가는 적에게 이바지하는 실수를 저지를 수 있지. 나는 늘 권력을 휘두르는 자들은 실수에 대한 벌을 받아야 한다고 믿어 왔어. 사회민주주의의 계급적 공모 아래서는 일어나지 않는 일이지. 그때는 연금이나 작위가 실수에 대한 벌이야. 프롤레타리아 독재는 두 방향의 과정이어야 해. 그것이 추구하는 냉혹한 정의는 지도층에게도 확대되어야 해. 여기에 우리의 우월한 도덕성이 있는 거야. 그렇지만 실수가 반역은 아니지. 혁명가가 성공하지 못했다고 해도, 설사 그의 실패가 반동을 거들었다손 치더라도, 반동주의자가 되지는 않아. 우리의 유물론은 성공만한 성공이 없다는 말로 간단히 정리될 수 없어. 그리고 실수를 죽음으로 처벌한다면 누가 어떻게 배우겠나?

자넨 늘 성냥을 밖으로 그었지. 자넬 눈앞에 떠올려 놓고 판단하려다 보니 그게 기억나는군. 에칭 도구들이 놓여 있는 이 테이블 저편에 앉은 자네를 떠올려 보려 해. 아무튼 자네를 다시 볼 수는 없는 거였어. 적어도 나는 그러리라는 희망을 품어 본 적이 없어. 어쩌면 자네가 국제 펜클럽에서 헝가리 시에 대해 얘기를 하기 위해 이곳에 올 수도 있었지만 말이야. 간밤엔 해결해야 할 문제가 단 하나만 남은 꿈을 꿨어. 그게 뭐였는지는 기억이 안 나. 내가 원하는 건 무죄나 선의의 증언이 아니라 사실뿐이야. 죄가 어느 정도인 건가, 라시?

여기 있는 모든 사람들이 큰 충격을 받은 건 자백 때문이야. 하지만 나는 충격을 받지 않을 만큼의 상상은 할 수 있지. 심지어 자네의 자백이라도 말야. 그렇지만 자넨 다른 대안이 없었다고, 더할 수 없이 절박했다고 믿었음에 틀림없어. 자네 같은 낭만주의자에겐 명성이 땅에 떨어지는 게 목숨을 내놓는 것보다 더 어려운 법이니까. 그건 우리도 다 똑같을 거야. 자네가 절박했던 건 완전무결하게 결백하다는 걸 알았기 때문이거나, 아니면 자백이 사실이었기 때문이야. 자네의 자백은 자네가 배신자였거나 스스로 순교자의 길을 선택했다는 걸 ―단지 희생자인 게 아니라― 증명한 거야. 왜냐하면 자네가 결백하고 정의의 실현가능성을 믿었다면 자넨 항변했을 테니까. 자네가 결백했다면 그 자백은 정의가 너무나 훼손된 나머지 비일비재한 오심을 놓고 항의를 해 봐야 더 많은 의심의 씨만을 뿌리고, 당을 위험에 빠뜨릴 거라는 걸 깨달았다는, 어쩌면 이미 알고 있었다는 뜻이지. 자백이 자백을 한 자의 목숨을 구해 준 법은 이제껏 없었어. 자네도 물론 그걸 알았지. 그러니까 자네가 결백했다면 왜 항변을 하다 죽지 않은 건가? 자네의 항변은 다른 이들을 구하고, 사법제도의 중대한 오류에 대한 관심을 불러일으켰을지도 모르는데. 여기서 나올 수 있는 단 한 가지 대답은 결백에 대한 항변이 낳을지 모를 결과를 미리 상상하고 두려워했거나, 또는 고문을 당했다는 거야. 하지만 나는 이건 믿지 않아. 자넨 자네의 항변이 반동, 반혁명, 환멸을 부추길지 모른다고 겁을 낸 거야. 하지만 어째서 그럴 거라고 생각하나? 그렇게 되는 건 사법제도 전체가 너무나 훼손된 나머지 모든 이들이 옳다고 짐작하거나 알고 있는 것을 어쩌다 한 번이라도 인정할 수 없을 때뿐인 걸.

하지만 자네에게 죄가 있다고 가정해 보세. 그 억측이 둘 다 사실이라고 해 보잔 말이야. 중대한 부정이 있어서 자네가 공격을 받게 됐고, 그래서 자네를 기소한 쪽에 정의가 **있었다고** 말이지. 아니야. 그랬다면 자넨 결코 자백을 하지 않았을 테니까. 이미 적극적인 저항까지 할 정도였다면 결백을 주장하는 데에서 발생하는 비교적 사소한 위험쯤엔 꿈쩍도 하지 않았을 거야.

하지만 이 모든 가정은 내가 예전에 알았던 자네를 기준으로 한 거야. 그리고 그보다 더 위험한 건, 나 자신을 아직도 자네가 삼십 년 전에 알았던 그 사람이라고 가정한다는 거지. 마치 우리 둘 다 같은 기준을 지닌 채 똑같은 위치에 머물러 있었다는 듯이 말을 하고 있군. 그리고 만약 몇 달 전에 국제전화로 흉금을 터놓은 대화를 나눴다 해도 우리의 얘기는 이런 가정과 배치되지 않았을 거야. 일단 자신의 목적에 이름을 붙이고 난 다음엔 그 이름을 바꾸는 사람은 거의 없어. 우리는 여전히 사회주의에 대해 얘기하고, 여전히 상상력을 최대한 발휘해서 궁극적인 공산주의를 그려 보고, 여전히 부르주아의 가치들과 계급투쟁과 노동자의 역할과 당 강령의 필요성을 언급했을 거야. 그리고 오래도록 얘기를 했다면 여전히 톨스토이와 하이네와 셸리와 발자크에 대해 생각을 했겠지. 자네가 은신 중에 유랑극단에 합류해서 언절펠드에 왔을 때 —그때를 한번이라도 떠올려 본 적이 있나?— 찾아갔더니 자넨 창고에서 리허설을 하는 중이었어. 하지만 자네의 배역은 작았고, 나무상자 위에 앉아 주머니칼처럼 몸을 접은 채 책을 보고 있었지. 루카치의 연극론이었어. 우리는 여전히 그게, 이론과 실행이 분리될 수 없는 게, 삶의 방식이라고 말했을 거야. 하지만 그 삼십 년 동안 우리도 변했어. 우리가 사용하는 말들은 다른 일들을 처리해 왔지. 부다페스트라는 이름조차도 의미가 달라졌어. 항상 달라질 거야. 내 말은, 하지만, 우리 두 사람에게 개인적으로 그렇다는 거야. 내게 부다페스트는 대체적으로 내가 떠나 온 그 모습이야. 자네에겐 아마 몇 년 전에 붉은 군대와 함께 돌아갔을 때 본 모습이겠지. 그리고 다른 모든 말들도 마찬가지야. 우리는 둘 다 그 삼십 년 동안 서로 다른 위협에 맞서 우리 자신을 지켜야 했어. 그러니까 서로 다른 요인에 독수리 같은 눈을 뜨고 경계를 하게 된 게 틀림없어.

방금 시계가 네시를 치고 채광창 위의 하늘이 개는군. 새벽이야. 우리는 늘 새벽을 미래의 이미지로 사용했지. 판에 박혔어도 깨뜨릴 수 없는 그 이미지. 너무나 자주 두려워했던 새벽, 허공에 떠 있으면 아무 의미도 없는 나무의 뿌리처럼 자신의 체중에 대한 통제력을 잃고 쓰러져 죽게 되는 새벽. 내 말을 용서해 주게나, 라시. 말의 위험함을 자넨 알았지. 하지만 나는 그것을 자세히 봐야만 해. 런던의 버스가 붐비는 도로 위로 천천히 부드럽게 움직이는 걸 볼 때 나는 순간적으로 진행돼 버린 자네의 붕괴를 봐야 하고, 거리를 지나는 사람들의 얼굴에서는 총구를 낮추는 시민군의 표정 없는 눈동자를 봐야 해. 다른 식으로는 볼 수 없기 때문에 난 그래야만 해.

물론 실제로 우리의 삶을 이뤘던 그 삼십 년 동안 우리가 전적으로 다른 위협에 직면한 건 아니었어. 광대한 역사의 귀결은 우리 둘 다에게 똑같았으니까. 하지만 우리는 그걸 이해하지. 우리는 한번도 서로에게 설교를 한 적이 없어. 그러니 이제 와서 시작하진 말자고. 우리 삶에서 전개된 차이점은, 거대하고 불가피한 단순화가 요란한 소리를 내며 스쳐 갈 때 우리가 어디서 몸을 벽에 붙이려 했는지, 또는 차이에 집착할 때 우리가 어떤 생각을 했는지에서나 드러났을 뿐이야. 이제 그 질문의 육중한 답들이 요란한 소리를 내며 지나가네. 자네가 배신자였어. 공산주의자가 되는 건 세상에서 가장 어려운 일이었고, 결국 자넨 무릎을 꿇었어, 자넨 실패했어. 자네는 배신자였어. 자네는 결백했어. 프롤레타리아 독재는 경찰국가가 되었지. 혁명은 배반

당했고. 자넨 결백했어. 하지만 이런 대답들이 지나간 후에 남는 것은 작지만 예리한 통증, 자네의 자백과 나의 의혹이지. 그리고 이것들이 우리의 서로 다른 삶, 자네의 다른 죽음의 결과야.

이제 자야겠네. 하지만 아직 끝난 건 아니야. 결코 끝은 없을 거야. 그것이 내가 고백하는 나의 죄야. 나는 나 자신을 이중의 **망명자**로 만들어 버렸어. 나는 우리들의 조국으로 돌아가지 않았네. 그리고 내 인생을 당면한 목표가 아닌 예술에 쏟기로 했지. 그리하여 나는 내가 참여했을지도 모르는 것을 바라보는 구경꾼이야. 그래서 나는 끊임없이 질문을 던져. 그래서 나는 다른 사람들에게 발견되지 않은 채 남아 있는 작은 진실을 발견하기 위해 이 세상을 내 마음속에서 나만의 차원으로 축소하는 위험을 감수하고 있는 거야. 어쩌면 우리 둘 다 우리가 기다리던 네번째 사람을 배반한 건지도 몰라. 작업을 하려면 잠을 자야만 해. 작업은 끝이 날 수도 있지. 용서하게나.

11월 28일

하루 종일 야외수영장 드로잉을 했다. 오늘날에도 베로네세(베네치아파 최고의 화가로 본명은 파올로 칼리아리이다. 환상적이고 매혹적인 공간구성을 가진 화려한 양식을 확립했다— 역자)처럼 행복한 그림을 그리는 게 가능할까? 거기에 예술의 지독한 엇나감이 있다. 라슬로와 나 자신의 무기력함에 시달려 비참한 지경인데도, 위로로서가 아니라 안간힘을 써 가며 나는 휴일의 즐거움을 찬미할 그림을 구상하고 있다. 구상을 할 때 화가 치미는 것은 이런 엇나감이다. 막달라 마리아 대신 개를 그린 베로네세는 종교재판에 회부되었다. 하지만 예술가의 엇나감이 전적으로 제멋대로인 것은 아니다. 라슬로는 당과 새 철강공장에 대한 시와 소설을 원했다. 그러다 배신자가 아니면 순교자가 되는 쪽으로 엇나갔다. 그리고 이제 라슬로, 그리고 나 자신의 더 나은 운명을 위해 치른 구역질나는 대가를 잊을 수 없는 나는, 그럼에도 불구하고 대중적인 찬미에 대한 그림을 그리기 시작한다. 예술은 정책보다 훨씬 더 급격하게 방향을 틀 수 있다. 그걸 의전마차를 끌 네 필의 말이 아니라 극성스런 사냥꾼인 족제비로 사용하라. 듣기엔 말 쪽이 고매한 것 같지만.

11월 30일

이틀이 지나 마지막 문장을 다시 보니 놀랍기 그지없다. 우리는 결코, 결단코, 외로운 은신을 미화해서는 안 된다. 그것은 이미 너무 많이 오용되었다.

12월 7일

오늘 내사과 형사들이 학교를 어슬렁거렸다. 화판마다 기린처럼 목을 빼고 들여다봤다. 하드윅은 손을 비벼대며 그 뒤를 쫓아다녔다. "라빈 씨는 우리와 전통을 이어 주는 연결고리 같은 분이죠." 그가 설명했다. 그리고 나는 이렇게 생각했다. 그래, 댁이 다섯 살일 때 이 몸은 추상화를 그렸지.

12월 12일

오늘 나는 '안 된다'는 말을 세 번 했고, 하루의 대부분을 왜 그랬는지를 생각하면서, 그 다음엔 야외수영장 캔버스를 바라보면서 보냈다. 높이가 이 미터인데, 사 미터는 돼야 한다.

처음엔 핸콕이 전화를 했다. 진짜로 그림을 의뢰하고 싶어했다. 자기 부인을 그려 주겠냐는 것이다. 나는 농담조로 부인이 포즈를 취하려 하지 않을 거라고 대꾸했다. 그게 문제예요, 그가 말했다. 하지만 당신이라면 그녀를 설득할 수 있을 거예요. 말하는 투가 어딘가 이상했다. 내가 무슨 뜻이냐고 물었다. 그랬더니 한참을 빙빙 돌리다가 부인의 누드화를 그려 달라는 것이었다. 나는 "안 된다"고 말했다. 그건 불가능해요, 절대로 동의하지 않으실 겁니다, 부인은 당신이 직접 그려야죠. 나는 웃지 않을 수 없었지만, 그는 대단히 심각했다.

두번째는 막스였다. 그는 미국 갈 경비의 보증을 서 달라고 했다. 예전에 어떤 사람을 만났는데 그 사람이 자기 라이벌의 결혼식을 조롱거리로 만들어 달라고 부탁을 해서 자기가 교회에 아니스 열매를 뿌리고 개떼를 풀었으며, 그 남자가 지금 캘리포니아에서 식당을 하는데 자기더러 미국에 와서 카바레를 맡아 달라고 한다는 되지도 않는 얘기를 늘어놨다. 그 얘기를 나는 안 믿는다고 했더니, 사실이 아니라고 인정하고는 진짜 문제는 바버라가 떠나 버린 거라고 말했다. 이번이 열번째는 될 거다. 나는 딱 부러지게 대답했다. 어쨌거나 돈도 없다. 하지만 설사 있더라도 거절했을 것이다. 막스에게도 그렇게 말했다. 막스에게 미국은 자신만의 무인지대 안에 있는 또 다른 땅 한 조각에 불과할 뿐이다. 그는 후회도 미움도 없이, 단지 또 한 번 스스로를 '외톨이로 만들었다'는 자부심만 늘어난 채 떠날 것이다. 미국은 그저 그의 일인극의 새로운 배경이 되고, 그 일인극에는 자기연민만이 그만큼 더 가득 찰 것이다. 나는 왜 독일로 돌아가지 않느냐고 물었다. 바버라가 좋아하지 않을 거라는 게 그의 변명이었다. 하지만 그 말을 듣자 미국에 같이 가자고 바버라를 설득하고 싶어했으리라는 내 의심이 확실해졌다. 할 수만 있다면, 그는 꿈조차 꾸지 못할 정도로 고요한 밤을 위해 축음기를 가져가듯 그녀를 그곳에 데려갈 것이다. 막스는 내가 아는 그 누구보다 나를 더 화나게 만들 수 있다.

세번째는 『뉴스』지의 기자였다. 그는 조지 트렌트를 영국의 젊은 화가로 소개하는 인터뷰를 했는데, 조지가 그를 내게 보냈다. 자신에게 가장 많은 것을 가르쳐 준 예술가라며! 전화로 물은 첫 질문에 내 경계심이 발동했다. 헝가리 화가인 야노스 라빈이냐, 한번 와서 사진을 찍고 인터뷰를 해도 되겠느냐는 것이었다. 나는 어떤 걸 묻고 싶냐고 물었다. 선생님의 작품, 자유세계에서 작업을 하기로 선택한 이유, 헝가리 예술의 현주소에 대한 의견 등등이죠. 안 되겠네요, 내가 말했다. 말씀드릴 게 아무것도 없어요.

오늘밤은 울적하지만, 이 세 개의 사소한 일들—어쩌면 그 일들보다는 그에 대한 내 반응—은 지금의 내 삶의 처지를 요약해 주는 것 같다. 나는 번번이 부정적으로 반응했다. 모든 기회의 울타리 밖에 나 자신을 세워 놓았다. 내가 할 수 있는 것이라곤 지나치게 작은 캔버스를 채우고, 그게 완성되면 다른 것들과 함께 벽에 기대 세워 놓는 것뿐이다. 이런 한계는 비통하다. 그리고 비통은 정직하다. 내가 작업을 하는 건 달리 할 수 있는 게 없기 때문이다. 카틴카, 라시, 에르노, 파슬리 같은 고사리를 꽂은 이본, 월터, 수지— 너희들은 삶을 살았어.

1953년

1월 6일

내 친구인 길 아래쪽 노인이 죽었다. 마지막으로 얘기를 나눴을 때 그가 말했었다. "생각을 해 봤는데 말이야. 세상에 필요한 사람은 셋뿐인 거 아나? 농부, 어부, 그리고 광부. 나머진 기생충들이야."

또 하나의 죽음. 나는 내가 지금 다른 사람들이 유언장을 쓰는 심정으로 그림을 그리고 있다는 걸 깨닫는다. 그리고 그 사람들처럼 나도 내 뜻을 완전무결하게 또렷이 전하고 싶다.

1월 14일

야외수영장의 인물들 뒤로는 유약 밑으로 분홍색이 보일락말락 감도는 흰 타일이 있다. 인디언 레드는 흰색 주변으로, 색감이라기보다 테두리를 형성하면서 아래의 쪽빛 물을 가른다. 타일에는 수영을 하는 사람들의 도안이 파란 윤곽선으로 크게 들어가 있다. 그림 속에 예술과 삶을 병치하는 것에 나는 대단한 흥미를 느낀다. 관계, 그러니까 타일에 그려진 수영하는 사람의 도안과 실제로 수영을 하는 사람들 사이의 관계에. 그게 한때는 초현실주의적 장치로 쓰였다. 하지만 그럴 필요는 없다. 전혀 다른 차원에서 그것은 네덜란드 실내화가들이 그림 속에 거울을 사용하던 것과 흡사하다. 베로네세가 프레스코에 트롱프뢰유 기법(실물로 착각할 만큼 세밀하게 묘사하여 그리는 기법―역자)을 활용한 것과도 크게 다르지 않다.

1월 20일

하드윅이 사무실로 부르더니 내가 가르치는 실물 드로잉 수업과 에번스의 수업이 통합되게 됐다고 말한다. 그는 전적으로 석판화를 작업할 교실이 하나 더 필요하기 때문이라는 걸 이해해 주기 바란다고 재차 말했다. 너무 많이 말했기 때문에 나는 그게 이유가 아니라는 걸 알았다. 그는 필요할지도 모르는 교직원 감원을 준비하고 있다. 그럴 시점이 되면 적잖은 사람이 폐기 가능한 잉여인력으로 보일 것이다. 돈의 손실이 심각할 것이다. 하지만 역겨운 건 교직원들의 태도다. 아무런 말도 없다. 다들 딴 데를 쳐다본다. 그러다 남몰래, 차례차례, 다들 하드윅에게 가서 최근에 판 작품과 다가올 전시회 얘기를 하거나 이러이러한 학생이 걱정이라며 의논을 한다. 뒤의 경우는 너무나 직무에 충실한 자신의 모습을 하드윅에게 각인시키기 위해서다. 그리하여, 시샘이. 그리하여, 그들의 작품 속엔 자신만의 어떤 요령을 찾아내려는 절박한 시도가. 서커스와 버라이어티 극단—우리와 너무나 닮은꼴인—의 연대감이 백 배는 더 강하다.

2월 I일

헤엄을 치는 사람들과 타일의 윤곽선을 병치하는 데에서 내가 추구하는 것은 다정함이다. 거기엔 정형화한 의례적인 흥분이 담긴다. 아무것도 없이 텅 빈 파란 윤곽선과 안에 담긴 색의 압력에 저항하고 있을 뿐인 실제 인물 윤곽선 사이의 대비, 배경에 녹아든 움직임과 이제 막 시작되는 움직임 사이의 대비. 형식적인 의미에서 타일에 그려져 있는 드로잉은 실제의 인물들이 박차고 나온 틀이나 가면과 같다. 하지만 이 모든 것은 단지 나의 인물들이 상처받기 쉽다는 걸 드러내려는 내 방식일 뿐인데, 허약함이나 비극과는 전혀 다른 이 상처받기 쉬움을 인식하는 순간에 사람들은 다정함을 느끼기 때문이다. 다정함이 없는 즐거움은 아무 의미도 없다. 동물들을 보면 이 말이 옳다는 걸 단박에 알 수 있다. 그들의 놀이와 생존을 위해 끝없이 취하는 행동을 구분짓는 것은 부드러움이다. 어려운 건 이런 즐거움, 이런 다정함이나 부드러움을 표현하고, 그러면서 인물들을 익명으로 유지하는 것이다. 그리고 이제 이런 말은 잘 이해되지도 않는다. 익명을 추구하는 건 비인간적으로 여겨진다. 하지만 우리 모두가 공유하는 것을, 그럼으로써 너무나 인간적인 면모를 발견하는 것은 익명 속에서다. 원근법에 따라 짧아진 허벅지와 두 눈동자, 눈꺼풀을 치켜올리고 응시하는 그 눈 속에 나는 처형당한 라슬로를 위한 진혼곡을, 기억을 더듬어 그의 초상화를 그리는 것보다 훨씬 더 진실되게 그려 넣는다. 그리고 네 명의 인물들 속에, 즐거움을 위해 옷을 벗은 그들 속에 나는 그가 목숨을 바친 대의를 그린다. 만약 그가 뭔가를 위해 목숨을 바쳤다면.

2월 7일

내가 특히 더 비참한 건 과거시제로만 라슬로를 생각할 수 있다는 사실이다. 혁명의 기강은 개개인의 양심에 달려 있다. 그건 이론적인 이상주의가 아니다! 실질적인 지식이다. 혁명이 일어난 후에는 혁명군대와 재판에서 강제하는 외부기강, 또는 통합을 위해, 또는 지도자의 지식을 존중하기 때문에 자신의 양심의 선동을 억누르는 혁명가 개개인이 스스로에게 강요하는 기강에 따라 성장할 수 있다. 하지만 혁명 전에는, 체포가 자행되고 자백이 강요되는 때에는, 혁명적인 움직임과 그것의 배반 사이에 버티고 선 것이라곤 개개인의 양심뿐이다. 고문에 의해 밀고자가 되는 것을 막는 건, 만약 여기서 무너질 경우 자신의 남은 삶이 지금 당하는 고통보다 훨씬 더 참기 어려우리라는 인식이다. 그 순간 그는 동지들의 도움뿐만 아니라 칭찬이나 경멸 너머에 존재한다. 그렇게 되면 연대감, 충성심, 그가 배반하지 않을 자기 동지들의 모습이 단지 그의 개인적인 양심이 부여잡고 상징으로 표출할 **이미지**가 된다. 내가 알았던 혁명가들 중에서 가장 많은 고초를 당한 사람은 가장 고집스러운 사람이었다. 그들의 고집은 흉터 밑에 아문 단단한 살의 조직 같았다. 그것은 그네들의 생존의 조건이었고, 그들은 그것을 잃을 수 없다. 가끔은 당의 모든 행동에 보내는 그들의 명백하고 무조건적인 지지에서 그들의 고집이 드러나기도 했다. 하지만 그들조차 언젠가는 중앙위원회의 결정에 등을 돌릴지 모른다. 그게 그들이 지닌 고집의 역사이고, 그 고집의 특징이다. 라슬로가 그런 사람이었다.

간단히 말해서, 어떤 극한의 고통과 위험 속에서 살아온 사람은 자신의 삶을 전체적으로 본다. 그들은 우리가 별똥별을 보듯이 자신의 삶을 지켜 봤다. 그들이 모호한 일반화의 손짓과 신호에 따라 사는 건 불가능하다. 그들은 얼마나 많은 것이 특정한 것들에 좌우되는지를 너무나 잘 알고 있다. 특정한 오답, 특정한 수프, 특정한 폐의 힘. 그들은 자기 자신의 특징을 안다. 모든 면에서. 그들은 그 움직임에 어느 정도까지 내줄 수 있는지 정확히 안다. 그들은 전부 내주고 싶어한다. 하지만 자동적으로 전부를 줄 수는 없다는 것도 안다. 그들은 외부의 논리들보다 자신의 의지가 더 강하다는 것을 알아차렸다. 역사적 필연성은 그것만으로 영웅을 만들어내진 않는다. 하지만 역사적 필연성을 깨달음으로써 영웅을 만들 수는 있다. 라슬로가 그런 사람이었다.

혁명을 공고히 다지는 이들이 서로 다른 부류의 사람들일 때도 있다. 지도자들은 늙은 혁명가일 수도 있다. 하지만 그들 자신—공무원, 경찰, 지방관리—은 아마 한번도 양심을 시험해 본 적이 없을 것이다. 그들은 협조하길 원치 않는 해묵은 부르주아들의 완강한 고집에 직면한다. 적극적인 반혁명주의자들이 가차없이 맞설지도 모른다. 그들은 셀 수 없이 많은 고집쟁이들이 사회주의를 공격한다고 여길지도 모른다. 그들은 자연발생적인 것을 두려워하게 된다. 하지만 역사상 모든 혁명은 부분적으로 자연발생적이었다. 무엇보다 그들은 프로테스탄트의 양심을 두려워한다. 한때는 그들의 당과 당의 배반 사이에 버티고 있었던 현상이다. 라슬로는 이런 식으로 자신의 상속자들에 의해 유죄로 판명된 것일까?

2월 13일
청색은 분리한다. 항상 팔을 넓게 벌리고 다른 호전적인 색들이 가까이 오지 못하게 막는다.

2월 21일
일 주일 동안 야외수영장에 매달렸다. 이걸 끝내지 않아도 된다면….

2월 26일

내 소중한 다이애나, 당신은 지금 잠들어 있어. 당신은 잠마저도 무기로, 깨어 있는 동안 시달리는 끝없는 실망에 대한 촌평으로 사용하지. 만약 할 수 있었다면 당신은 코를 골았을 거야. 교훈을 제대로 전달하기 위해서 말이야.

차고 같은 스튜디오를 돌아보고 있어. 여기서 우리가 거의 스무 해를 살았어. 이것도 당신의 무기지.

오늘밤에 우린 커피 포트를 놓고 말다툼을 했지. 대단한 구실이야! 그게 부끄러운 짓이라는 생각이 든 적 없어? 그러고 난 후에 자리를 잡고 앉아 당신 친척들이며 친구들에게 편지를 쓸 때 말이야. 그것도 의도적인 행동인가? 나는 예전에 알았던 이들에게 편지를 쓰는 법이 없으니까.

당신을 보고 있었어. 당신은 잠들었지만, 내가 생각했던 모습과는 사뭇 다르네. 입은 약간 벌어졌어. 누가 입을 맞추는 것도 아니고, 아무 말도 하지 않는데도. 손은 베개 위에 늘어졌는데 보이지 않는 종이 다발이라도 들고 있는 것 같아. 어쩌면 우리의 지난 이야기일지도 모르지.

우린 커피 포트나 정치에 대해 말다툼을 벌이지. 하지만 그건 단지 우리가 우리를 갈라 놓는 것을 가지고는 싸울 수가 없기 때문이야. 예전엔 그랬었지, 한 백 년쯤 전에는.

당신은 갑옷을 입은 기사처럼 누워 있어. 여자는 그렇게 누우면 안돼. 고약해. 하지만 인상적이야. 당신은 싸우고 싶어했지만 싸움이라는 게 성립하질 않았고, 그래서 이기거나 질 수가 없기 때문에 이제 당신은 항상 싸워야 해. 나쁜 습관이지만, 의자에 등을 기대고 아주 차분하게 앉아 있으면 그게 나쁜 습관 중에서 최악이 아니라는 걸 알 수 있어. 당신은 지긋지긋해, 로지. 하지만 이 세 마디로, 우리의 항변을 무시한 채, 우리는 당신이 아직 잠들어 있고, 여전히 십 야드 밖에 있다는 걸 인정해. 뭐 인정이라고?

당신은 싸우고 싶어했어. 하지만 또 성과를 보고 싶어했어. 그런데 내 투쟁에서는 결코 그럴 수가 없거든. 그래서 당신은 '성과 없음'이 '실패'를 의미한다고 간주해 버렸어. 그리고 그걸 감추기 위해 아침이면 더 공들여서 입술을 칠했어. 그리고 쓰디쓴 실망을 헤집어 —따져 묻는 눈을 내게서 돌린 건 내가 대답을 해주지 않으리라는 걸 알았기 때문이지— 명분을 찾으려 했어. 그리고 내 정치성을 찾아냈지. 당신은 내 정치성을 비난해. 하지만, 정말이지 내가 정치적으로 연루됐다면 당신은 그렇게 원하는 싸움을 할 수 있었을 거야. 내 옆에서, 패배감이 없다는 게 가장 큰 덕목이고 그러기는커녕 지속적인 성공을 흔들림 없이 확신하는 수천의 사람들 옆에서 말이야. 아니, 내 안의 공산주의자는 우리의 희생양이야. 결말 없는 혼자만의 투쟁을 벌이는 예술가가 진짜 적이지. 그리고 당신 말이 맞아, 당신은 당신이야. 그가 적이야. 그리고 이 점에서 당신이 그렇게 무식하게, 악의적으로 중상모략하는 공산주의 지도자들과 당신은 의견이 일치해.

하지만 나는 당신을 속였어. 나는 군인이 병원에서 그러듯이 당신을 만나 사랑에 빠졌다고 자주 생각했어. 그리고 그런 상황에선 간호사의 모든 다정함—만약 간호사가 로지 당신처럼 사랑에 빠진다면—과 사랑의 모든 이상적인 점들이 그 병사를 전투에 적합한 상태로 되돌려놓는 데 쓰이지. 하지만 나는 끝내 전선으로 돌아가지 않았어. 당신이 전선이라고 인식할 수 있는 그 어디로도. 나는 그림을 그리러 몰래 빠져 나왔지. 내가 당신을 속이고 환상을 깨뜨렸다는 건 바로 이거야. 처음에 당신은 그게 무슨 의미인지 몰랐어. 당신은 이 새로운 영역에서도 다른 곳에서처럼 싸울 수 있을 거라고 생각했거든. 그리고 사실 그럴 수도 있어. 재능이 있고 장래가 촉망되는 젊은 화가가 나중에 명성을 얻고 자기복제를 하다 껍데기만 남는 경우를 보면, 열에 아홉은 그 중심에 모략에 능하고 투지와 야심에 찬 부인이 있을 거니까. 그들은 파멸을 촉진하지, 그 여자들 말이야. 하지만 지금도 당신은 내가 변명을 늘어놓고 있다고 생각할 거야.

관두자. 우리 사이를 갈라 놓는 건 우리의 단점이 아니라 장점들이야. 당신의 성실함—왜냐하면 당신은 결코 나를 '실패'에 빠지게 내버려 두지 않을 테니까—과 타협을 거부하는 나의 태도. 이런 장점에서 우리의 옹졸함이 나와. 당신의 질투, 정치적 희생양을 필요로 하고 자신의 실망감을 품어 키우는 모습. 나의 의심. 나의 이기적인 엄격함. 나의 불만.

우리는 왜 내가 지금 여기에 쓰듯이 솔직하게 얘기하지 못하는 걸까? 바로 앞에 했던 말다툼이 영 끝나지 않기 때문이지. 우리의 실망은 결코 채워지지 않고, 그래서 완료되지도 않아. 내 지독한 로지.

당신의 성실함이 나를 짓눌러. 당신은 내 단호함을 증오하지. 우리는 서로의 장점을 불쾌하게 만들었어. 하지만 원래는 그것들이 장점이었다는 걸 알기 때문에 서로를 떠나지 않아.

그건 최소한 부분적인 진실이야. 또 다른 진실도 있지. 당신은 당신 돈으로 스튜디오의 월세를 내고, 행진하듯 줄지어 들어가는 그 빌어먹을 도서관에서 주당 몇 파운드를 벌기도 해. 내가 버는 건 재료들이랑 이런저런 것들에 들어가지. 이젠 이런 상황에 익숙해져서 언급도 하지 않아. 이것에 대해선 단 한번도 말다툼을 한 적이 없어. 이건, 우리 생활의 이 단순한 경제적 기반은 우리가 가장 깊숙이 감춰 둔 비밀스런 주제야. 그럼에도 불구하고 우리 둘 다 그걸 알고 있지. 당신의 비밀은 당신에게 의존한 덕분에 내가 할 수 있게 된 작품에 대해 믿음이 없다는 거야. 내 비밀은 이걸 알고 있다는 거고. 우리가 비밀을 입 밖에 낸다면, 그만둬야 할 거야. 우리 나이에 습관을 버리기란 힘들지.

이거 알아, 로지? 할 수만 있다면 나는 내일 오백 파운드를 벌어서 육 개월 동안 이탈리아로 여행을 떠날 거라는 걸. 당신은 휴가가 필요해. 당신은 다시 구릿빛이 되어야 해. 이걸 위해 할 수 있는 게 있다면 난 뭐든 할 거야. 하지만 이런 말을 당신한테 하면 당신은 밉상을 짓고 이렇게 말할 테지. "나를 바보로 알아?" 당신은 화가가 잡부로 전락한 걸 볼 수 없기 때문에 이걸 믿을 수가 없는 거야. 미숙한 노동자가 말했다면 믿었겠지만 화가를 그같은 상황에 대입시키진 않는 거지. 노동자에겐 희망이 있어, 축구 복권이 터진다면. 화가에게도 희망은 있어, 유행이 따라 준다면.

전쟁이 끝난 후에 내 드로잉 책이 출간됐던 거 기억해? 내 행운이 우리에게 가장 가까이 다가왔던 때였지. 그리고 그땐 내가 이젤 앞에서 작업을 하고 있으면 당신은 뒤로 살금살금 다가와 내 얼굴 앞에서 손을 흔들어대며 웃곤 했어. 내가 그걸 얼마나 자주 생각했는지, 그 이후로도 그렇게 주책없이 흔들어대는 손에 방해받길 얼마나 원했는지를 당신이 안다면, 그게 만약 선택의 문제라면 내가 선택했으리라는 것도 알 텐데.

하지만 이 편지는 얼마나 머나먼지! 우리 생활과 비교하면 얼마나 연약한지! 나를 위해 헝가리어로 편지를 써서 나를 위해 서명하는 건 그 때문이야. 나에게 부치는 편지인 거지. 이 불행하고 어거지만 쓰는 여편네. 내가 그렇게 만들어 놓은, 로지.

3월 25일

스탈린이 죽었다. 라슬로처럼 죽었다. 라슬로의 죽음은 동지애의 종말이었다. 내가 품고 있는 의심을 어느 쪽으로 해소하든, 거기로 귀착된다. 모스크바에는 안치되어 누워 있는 사령관 앞을 줄지어 지나가려는 사람들이 몇 마일이나 늘어서 있다. 라슬로는 어딘가에 던져졌다. 지난밤엔 어떤 황량한 지방의 외딴 건물로 끌려 가는 꿈을 꿨다. 차에서 내리자 건물까지 길고 가파른 해변의 자갈길을 올라가야 했다. 처음 맡아 보는 강렬한 냄새가 코를 찔렀다. 그때 건물에서 관리가 한 명 나오더니 내가 밟고 온, 걷기가 너무 힘들었던 수정 같은 자갈이 모두 인간의 뼛조각이라고 말했다. 그랬는데도 나는 걸음을 멈추고 신발 한쪽을 벗어 발을 찌르던 날카로운 조각 두 개를 털어낸 게 고작이었다. 이런 게 죽음이라는 것을 대하는 우리의 태도다. 그랬나, 자네? 자넨 스스로가 유죄이거나 결백하다는 걸 분명히 알고 죽었어. 스탈린은 어떻게 죽었지? 그 이름이 만천하의 약속이었고, 혁명이 성공할 수 있다는 확신이었던 이 남자는 자기 자신의 개인적인 죽음을 어떻게 맞이했지? BBC 방송마저 그 소식을 엄숙하게 보도했다. 전 세계가 그가 죽기를 기다려 왔고, 이제 폐기할 수 있게 되자 모두들 잠시 그의 위대함을 애도한다. 많은 이들은 또한 그의 죽음을 통해, 스탈린그라드에서 죽어간 사람들, 유럽에서 개죽음을 당하고도 기록조차 남지 않은 사람들, 아시아와 아프리카에서 치료를 해줄 의사도, 농법을 가르쳐 줄 박사도 없이 죽어야 하는 사람들을 애도한다.

8월 6일
여기에 글을 안 쓴 지도 몇 달이 지났다. 나는 오로지 일만 했다.

야노스가 한번은 내게 이런 말을 했다. "일이라는 건 늘 똑같아. 아침 아홉 시에는 계획과 능력과 진실로 가득하지. 오후 네시엔 실패자야."

누드화 두 점을 그렸다. 아무도 모르겠지만 누드는 혁명적인 주제다. 육감적인 차원에서 몸은 인간이 마침내 자신이 살 만한 사회를 건설했을 때 모든 수준에서 변모될 수 있는 모든 것을 시사한다. 저번 날에 산 성냥갑 뒷면에는 이런 우스갯소리가 적혀 있다. '시간—봉급날과 봉급날 사이의 잡동사니.' 바로 이런 게 자본주의가 그 체제하에서 살아가는 수많은 사람들에게 불어넣은 너저분한 의식이다.

나는 그 마지막 날 아침의 라시에게 어떤 종류의 시간을 사 줬을까? 어떤 시간이라도. 하지만 그게 내가 방금 쓴 것의 진실을 바꾸지는 않는다.

뼈와 살의 표면 사이의 모든 것, 흥분이 관상어처럼 돌진하고, 고통이 상어처럼 물어뜯는 몸의 모든 부분을 색으로 창조해야 한다.

8월 10일

누드화 중 하나를 다시 작업하기 시작했다.

여름 볕과 여름 바람 속의 밤나무 잎사귀들. 잎들은 움직이면서 또 다른 잎, 그리고 또 다른 잎을 드러낸다. 마치 카드를 섞는 것 같다. 하지만 카드마다 약간씩 다른 녹색이다. 녹색 대신 붉은색으로 칠한다면 훨씬 수월할 텐데.

8월 11일

저녁을 핸콕 부부와 함께 보냈다. 렌은 늘 나를 놀래킨다. 그는 언젠가 예술가야말로 살아 있는 가장 행복한 사람이라고 말했다. 그는 내가 이제껏 알아 온 가장 행복한 사람 중 하나다.

핸콕 부인의 누드화 건은 끊임없는 즐거움의 소재였다. 이맘때의 어느 아침이었는데, 렌의 목수 친구가 야노스를 위해 제작한 액자를 전해 줄 겸, 렌이 스튜디오에 들렀다.

"아름다운 부인을 그리는 일은 어떻게 돼 가나요? 시작은 했어요?" 야노스가 렌에게 물었다.

"웃을 일이 아니에요. 정말이라니까요." 렌은 야노스가 작업하고 있는 캔버스를 열심히 쳐다보며 말했다.

"웃자고 한 얘기 아니에요. 진지하게 묻는 말인데."

"관둬요. **내가** 어떻게 그녀를 그리겠어요? 전문적인 솜씨여야 한다고요. 난 그녀를 제대로 그릴 수 없어요, 야노스. 그리고 그녀도 그걸 알아요."

야노스는 캔버스 뒤에 앉아 아무 말도 하지 않았고, 렌은 어슬렁어슬렁 걸어다니더니 다시 얘기를 시작했다.

"아내한테 당신이 그녀를 그려야 한다는 내 생각을 말했거든요."

"그랬더니요?"

"뚜껑이 열렸어요."

"네?"

"화가 있는 대로 났다고요."

"내가 한 얘기가 그거였어요." 야노스가 킬킬거렸다. "아내더러 딴 남자 앞에서 포즈를 취하라는 말은 못하죠. 딴 남자, 그쪽에서 부탁을 해야지."

"하지만 당신은 프로잖아요. 그냥 아무개나 어쩌구나 거시기가 아니라. 당신한텐 누드가 일상용품이나 정원도구잖아요. 전문분야고." 자신이 그 상황을 얼마나 단순하게 보는지를 설명할 표현이 생각나지 않아 한 박자 쉬었다가 말을 이었다. "나한테 고기가 그런 것처럼 말이에요."

렌은 돌아다니는 걸 멈추고는 커다란 캔버스 뒤쪽에 대고 말을 했다.

"어쨌거나, 당신 생각이 그렇다면 왜 그녀에게 부탁하지 못하는 거죠?"

야노스는 캔버스 옆으로 고개를 내밀었다. 진지한 표정을 유지하려고 애쓰는 모습이었다.

"이젠 너무 늦었어요. 부인한테 벌써 말을 했으니 짜고서 작당을 한다고 생각할 게 뻔하잖아요. 부인의 그림을 원한다면 직접 그리셔야 돼요. 어찌됐든 만약 모든 남자들이 자기 아내의 그림을 그린다면 아름다운 아내들이 더 많아질 거예요. 확실해요."

"제가 시작을 하면 나중에 좀 매만져 주실래요?"

이 말에 야노스는 대놓고 웃었고, 그렇게 계속 웃은 나머지 덥수룩한 머리 아래쪽의 관자놀이가 장밋빛으로 물들었다.

"이 양반아, 직접 그려요. 아니면 그 생각을 머릿속에서 지워 버리든지."

그리고는 다시 이젤 뒤쪽으로 사라졌는데, 렌이 떠날 때까지도 웃음을 그치지 않았다.

8월 12일

롤러스케이트를 탄 소녀들을 그릴 생각이다. 그 모습을 에칭으로 작업했다. 하지만 그림으로 그리기엔 주제가 너무 구체적인 것 같고, 내 머릿속의 상은 너무 순간적이다.

8월 13일

롤러스케이트를 탄 소녀들 때문에 생각이 났다. 라슬로가 여덟 살 무렵이었을 때 우리의 적수와 싸움을 벌였다. 펌프 주변에서 싸웠는데, 라슬로는 그 주변을 달리다가 펌프의 손잡이를 아래로 잡아당겼다. 손잡이가 올라가면서 쫓아오던 애의 턱을 쳤고, 그 바람에 이가 세 개나 나갔다. 아이는 엉엉 울면서 도망을 쳤다. 나중에 이 얘기를 들은 라슬로의 아버지가 매를 들었다. 맞고 난 후에 라슬로는 화가 있는 대로 나서 나를 찾아왔다. "지가 부딪혀서 이가 나간 거잖아." 그가 말했다. "지가 부딪혀서 이가 나간 거라고."

8월 14일

사다리를 든 남자의 작은 캔버스를 작업 중이다. 사다리 발판의 형태는 거의 팔다리만큼이나 미묘하다.

8월 20일

나 자신을 이해하면 할수록, 그리고 내가 존경하는 화가들의 기질을 이해할수록, 재능과 천재를 가르는 것은 더도 덜도 아닌 자신감이라는 확신이 강해진다―바보가 되는 것을 무서워하지 않을 능력. 이건 입 밖에 내기 위험한 말이다. 뻔뻔한 대담함으로 오해될 수도 있다. 하지만 그건 내가 얘기하는 자신감과는 전혀 다르다. 대담함은 인상을 심어 주고픈 욕망에서 나오고, 그런가 하면 그 욕망은 스스로를 바보로 만드는 것에 대한 똑같은 두려움에서 나온다. 내가 말하는 자신감은 다른 사람들의 의견으로 만들어지는 게 아니다. 그건 고독, 우리네 작업의 조건인 그 고독에서 나온다. 그것은 우리의 일차적인 의무의 대상이 바로 우리의 능력이라는 깨달음에서 나온다. 그 능력을 어떻게 해야 최대한 활용할 수 있는가는 사회적 상황에 달려 있다. 시대의 투쟁에 초연한 것을 변명하려는 게 아니다. 그림을 그리는 화가는 다른 사람들이 거리에서 목숨을 잃을 때도 여전히 살아 있으니까. 라슬로의 죽음에 소극적인 방관자였던 나 자신에 대한 변명을 하려는 것도 아니다. 궁극적으로 그를 처형한 자들이 모스크바에 살건, 아니면 펜타곤에 살건 상관없이. 우리의 능력은 항구적이지도 절대적이지도 않다. 천재적인 바이올리니스트라고 해서 바이올린을 연주할 때마다 자동적으로 모든 능력을 발휘하는 건 아니다. 우리의 능력은 단지 우리가 처한 구체적인 상황에서 최대한의 사회적 선(善)을 위해 활용할 수 있는 수단인 것이다. 제아무리 위대한 바이올리니스트라도 물에 빠진 사람이 살려 달라고 외치는 강둑에 서서 바이올린을 연주한 것이 정당화될 수는 없다. 하지만 그와 동시에, 우리가 자신의 능력을 인정하지 않고 부정하거나 의심하거나 자신으로부터 도망치거나 과장하고 속이는 등의 행동을 한다면, 우리는 반편이, 궤변론자, 냉소주의자, 시류에 편승하는 기회주의자가 된다. 이런 반편이는 이 사회에 넘쳐나는데, 이 사회가 절대다수 시민의 능력을 인정하거나 활용하지 못하는 사회이기 때문이다. "젊고 건강한 여자에게 노망이라는 병 외에는 수태시킬 능력이 없는 노망든 노인네가 그 여자를 욕보이듯이, 자본주의는 이 세계를 욕보인다." 모든 이의 능력을 인정하는 것은 외부로 드러난 사회과정이어야 한다. 그런데 그걸 부분적으로나마 수행할 힘을 가진 것도 소수에 불과한, 개인적이고 직관적인 과정이 되었다.

예술가의 딜레마는 중요치 않다, 우리가 그의 예술을 고려한다면. 하지만 그의 예술을 보다 폭넓되 덜 명백한 딜레마의 강렬한 반영으로 여긴다면 중요할 수 있다. 자본주의하에서 작업이라는 걸 계속하기 위해 우리가 취할 수 있는 마음가짐은 두 가지뿐이다―우리는 야심차거나 오만해져야 한다. 겸손한 예술가는 그저 한참 나중에 재발견이나 될 뿐이다. 오늘날 예술가는 오로지 오만하게 순응하거나 탐색한다. 물론 순응하는 이들 중에 의식적으로 그렇게 하는 사람은 거의 없다. 단지 자신의 진정한 능력을 인식하는 것보다 스스로를 바보로 만드는 것을 더 겁내는 것이다. 유행의 힘을 뒷받침하는 것은 바보가 된다는 두려움이다. 야심찬 예술가는 자신의 재능을 호평의 받침대 위에 올려 놓는 사람이다. 그리고 다들 얼마나 그 위치에 오르고 싶어하는가! 거기엔 본질적으로 부끄러워할 게 전혀 없다. 하지만 모든 건 동시대의 평가에 달려 있다. 잡을 가치가 없기 때문에 바다에 도로 던져 넣는 물고기들이 있다. 그리고 거기에, 저 마지막 문장에, 또 다른 마음가짐, 오만한 태도가 있다.

빌 닐은 이걸 가지고 민중을 겁내는 부르주아 예술가들만이 제기할 수 있는 그릇된 딜레마였다고 말했을 것이다. **그들**을 섬기면 야심과 오만 두 가지가 모두 씻겨져 나갈 거야, 이렇게 말하는 그의 목소리가 들리는 듯하다. 하지만 그는 틀렸다. 내가 오만한 것은 노동계급이 세상에서 얻을 수 있는 이름과 가치와 삶의 잠재력 안에서다. 그들의 모든 힘, 그들 대부분이 아직 인식하지 못하고 있는 그 힘이 내 **순진함**에 반영되어 있다.

하루 종일 〈사다리〉 작업을 했다.

8월 26일

지면을 뚫고 나를 응시하는 얼굴들은 무엇인가. 나는 무대 위의 배우
처럼 일한다.

9월 2일

오늘 아침엔 심란해서 켄싱턴 고가로 갔다가 다시 나이츠브리지를
따라 걸었다. 생각에 잠긴 채. 모든 걸 상품으로 만드는 것의 일환으
로 가게의 진열장이 제단과 그림의 자리를 차지해 버렸다. 수만 명이
눈이 휘둥그레져서 이런 진열장을 들여다본다. 여기에 현대의 정물
화와 현대의 영웅들이 있다. 사실 쇼윈도의 예술적 배치가 갖는 기능
은 그리스의 조각이나 르네상스 이탈리아의 프레스코와 같다. 이 작
품들이 사람들의 마음을 사로잡은 건 그것을 바라보는 대부분의 사
람들이 지닌 희망과 이상과 잠재력을 구현했기 때문이다. 오늘날에
는 상업이 창출하고 육성한 단 하나의 공통된 이상만이 존재한다. 그
것은 **당신이 아직 손에 넣지 못한 것만이 소유할 가치가 있다**는 원칙
이다. 쇼윈도는 이 이상의 살아 숨쉬는 표현이다. 쇼윈도 앞에서 꾸
는 꿈은 페이디아스의 작품 앞에서 꾸는 꿈과 똑같이 시작된다.(비록
같은 결말에 이르지는 않아도)

이것이 또 다른 기억을 일깨운다. 어느 날 아침 라슬로가 학교에 가고
있었다. 그는 폭동 때문에 유리창이 깨진 양복점 앞을 지나갔다. 거리
는 텅 비었고 진열장 앞에는 남성용 긴 바지를 입힌 마네킹이 놓여 있
었다. 몇 달 동안 어머니에게 사 달라고 졸라 왔던 바지였다. 어머니
는 안 된다고 하셨다. 그런 바지는 네 밥벌이를 할 만큼 나이가 들어야
입는 거지, 그 전에는 안 돼. 그는 양복점 앞에서 머뭇거렸다. 사람은
한 명도 눈에 띄지 않았다. 아버지도 늘 그 가게주인이 사람들을 갈취
한다고 하셨으니 그런 사람의 물건을 훔친들 뭐가 어떻겠어.

마음을 정하지 못한 채 서서, 한편으로는 얼마나 빨리 바지를 마네킹에서 벗겨낼 수 있을지를 따져 봤다. 계속 걸어갔다. 그러다 멈춰 섰다. 되돌아왔다. 갈등했다. 여전히 마음을 정하지 못하고 그냥 걸어갔다. 바로 그때, 자기보다 나이가 많은 남자아이가 그를 향해 달려왔다. 그 아이는 양복점 앞을 스쳐가면서 마네킹을 통째로, 바지랑 전부 움켜쥐고는 옆구리에 끼고 줄행랑을 쳤다. 라슬로는 그의 뒤를 쫓으며 소리쳤다. 도둑이야, 도둑 잡아라! 아이는 전혀 개의치 않고 달리면서 바지의 단추를 풀어 플라스틱 다리에서 그걸 벗겨냈다. 바지를 걷어낸 후에는 라슬로를 향해 뒤쪽으로 다리를 집어던졌다. 다리는 자갈길에 떨어져 부서졌고, 라슬로는 서서 그 아이가 사라지는 걸 지켜 봤다. 이윽고 반대편에서 발자국 소리가 들렸고, 라슬로는 도망을 쳤다. "너무나 죄책감이 들었거든." 그는 내게 얘기를 다 들려주고 나서 이렇게 말했다. "그걸 내가 훔치기라도 **한** 것처럼 말이야." 대부분의 고백은 과장된다. 마치 과장이 잘못을 바로잡아 줄 수 있을 듯이.

9월 10일

며칠 비가 내리더니 오늘 아침엔 날이 갰다. 나는 멀리 배터시 다리까지 걸어갔다. 노르스름한 가을볕이 불투명해지기 시작했다. 런던이 만져질 것 같은 날이 있는데, 오늘이 그런 날이었다. 그런 날이면 런던의 규모가 저기 보이는 모퉁이, 기울기를 가늠할 수 있는 지붕, 쭉 가로질러 계속 내려갈 수 있는 거리, 지반 위에 네 귀퉁이를 박고 솟아올라 에워쌀 수 있는 건물들, 돌로 뒤덮이지 않은 곳에서 자라나는 나무들이 반복되는 것에 불과하다는 느낌을 받는다. 런던의 미스터리는 사라진다. 그것은 더 이상 저돌적인 힘이 아니다. 사람들이 만들어 살고 있는 도시일 뿐이다. 파리는 늘 그렇게 보이고, 베를린은 그보다는 덜하고, 런던은 어쩌다 한번 그렇게 보인다. 나는 유령 같은 런던이 너무 싫지만, 이런 날에는 그 유령들도 영계로 돌아가고, 스튜디오 창문 바로 앞에 있는 딱총나무는 더 이상 인식할 수 있는 주변의 경계선이 아니라 내 활동이 멈추고 다른 이들의 활동이 시작되는 지점을 대략적으로 표시해 주는 단순한 자연물이 된다. 다이애나에게 녹색 가죽 허리띠를 사 줬다. 너무 좋아했다. 〈사다리〉를 끝냈다.

9월 14일

국제조각전의 예전 도록을 넘기다가 곤살레스의 작품 사진들을 보게 됐다. 그는 백작 같은 얼굴에 목소리는 신심 깊은 성직자 같았지만, 비범한 금속조각가였다. 나는 지금도 〈라 몬세라트〉가 금세기의 몇 안 되는 위대한 조각 중 하나라고 믿는다. 오늘날 그것은 현대 공예품을 전시하는 미술관 속으로 사라진 외로운 작품이다. 그래도 내가 훌리오처럼 그것을 만들었다면 흡족했을 것이다. 거의 하루 종일 코벤트 가든에서 드로잉을 했고, 돌아올 때는 너무 추웠다.

9월 15일

작업이 엉망이다. 카드뮴옐로 약간에 오일을 섞다가 자루째 쏟은 것부터 시작됐다. 나는 휴가가 필요하다. 나는 화분(花粉) 같은 그것들을 퍼 담았다. 헝가리 대평원의 노란색.

이 노란색에서 왜 라슬로의 신체검사가 떠오를까? 사실은 그가 내 머릿속에서 떠난 적이 없다. 소집통보를 받았을 때 우리는 열일곱이었다. 우리는 소지품을 담은 작은 나무상자를 들고 도시로 검사를 받으러 오는 시골 남자아이들을 보곤 했다. 기회가 닿아서 얘기를 하게 되면, 늘 그 아이들에게 의사한테 갈 때는 상자를 두고 가라고 말했다. 그 상자는 그들이 스스로를 적합하다고 생각한다는 걸 의미했으니까. 그리고 진짜 똑똑한 아이들에게는 시도해 볼 수 있는 속임수를 일러 줬다. 커피를 과하게 마셔서 맥박수 높이기, 헛구역질이 나게 하는 이런저런 약초, 임질 증상이 나타나도록 페니스를 비누로 문지르기. 우리는 상당수의 아이들을 구했다.

라시는 귀머거리 시늉을 하며 모든 얘기를 앞에 있는 종이에 적게 했다. 레너드 고 때문에 그때 생각이 종종 난다. 의사는 그를 한쪽에 앉혀 놓았다. 나중에 따로 검사를 하려는 것이었다. 들리는 소리에 어떤 반응도 내비치지 않기 위해 의자에 앉아 바닥의 쥐를 보고 있다고 상상했다. 그는 아침 내내 상상 속의 쥐를 지켜 봤다. 의사는 한 번씩 의심스런 눈초리를 보내며 옆에 있는 하사관에게 귀엣말을 했다. 라시는 하루 종일 의자에 앉아 있었다. 마지막 신병까지 검사가 모두 끝난 후 의사는 미소를 지으며 인자하게 말했다. 좋아, 이제 가도 돼. 라시는 알아들었다는 기미를 전혀 보이지 않은 채 계속해서 쥐만 쳐다봤다. 술수에 넘어가지 않은 것이다. 하사관이 다가와서 거의 차다시피 해서 그를 내쫓았다. 아무튼 라시의 얘기로는 그랬단다. 그땐 심문하는 방법도 얼마나 단순했는지. 상상 속의 쥐 한 마리면 더 필요한 게 없었으니.

9월 17일

막스와 만나 한 잔 했다. 어떤 영화에 작은 배역을 얻었지만 그것에 대해 너무나 비관적이다. 그의 나태한 패배감은 일종의 거짓된, 그리고 지독한 완벽주의의 결과다. 베를린 시절과 같을 수 있는 건 아무것도 없다. 거기서처럼 그를 인정해 줄 사람은 없다. 그러니 지금 일어나는 모든 일이 그에겐 너무나 어처구니없고, 그는 한쪽 손을 주머니에 찌른 채 연기를 한다. 그는 나더러 다이애나에게 너무 도도하단다. 그녀는 나를 위로해 주고 싶어 애를 태우는데, 내가 좀처럼 그걸 허락하지 않는단다. 위로라고? 막스와 헤어지면 늘 그가 미쳤거나 아니면 내가 헛된 환영 속에 살고 있는 기분이다. 내가 뭣 때문에 위로가 필요해?

마게이트 — 9월 20일

아침 내내 노스포어랜드 등대 옆 바위에서 시간을 보냈다. 다이애나는 친구들과 글라인드본 오페라에 갔고, 이틀 후에 이리로 올 예정이다. 나는 같이 갈 수 없었는데, 관객들이 내 화를 너무나 돋우기 때문이다. 삶 자체가 오로지 구경거리인 사람들에겐 모든 예술이 무의미하다.

바다 소리는 세상에서 가장 오래 됐고, 떠밀려 온 해초들이 선을 그리는 곳을 따라 걸으면 천문학자의 망원경을 들여다보는 것만큼이나 미약하고 왜소한 느낌이 든다. 가늠할 수 없는 규모에 직면하면 그렇게 된다. 바위 하나에 홍합이 만 개는 붙어 있을 것 같다.

바위투성이 갑(岬) 위에서 나는 사방으로 밀려드는 파도를 바라봤다. 도랑 같은 바위들 틈에서는 퉁기듯 절벽으로 솟구치는 하얀 포말의 꼭대기를 볼 수 있는데, 그러면 파도가 한 번 칠 때마다 한 무리의 흰 토끼를 풀어 놓는 것 같고, 그 토끼들은 우스꽝스런 흰 꼬리만 내놓고 도랑에 몸을 숨긴 채 절벽으로 달음박질친다. 바다는 삶기 전 멍이든 듯 흐릿한 새우의 색깔이다. 하늘은 윤기가 사라진 아연 양동이 색깔이다. 그림으로 본 유럽의 바다 풍경과는 전혀 다르다. 중국 쪽에 더 가깝다.

바다를 보면서 티서 강의 둑을 생각했다. 말라붙은 진흙 위로 갈라진 균열을 신기하게 쳐다보면서 지진을 상상하거나 발 밑의 땅이 갑자기 갈라지면 어떤 느낌일지 궁금해 하곤 했다. 모든 상상은 처음에는 두려움에서 시작된다. 하지만 오늘날엔 이것이 단지 출발점일 뿐이라는 걸 깨닫는 사람이 얼마나 적은지! 그 출발점에서 시작해야 하는 힘 겨운 여정을 끝내 회피하는 핑계로 사용하는 게 즉흥성과 직감이다.

라슬로와 내가 첫 여자와 사랑을 나눈 곳이 바로 그 강둑이었다. 다뉴브 강이 도도하게 흐르는 마거릿 섬에서의 저녁은 열 개의 작은 손가락이 정교하게 얽히다가 구애의 손짓으로 강과 깊이를 다투려드는 열정을 끌어낼 수 있다는 걸 일깨웠지만, 그런 저녁은 나중에 라시가 '마'(Ma, 헝가리의 전위예술운동―역자) 모임에서 자작시를 낭송하고, 우리가 내일의 영웅이라는 것을 알게 된 후에나 찾아왔다! 티서에서는 우리 자신에 대한 확신이 덜했다. 아무튼 라시는 그랬다. 그는 부다페스트의 어떤 학생 모임에서 만났다는 여자를 데려왔다. 이름은 줄리였다. 라시보다 한두 살 많은 열여덟 살쯤이었을 것이다. 검은 머리와 올리브색 피부, 그리고 자신의 성격을 숨김없이 드러내는 굉장히 크고 근사한 눈을 가졌다. 줄리는 도시의 호텔에서 사는 돈 많은 부르주아 집안의 딸이었다. 값비싼 팔찌를 차고, 옷은 맞춰 입은 테가 역력했다. 하지만 이런 것들도 무슨 일이 벌어지든 앞장을 서는, 욕심이 아니라 순연한 열정의 발로인 그 인상적인 거친 에너지를 감추지는 못했다. 그녀가 입을 다물고 가만히 있는 건 라슬로가 얘기를 할 때뿐이었다. 그가 하는 얘기에 정말로 관심이 있었는지 그건 잘 모르겠다. 하지만 함께 걷거나 카페에 앉으면 라슬로는 우리에게 미래를 설명하고, 헝가리 시인 어디 엔드레를 인용하고, 우리가 도착하면 파리가 어떤 상태일지를 묘사하고, 페스트 이야기를 들려줬다. 그의 이야기는 너무나 열정적이었고, 긴 얼굴엔 감정이 어렸다가 또 다른 감정에 자리를 내주었는데, 그럴 때면 손은 허공에서 새로운 감정을 잡아채려는 듯했다. 줄리는 순한 눈빛으로 그를 올려다봤고, 라슬로가 얘기를 마칠 때까지 수레를 매단 말처럼 잠자코 있었다. 그날 저녁에 두 사람은 서로의 허리에 팔을 두른 채 멀찍이 걸어갔다.

그는 키스를 하기 시작했다. 해오라기 몇 마리가 머리 위를 날아 강가에 내려앉았다. 두 사람은 그걸 보기 위해 풀밭에 앉더니 이내 서로를 끌어안았다. 짐작컨대, 라시는 시구를 웅얼대면서 한없이 지루한 애무를 시작했을 것이다. 삼십 분가량 흘렀을 때 줄리는 몸을 빼면서 이렇게 말했다. "잘 들어! 난 대충대충을 경멸해!" 그리곤 팔을 양쪽으로 동댕이치듯 펼친 채 바닥에 등을 대고 누웠다. 소심한 자신이 부끄러워진 그는 바로 그녀를 덮쳤지만, 그 위에 누워서도 치마와 바지와 페티코트를 더듬거리며 여전히 머뭇댔다. 그녀는 그의 머리를 아래로 잡아끌며 말했다. "바바, 너도 아홉 달을 기다려야 되는 거야?" 라슬로는 그렇게 딱지를 뗐고, 의기양양해져서 마을로 돌아갔다. 둘은 또 검고 긴 머리가 젖은 채로 돌아갔는데, 틈틈이 수영을 했기 때문이다. 두 달 후에 우리는 줄리가 은행가의 아들과 결혼했다는 소식을 들었다. 그들은 1919년에 나라를 탈출했다. 그 이상은 모른다. 우리는 끝나지 않은 이야기의 세대였다. 그래도 우리는 서로에게 그 이야기들을 했다.

9월 22일

다이애나가 오늘 도착했다. 한결 편안해 보였다. 나는 그녀를 드로잉했다. 우리가 드로잉을 하듯이 명확하게 살 수만 있다면.

9월 23일

지난 밤에는 부둣가에서 저녁을 먹고 춤을 췄다. 다른 이들의 행복을 지켜 보고 관찰하는 것만으로도 즐거운 때가 있다. 내 말은 감각적으로 즐겁다는 뜻이다. 이 즐거움은 언젠가 자기가 즐거웠을 때 얻었던 지식에서 나오지만, 이젠 내 것 남의 것이 크게 상관없다. 춤을 추면서 여자가 고개를 돌릴 때 그 머리카락에 입술을 대는 청년의 대담함을 보는 것은 즐거웠다. 세월은 이런 시간을 가져다 줄 수 있다. 하지만 예술에 종사하는 것이 이런 시간을 불러오기도 한다. 때 이르게.

9월 25일

영국의 풍경은 환상적이다. 여기서 태어났다면 그걸 그릴 수 있었을지도 모른다. 하지만 그건 지금의 나와는 정반대 방향에서 그림에 접근하는 걸 의미할 것이다. 이건 본질적으로 **고착되지** 않고 신비로우며 낭만적인 풍경이다. 아무것도 드러나지 않는다. 다른 풍경들은 벌거벗은 채 누워 있다. 하지만 영국의 풍경에서 보게 되는 건 끊임없이 움직이는 토르소에 입힌 옷 같다. 사실, 움직이는 것은 빛이지만 그 효과는 허공의 보이지 않는 상대와 결투를 벌이는 검투사가 입은 녹색 셔츠 같다. 순수한 낭만.

9월 26일

우리는 바위에 앉아 자갈을 집어 물에 던졌다.

나는 바다가 좋아, 그녀가 말했다. 저것 좀 봐! 저건 배가 떠 있는 걸까, 아니면 부표일까?

부표.

바다를 처음 봤을 때 몇 살이었어?

벨기에에 있을 때였어. 아마 서른 살쯤이었을 거야.

정말 재미있네. 나한테는 최초로 기억나는 것들 중의 하난데.

바닷가에서 살고 싶어? 내가 그녀에게 물었다.

응. 아니. 하지만 유람선은 타고 싶어. 인도에 갔다가 화물선이나 뭐 그런 걸 타고 돌아오는 거야.

원한다면 당신은 그럴 수 있지.

당신은?

난 괜찮을 거야.

그녀가 인상을 찌푸렸다. 그런 뜻이 아니었어. 당신도 갈 거야?

비용이 두 배로 들 거 아냐.

그래. 하지만 돈은 따지지 마. 당신도 갈 거야?

다음 작품을 완성하면.

다음 작품은 항상 있잖아.

그녀는 한숨을 쉬었고, 몇 분 동안 아무 말이 없었다.

그건 부표가 아니었어, 그녀가 말했다. 고깃배였어.

9월 28일

일 주일 만에 스튜디오로 돌아오니 작업을 다시 시작하고 싶어 조바심이 난다. 고작 일 주일이 지났을 뿐인데 폐쇄된 공장처럼 보인다. 실직의 기운이 감돈다. 〈파도〉는 훌륭하다. 재작업한 누드는 끔찍하다. 칠이 과했다. 〈사다리〉는 뭔가의 시작이다. 하지만 한 부분, 세부 묘사일 뿐이다.

10월 12일

온종일 머리에 대한 아이디어를 궁리했다. 당장은 큰 것에 매달릴 수 없다. 하지만 열심히 작업을 했고 하루 종일 아이디어를 다듬었다. 내일이면 습작에 지나지 않는 또 하나의 작은 캔버스가 될 것이다. 나중에는 일시적으로 아무도 원치 않는 상품이 되겠지. 언젠가 이것은 '어떠어떠한 것의 아주 흥미로운 사례'가 될지도 모르고 안 될지도 모른다. 오늘밤에는 완벽하다. 오늘 하루치의 작업은.

10월 13일

어젯밤에 저걸 썼을 때 와인을 너무 많이 마셨다.

10월 24일

1948년 올림픽을 본 후로 줄곧 그 모습을 그리고 싶었다. 그 당시 스케치북을 드로잉으로 가득 채웠지만 전체적으로 내가 뭘 원하는지는 끝내 감을 잡지 못했다. 지금 그 생각이 다시 들면서 어렴풋이 아이디어가 잡힌다. 그건 내 인생에서 가장 순수한 경험 가운데 하나였다. 눈물이 그렁그렁한 수천 명의 사람들, 사심 없이 순수한 존경의 눈물. "자토펙! 자토펙!" 사람들은 마치 모두의 아들이기라도 한 양 그의 이름을 연호했다. 오늘은 그게 단지 색을 칠한 허섭쓰레기라는 걸 나 자신에게 일깨워 주려고 물감을 가지고 장난만 쳤다.

11월 5일

존의 초상화를 시작했다. 아직은 드로잉뿐이다. 그의 미심쩍어 함을 포착하기가 어렵다. 늘 어딘가 돌 위의 달팽이를 쪼는 새 같다.

초상화를 그리겠다는 건 야노스의 생각이었다. 그런 얘기를 자주 했었는데, 이때는 일 주일에 몇 시간씩 누군가와 스튜디오에 함께 있다는 게 좋았던 것 같다.(야노스가 라슬로의 처형에 대해 한번도 얘기하지 않았다는 건 지금의 내게 큰 충격을 안겨 준다. 우리는 친구였고 정치적인 동지였지만, 그는 나를 신뢰할 수 없었던 것이다. 내 주변에 그의 비밀을 누설할 만한 사람도 없었고, 그러지도 않았을 건 분명했다. 하지만 내가 말하는 신뢰는 그런 뜻이 아니다. 그는 내가 어떤 식으로든 자신의 곤궁함이나 부끄러움을 키우지 않으리라는 걸 믿을 수 없었던 것이다) 우리는 얘기를 하다 말다 했다. 그는 주로 과거, 또는 장래의 계획에 대해 얘기했다. 올림픽 그림에 대한 생각도 포함되어 있었다.

작업을 하는 동안 야노스의 표정은 비교적 느긋했다. 피곤해 보이는 건 작업을 중단하고 담배를 피워 물거나, 다른 펜을 찾아 벽장으로 걸어갈 때였다. 그럴 때면 뭔가 기분전환을 할 주제가 필요하다는 듯이 가끔씩 이런 얘기를 하곤 했다. "왜 렘브란트가 최초의 현대 화가라는 거야?" 그리고 전혀 다른 쪽의 얘기도 나눴다. "새로 등장한 먼로라는 영화배우 좋아해?" "메릴린 먼로?" "그래. 가슴이 엄청난 배우 말이야." 하지만 이렇게 말하면서도 몸을 돌려서 창 밖의 거무죽죽한 딱총나무를 멍하니 바라보곤 했다.

11월 13일

J의 드로잉 두 점을 끝냈는데 마음에 든다. 이제 점심은 세시로 미뤘다. 이렇게 하면 식사를 한 다음에 잠을 자도 죄책감이 덜하다.

야노스가 나를 쳐다보고 나도 그를 쳐다봤다. 날이 추우면 청소부가 입는 것 같은 오래 된 짧은 가죽 코트를 입었는데, 의자에 다리를 꼬고 앉아 작은 스케치북을 펼쳐 놓고 고급 펜으로 집중해서 작업을 하는 모습과는 영 안 어울리는 듯했다. 스튜디오의 난로에서 재를 긁어내고 석탄을 넣기 위해 작업을 중단할 때 오히려 더 자연스럽다는 인상을 받았다. 야노스를 내려다보고 서서 그의 긴 손이 실제로 드로잉을 하는 걸 볼 때라야 에너지의 부족이 크기와 전혀 상관이 없다는 걸 상기하게 됐다.

수없이 드로잉을 한 끝에 그는 유화 스케치로 내 머리만 조그맣게 그렸다. 드로잉을 할 때보다 훨씬 열정적으로 작업하면서 끝없이 욕을 내뱉고 캔버스 뒤로 물러섰다가 거울에 비춰 보기도 하고 나를 다른 각도에서 보려고 옆으로 돌아 나오기도 했다.

삼십 분 정도마다 한 번씩 작은 이젤을 들고 스튜디오의 한쪽 끝으로 갔고, 우리는 그걸 멀찍이 서서 바라보며 담배를 피우곤 했다. 내 눈에는 꾸준하고 원만히 진행되는 걸로 보였다. 하지만 그가 보기엔 그렇질 못했다. 중단을 할 때마다 야노스는 또 어떤 작은 부분이 못마땅했다. 실눈을 뜨고 보다가, 긴 갈색 손을 들어 어떤 부분이 안 보이도록 가리고는, 입을 삐쭉거리고, 이번에는 또 다른 부분을 가려 봤다가 욕을 내뱉고, 머뭇머뭇하다 손에 들고 있던 붓에 작업대 위의 물감을 묻힌 뒤 스튜디오를 성큼성큼 걸어가 수정을 가했다. 그가 뒤로 물러서도 나로서는 전혀 다른 점을 느낄 수 없을 때가 많았다. 하지만 그가 보기엔 언제나 뭔가 더 좋아지거나 나빠졌다.

이렇게 나흘을 계속했다. 가끔 한 부분을 캔버스가 보일 때까지 긁어내기

도 했다. 배경색을 완전히 바꾼 적도 여러 번이었다. 자기가 원하는 대로
됐을 때, 이렇게 말했다.

"봐. 보이지. 저 귀. 이제 제대로 자리를 잡기 시작하네." 하루의 작업이 끝
나면 캔버스를 벽 쪽으로 돌려 놓으며 말하곤 했다. "마침내. 이 정도면."
하지만 삼십 분쯤 지나면 뭔가를 말하다 말고 일어서서 하던 얘기를 중단
하지 않은 채 캔버스를 뒤집어 살펴보곤 했다.

이렇게 안절부절못하고 망설이는 모습이 내겐 의외였는데, 야노스가 이런
식으로 작업을 하리라고는 짐작도 하지 못했기 때문이었다—아무리 초상
화라고 해도. 완성작들이 너무 단순하고 단호하며 확신에 차 있었기 때문
에 그의 단호한 자신감을 과대평가했던 것이다.

스케치가 완성된 후에 야노스가 말했다. "이제 초상화에 들어가야지. 자넬
닮았기 때문에 마음에 들지만, 이건 그림이 아니야."

II월 27일

사흘 동안 J 없이 초상화를 그렸다. 이 편이 더 낫다. 초상화 모델의
눈을 가리고도 그를 알 수 있다면 누구를 그린 건지 알아볼 수 있는
초상화를 그릴 수 있을 것이다. 색과 형태는 개성을 표현해야 한다.
얼굴의 표정은 표지판일 뿐이다. 풍향계처럼. 모든 성격은 붉음과 푸
름 사이에 놓일 수 있다.

어느 날 아침에 스튜디오에 갔더니 초상화가 벌써 반이나 완성되어 있었
다. 아침 안개가 짙고 빛이 거의 없었기 때문에 캔버스의 밝고 아주 명확한
색은 통조림색처럼 인공적으로 보였다. 야노스는 아침 내내 형광등 밑에
서 작업을 했다. 그럴 수 있었던 건 물감의 제 색깔을 판단할 만큼 빛이 충
분했던 전날 미리 팔레트에 혼합해 놓은 몇몇 색만을 사용했기 때문이다.
안개는 스튜디오 안까지 스며들어 마침내 더 이상의 진행이 불가능한 지
경에 이르렀다. 대신 우리는 난로 양쪽에 앉아 얘기를 했다. "인상파 화가
들이 이걸 흥미로워했을 거라고 생각하는 건 이상해." 안개에 대해 이렇게

말하더니 느닷없이 열띤 목소리로 덧붙였다. "이방인이라는 느낌이 가장 절실한 것도 이것 때문이야. 나는 이게 너무 싫어."

"우리도 그래."

"맞아. 하지만 경우가 달라. 자네들은 견디는데, 나는 격분하거든. 이게 무슨 정의롭지 못한 것처럼, 영국인들이 내 눈에 가한 무엇인 것처럼. 아직도 나는 그걸 느껴." 그리고는 스스로를 조소하는 듯한 웃음을 터뜨렸다. 그러고 나서 더 젊었을 땐 어쩌다 자기 그림에 화가 나면 부수곤 했었다는 얘기를 시작했다. "잔인한 살인자를 조금은 이해한달까. 처음 내리친 후엔 쉽거든. 바로 전에 내리친 걸 부숴 버리려고 부수는 거야. 더 이상 아무것도 남지 않을 때까지. 한번은 이젤까지 두 동강이를 내기도 했어." 그리고는 또다시 혼자 웃었다. "지금이야 훨씬 철학적이지. 그렇게 끔찍한 위험은 감수하지 않아. 보험회사에서 젊은 사람보다 나이 든 운전자한테 보험료를 적게 물리는 것과 같은 거야. 이젠 속으로 이렇게 말하지. 침착해. 어쩌면 날이 그래서, 날씨나 기분이 그래서일 수도 있잖아. 내일이면 다를지도 몰라."

나중에 다이애나가 들어왔다.

"노랗고 짙은 안개예요." 그녀는 이렇게 말하고는 코트와 짧은 부츠를 벗고 작은 욕실로 들어가 머리를 빗었다.

"위스키를 한 잔 하면 얼마나 좋을까." 다시 나오면서 그녀가 말했다. 스튜디오에 위스키가 없었기 때문에 내가 나가서 반 병을 사왔고, 우리는 난로가에 앉아 그걸 마셨다.

"여름을 위해!" 야노스가 말했다.

"로마를 위해!" 앞서 마신 두 잔에 조금 무모해진 다이애나가 말했다.

"부다페스트를 위해!" 내가 말했다.

이 말에 야노스는 나를 보며 간신히 알아볼 수 있을 정도로 고개를 저었다. 그땐 다이애나 때문에 말을 조심시키는 거라고 생각했었다. 지금은 잘 모르겠다.

저녁 내내 우리 셋은 난로가에 둘러앉아 있었다. 스파게티를 먹고 위스키 병을 비웠다. 뜻밖에 즐거운 저녁이었다. 우리는 저마다 얘기를 하고, 난로 덕분에 이런 저녁을 보내게 됐다며 고마워하고, 술을 마시고 또 마실 때마다 담배를 그 속에 던져 넣었다. 열시가 되자 안개 때문에 스튜디오 건너편을 볼 수 없을 지경이었다. 나는 집에 가려고 나갔지만 차가 다 끊긴 후라 다시 돌아가 불 앞에 매트리스를 깔고 잤다. 아침에 일어나자 처음으로 눈에 들어온 건 에칭 프레스 옆에 서 있는 다리였다. 야노스는 벌써 작업 중이었다. 약간 부유한 기가 감돌 뿐 빛은 밝았고, 창 밖의 딱총나무에는 서리가 앉았으며, 초상화 캔버스는 산뜻하고, 기대를 품어도 좋을 만큼 신중하게 칠해져 있었다.

12월 4일

초상화를 바라본다. 이젠 끝난 것도 같다. 생각하는 현대인을 보여준다. J와 안 닮은 건 아니다. 하지만 어떤 상징성이 담겨 있다. 내가 원했던 바다. 제단화에서 기증자를 십자가 발치에 무릎 꿇고 기도하는 모습으로 그리듯이, 나는 초상화 모델이 우리 시대의 어떤 드라마와 결부되길 원한다. 노골적이 아니라 그림 자체의 화법과 직관에 함축적으로. 목걸이에 넣어서 아끼며 꺼내 볼 초상화를 원한다면 스케치가 낫다. J와 사랑에 빠진 여자라면 항상 그쪽을 더 좋아할 것이다. 하지만 그림의 경우, 심리에 대한 과하게 강렬한 관심은 자연주의의 형식이 될 때가 많은 것 같다.

이 초상화는 지금 내가 이 글을 쓰는 방에 걸려 있다. 이 그림은 의심과 절망의 순간에 내게 크나큰 용기를 주는데, 야노스가 이걸 준 이유는 바로 그때문이다. 하지만 나말고 이걸 좋아하는 사람은 거의 없다.

12월 12일

저번 날 한 어머니가 학교로 나를 찾아왔다. 커다란 풍채의 유대인 여자, 그리고 독수리새끼 같은 아들은 열일곱 살이었다. 미술을 시켜야 할까요? 그녀가 물었다. 내가 아들의 포트폴리오를 넘겨본 다음에는 마치 내가 자신이 구입한 귀중한 물건을 저울에 달기라도 하는 것처럼 내게서 시선을 떼지 않았다. "애 아버지는 연극에 관심이 지대했어요." 그녀가 덧붙여 말했다. 나는 무슨 말을 해야 했을까? 나는 아들을 위해 세상과 드잡이라도 할 태세인 이 미망인을 쳐다봤다. 아들의 검고 열의에 찬, 쏘는 듯한 눈을 들여다봤다. 나는 다시 포트폴리오로 시선을 옮겼다. 그림엔 재능이 있었다. 아직은 그 이상도 그 이하도 아니었다. 만약 오십 년 전에 어떤 어머니가 와서 "제 아들이 비행기로 대서양 횡단을 시도해야 할까요?"라고 물었다면 무슨 말을 해줄 수 있었을까? 아이에게는 뭔가를 얘기해 줄 수 있다. 냉철하면서 환상을 깨는, **그러면서** 용기를 북돋는 말. 하지만 어머니에겐? 그 재앙으로 인해 더 많이 괴로워할 가능성이 높은 사람에겐.

"아이가 결정을 해야죠." 내가 말했다. 그리고 여자가 나를 쳐다보는데, 마치 겁쟁이를 보는 듯했다.

"이제 열일곱인걸요." 그녀가 말했다.

"아이가 결정을 해야 합니다." 내가 다시 말했다.

그러자 여자는 공격적으로 쏘아붙였다. "여기서 왜 당신한테 봉급을 주는 거죠?"

사실 이 사람들이 오래지 않아 나에게 봉급을 주지 않을 거라는 의구심이 점점 커지고 있다. 교직원 감원에 대해 점점 더 많은 소문이 돈다.

12월 20일

나는 크리스마스 선물을 궁리하듯이 그림을 궁리하고 있다. 하지만 손에 넣을 수 있는 건 몇 가지뿐이다. 하루 종일 빈둥거렸다. 우리도 일할 권리를 위해 싸워야 한다. 우리의 의심에 맞서 싸워야 한다.

1954년

1월 3일

서구세계에서 화가가 중요하지 않다고? 말도 안 되지. 마드리드에서
전쟁이 끝난 후 알바 공작부인의 사체를 파내서 유해를 측정했는데,
그 이유가 고야의 〈옷을 입지 않은 마야〉를 위해 벌거벗고 누웠던 게
그녀인지를 확실히 규명하기 위해서였다는 글을 얼마 전에 읽었다.
증거는 결정적이지 못했다. 호기심에 필적할 만한 것은 오해뿐이다.
그리고 호기심은 끝이 없고 만족을 모른다! 피카소가 생전에 갔던 여
행지는 이제 지도에 표시되어, 어느 시기에 누구랑 연애를 했는지를
보여주는 목록과 함께 도록에 인쇄된다. 이렇게 하면 최소한 나중에
유해를 파내는 것은 막아 줄 테지. 그렇기는 해도, 세상에, 이건 다 미
신이다. 마법만큼이나 방법도 원시적인! 부르주아 사회가 점점 더 일
반적이고 대중적인 창의력을 파괴하고 타락시킴에 따라, 상상력이
깃든 창조의 경험은 점점 드물어지다가 결국에는 창조에 어떤 마법
같은 비밀이 있다고 생각하기에 이른다. 그래서 예술가의 사생활에
서 이 비밀을 찾으려는 수색작업이 시작된다. 이런 수색은 필연적으
로 실패로 돌아갈 수밖에 없는데, 왜냐하면 그 '비밀'이란 사실 그네
들 자신의 비생산성만큼이나 이해할 수 없는 광대한 단조로움이기
때문이다. 우리는 믿음으로 창조한다. 게르하르트 마르크스(베를린
태생의 조각가이며 발터 그로피우스 등과 '예술을 위한 노동회의'
회원으로서 활약했다—역자)—나와 길은 다르지만 고귀한 영혼의
소유자인—는 언젠가 이렇게 말했다. "믿음이 없는 자들을 그네들의
지루함으로부터 구원하는 것이 예술의 직분은 아니다." 우리는 세계
를 개선하기 위해, 톨스토이의 말처럼 "사람들 사이에서 형제 같은
동맹을 구축하기 위해" 창조한다. 이건 심지어 고야의 경우도 마찬가

지다. 이런 봉변을 당하긴 했어도. 그에게 믿음은 직관 저편에 있었다. 그건 직접적으로 표현될 수 없었고, 쓰라린 진실을 얘기하는 것으로만 충족될 수 있었다. 이것 외에 다른 '비밀'은 없다. 공작부인의 골반 뼈에는 물론, 화가의 두개골에도 없다. 믿음은 살로 채워져 있다.

I월 7일

라슬로는 믿음을 북돋웠다. 1933년의 베를린 테러 때조차. 줄리는 이 남자의 얼굴에서 자신이 티서 강가에서 유혹했던 청년을 결코 알아보지 못했을 것이다. 라슬로는 나보다 훨씬 극적으로 발전(어쩌면 그냥 변화라고 해야 할지도 모른다)했다. 그는 대단히 냉철해졌다. 더 이상 한가로운 억측은 없었다. 그것은 그가 고민해야 할 의무가 있는 이러저러한 핵심적인 문제들과 결부되었다. 그는 아직 젊었다. 긴 얼굴은 건조하게 마르지 않았고, 커다란 입술은 몹시 붉었다. 하지만 눈과 전체적인 몸가짐에서는 베테랑의 결단력이 보였다. 스스로에게 가혹하다는 게 너무도 분명했기 때문에 라슬로는 가까이 다가가기 힘든 사람이었다. 그는 지칠 줄 몰랐다. 아니, 지쳐 있는 상태에 너무 익숙하다는 인상을 줬기 때문에 그런 말이 무의미하다고 하는 게 더 옳았다. 멀어지는 모습을 보면, 윗도리는 어깨에서 늘어지고 바지는 한번도 벗은 적이 없는 것처럼 엉덩이께에 걸쳐 있는 게 마치 유태계 중고품 가게에 몇 달 동안 걸려 있던 옷처럼 보였다. 그때 그는 안경을 썼다. 그는 독특한 국제 모임인 마르크스주의 활동가들의 연구 모임에 속해 있었다. 1910년 이후의 사진에서는 그들의 얼굴이 빠지지 않는다. 그 사람들 옆에 서면 내가 19세기 낭만주의자처럼 보인다는 걸 나도 안다. 그들은 책을 많이 읽어 근시이고, 체격이 왜소한 경우도 많다. 하지만 자신들이 세상을 변화시킬 수 있다는 걸 알고 있었다.

나는 라슬로가 베를린을 지날 때마다 만나곤 했다. 나중에 그랬던 것처럼 그때도 우리는 거의 다른 세계에 살고 있었던 것 같다. 우리는 공동의 적을 상대했고, 마침내 그곳에 도착할 때 우리가 함께여야 한다는 걸 확신했다. 하지만 우리는, 사람들이 하는 말처럼, 생업이 달랐다. 우리의 일자리만이 생업이 아니었고, 우리의 생업은 대부분의 생업이 개개인에게 요구하는 것보다 더 많은 것을 요구했다. 그렇게 해서 우리는 다른 삶을 살았다. 라슬로는 혁명 전문가였다. 그를 보면 이런 생각이 들었다. 역사적인 사명을 띤 이 남자 뒤쪽 어딘가엔 틀림없이 평범한 사람이 있을 거야. 성급하고 경솔하고 어쩔 줄 몰라 하는. 하지만 그의 뒤에 여느 사람 같은 남자는 없었다. 넘어가면 우리 모두가 어린애로 돌아갈 수 있는 선의 이 편에서는 그를 깨뜨릴 수 있는 지점이 나타나지 않았을 것이다.

우리가 처음 만나고 얼마 되지 않았을 때 야노스가 이 남자에 대해 길게 얘기했던 게 기억난다. 하지만 이름은 언급하지 않았고, 추억에 잠기기보다 내가 가질지도 모르는 환상을 깨뜨리는 데 더 신경을 썼던 것 같다. 그는 내 입장에서는 현대의 혁명가가 된다는 게 무엇을 뜻하는지 상상하기가 쉽지 않다고 말했다. 각자가 처하게 되는 상황의 종류에 따라 너무나 많은 것이 좌우된다는 것이었다. 산중의 빨치산이 되는 것과, 정기적으로 전차가 다니고 밤이면 빵을 맛있게 굽고 아침마다 우편물이 제시간에 도착하는, 전쟁이나 혁명 또는 반혁명의 상황이 절대로 공공연히 인식되지 않는 적의 도시에서 생계를 유지하는 것은 전혀 다르다. 바리케이드와 오페라 관람객들이 줄 지어 선 길 건너편의 경찰서도 전혀 다르다. 긴급조치나 계엄령이 떨어지는 상황과 마치 편집증 환자처럼 혼자, 하지만 필사적으로 주의를 경계해야 하는 상황이 다르다.

들어 봐, 야노스가 말했다. 지금 자네는 급행열차의 창가에 앉아 있어. 밤이 거의 다 된 시간이지. 자네는 담배를 피워 물고 편안하게 앞으로 도착할 새로운 곳에 대해 생각해. 열차가 속도를 늦출 때 앞으로 몸을 숙이고 달빛에 빛나는 바깥 풍경을 열심히 보고 있어. 달이 떴어. 구름은 어린 망아지 같아. 그러다 갑자기, 창에 어떤 영상이 비치면서 풍경을 가리며 다가와서는 자네를 거의 내려다보는 것 같은 거야. 제복 차림을 한 누군가가 문 밖의 통로에서 자네를 뚫어지게 쳐다보고 있어. 자네는 움찔하지도 움직이지도 않아. 자네는 기다려.

자네는 고기를 좀 사기 위해 정육점 앞에 줄을 서 있어. 기다리면서 보니까 가게 앞에 묵직한 쇠막대가 쳐져 있는 거야. 순간 이 년 전에 사라졌던 K가 떠올라. 그는 몇 달 뒤, 한밤중에 발견되었지. 그는 술에 취하지도 않은 채 정육점 앞의 도로에 서서 이렇게 생긴 쇠막대를 두 손으로 쥐고는 죽은 고깃덩어리를 보며 소리쳤어. "성자와 성신의 사랑으로 나를 풀어줘! 나를 풀어줘!" 그리고 자네는 기다려.

자네는 특별히 소집된 회의에 참석하기 위해 일부러 길을 돌아가. 안전을 위해 서류를 접은 다음 그 도시에서 가장 큰 문구점의 안내책자 사이에 끼워서 주머니에 꽂았어. 다른 사람들도 참석했어. 연락 방법을 바꿀 필요가 있다는 거야. 얘기는 간략한데, 이런 회의는 잠수와 같아서 따로따로, 그리고 최대한 빨리 다시 수면으로 떠올라야 하기 때문이야. 그렇지만 짧은 회의의 틀 속에 따로 떨어져 있는 이 일곱 사람은 예술작품 속에 따로 떨어져 등장하는 그 어떤 인물들보다 전형적인 면이 훨씬 강해. 곰처럼 커다란 코트 차림의 F가 쓰는 표현들은 그의 명령처럼 효율적이고 간결하지만 그가 시인임을 증명해 주지. 여전히 비너스로 그려져야 마땅한 M은, 하지만 남편이 살해되었기 때문에 이제는 그 원수를 갚아 줄 스물여덟 살짜리를 보호하기 위해서만 자신의 성(性)을 드러낼 거야. 땅딸막하고 히죽거리고 꾀가 많은 기계공 J는 언젠가는 하루 종일 낚시만 할 날이 올 거라고 믿어. 금욕적인 변호사이자 타고난 조직책인 W는 아마도 마음 한구석에서 이런 음모를 즐기는 유일한 사람일 텐데, 드러난 삶과 숨겨진 삶, 이 대조되는 두 가지 인생의 모순을 유기적으로 조직하는 데 자신의 남아도는 에너지를 사용할 수 있기 때문이지. 서른 살인 H는 젊은 시절부터 한 나라에 이년 이상 머문 적이 없지만, 좁은 침대가 삼분의 일을 차지하는 그런 방에서만 지내 온 국제적인 조직책이야. 옛날 방식으로 콧수염을 기른 L은 식자

공인데, 오로지 미래만을 생각하는 타고난 골동품 애호가지. 유일한 낭만주의자인 A는 비행가라는 별명으로 통해. 자네가 이 동지들을 떠올릴 때, 본질적인 자아의 차원에선 이들과 자네가 처한 상황보다 훨씬 단순한 이 사람들을 떠올릴 때, 시인 F, 아름다운 여인 M, 낚싯대를 들고 강가에 가 있는 J, 저녁식사를 마친 후 얘기로 좌중을 휘어잡는 W, 뭔가를 조사하러 탐험을 떠난 H, 서재를 구경시켜 주는 L, 그리고 대중적인 영웅인 A와 만나는 상상을 해. 그리고 자네는 또다시 기다려.

그때 라슬로는 시를 쓰지 않았다. 모든 단어는 암호화되어야 했다. 소련에서는 다시 쓰기 시작했을 것이다. 나는 내 인생의 절반을 베를린에 남겨 뒀다. 그 해 그 도시에는 얼마나 많은 원고와 악보와 캔버스와 담장을 쓰지 못한 편지와 청첩장과 지불되지 않은 고지서가 남겨졌을까? 다 지워질 것들. 폼페이 사람들이 살아 있다면 우리가 베를린을 뒤돌아보듯이 폼페이를 돌아봤을 것이다. 우리는 인간을 피해 도망쳤다는 것이 다를 뿐.

라슬로는 늘 차분하고 노련했다. 1935년까지 그가 정기적으로 베를린에 갔었다는 얘기를 나중에 들었다. 그는 단순한 사람이 아니었다. 에른스트 탈만(독일의 정치가로 1933년에 히틀러의 공산주의자 체포령에 따라 투옥되었다가 1944년에 강제수용소에서 처형되었다―역자)은 의사당 화재와 당이 무관하다는 것을 주장하기 위해 경찰서에 자진출두했다. 그는 다시는 집에 돌아가지 못했다. 오백만 명의 표를 받았던 남자가 그 자리에서 체포되었다. 라슬로는 사건의 경중을 파악했다. 그는 뻔뻔해질 수도 있었다. 경찰서에 가서 헝가리 사업가 행세를 하며 방갈로에 도둑이 들었다고 항의를 했지만, 결코 대부분의 우리들처럼 순진하진 않았다. 그는 예전이나 지금이나 극소수만이 이해하는 것을 이해했는데, 바로 국가권력이었다. 실제로, 어쩌면 우리는 지나치게 순진하다고 알려졌기 때문에 가라는 얘기를 들었는지도 모른다—우리, 벨라 쿤(헝가리 공산당을 창당했으며, 1919년에는 부다페스트에 헝가리-소비에트 공화국을 선포하고 프롤레타리아 독재를 선언했지만, 이후 엘리트층의 반혁명으로 모스크바로 망명했다가 트로츠키파로 몰려 숙청된 헝가리 정치가— 역자)의 지지자들. "너를 보지 않을 거야." 이게 라슬로가 내게 한 마지막 말이었다. 우리는 역의 소변기 앞에 나란히 서 있었다. 그는 나를 배웅하러 나왔다. 우리는 같은 벽을 향해 오줌을 눴다. 그것이 우리의 작별이었다. 나는 저 바깥의 플랫폼에서 나를 아는 척하지 않겠다는 뜻으로 그 말을 이해했다. 그가 의미했던 것도 바로 그거였다. 하지만 그 이상의 뜻이 담겼던 건 아닐까? 그는 그때도 여섯 수를 앞서갔을까?

I월 IO일
"일단 예술가의 주제로 선택되면 그것은 더 이상 자연에 속하지 않는다."—괴테.

I월 II일
형편이 닿는 데까지 재료를 채워 놓으려고 코넬리센스에 가는 길에 판화를 보러 대영박물관에 들렀다. 몬테냐의 판화. 우리가 무엇을 의도했는지 아는 사람들이 **있다**. 비록 대부분이 우리 같은 화가들이겠지만. 우리가 의도하는 바는 나중에 예술이라고 불리는 것과는 그다지 관련이 없고, 세상에 크게 중요하지도 않다. 그걸 이해하는 사람이 거의 없어도 상관없다. 중요한 건 과정이 아니라 결과다. 어떤 사람이 그림 앞에 서서 자기가 지금까지 뭔가를 잊고 있었다는 걸 깨닫는 것, 중요한 건 그거다. 그 밖의 모든 것들은 기교라고 부르는 게 더 옳다. 우리가 의도하는 것은 단지 우리의 개인적인 문제이며, 어떻게 그려졌는지를 묘사하는 전기(傳記)에 불과한 그림이 가치가 없는 까닭은 이 때문이다.

그렇지만 우리가 직면한 것을 이해하는 사람들이 있다. 분명히. 지금 유럽의 지식인 대부분은 인간의 본성이 무한히 다양하다는 자신들의 믿음에서 힘을 얻고자 한다. 헛된 바람이다. 나는 어떤 상황이 주어지더라도 대부분의 인간이 똑같다는 내 지식에서 힘을 얻는다. 그렇게 다양한 것은 상황뿐이다. 나처럼 그림을 그리고 싶어하는 사람들이 있고, 종이 또는 이젤 앞에서 우리는 같은 경험을 공유한다. 이름 없는 형제애도 많다. 그리고 젊은 화가에게 한 가지 충고를 해야 한다면 나는 이 점을 일깨워 주겠다. 그러면 예술에 대해 이야기하는 대부분의 사람들이 완전히 무지하다는 사실이 그렇게 중요하거나 비참하거나 쓰라리게 여겨지지 않을 것이다.

드로잉의 문제. 르네상스 시대에 위대한 데생 화가들이 많았다고 믿는 사람이 얼마나 많은가? 그렇지 않았다. 르네상스 화가 중에 데생으로 드가에 필적할 만한 화가는 서너 명뿐이다. 르네상스 때 있었던 건 드로잉 기법이었다. 그땐 한 사람이 다른 사람에게 드로잉하는 법을 가르칠 수 있었다. 오늘날에는 전통이 없기 때문에 기법도 없이, 그저 이렇게 말하는 게 고작이다. 자연을 보라고. 보고, 보고, 그런 다음에 거기서 할 수 있는 걸 종이에 표현해 봐. 우리는 기법을 만들어낼 결의도 하지 못한다. 어쩌다 한번, 공유될 수 있는 직관에서 기법이 튀어나온다. 큐비즘. 짧은 기간 동안 큐비즘 덕분에 수많은 훌륭한 드로잉이 가능해졌다. 그렇지 않았다면 평범한 데생 화가였을 사람들—큐비즘이 보여줄 수 있는 밑천이 다 떨어지고 매너리즘에 빠진 후 많은 이들이 다시 그렇게 됐다—이 그린 드로잉. 아니, 사회주의의 이편에는 일관된 드로잉 기법이 없을 것이다. 드로잉 기법은 현실에 대한 관심의 동일성에서 나오는 결과다. 지금 부르주아 문화는 환상에 대한 관심의 다양성만을 갖고 있다. 결국, 사회주의는 가장 작은 스케치북 속으로 들어가 버릴 것이다.

1월 17일

다이애나와 격한 말다툼을 하다. 우리 둘 다 절대, 절대, 절대 타협이 있을 수 없다는 것에 진절머리를 친다. 이런 건 늘 나중에야 깨닫게 되지, 그 순간에는 모른다. 코벤트 가든에서 그린 걸로 커다란 에칭을 시작했다. 그냥 머리 하나와 과일 바구니, 팔과 손.

야노스와 다이애나도 다른 사람들과 똑같이 싸웠을 것이다. 둘 중에서 야노스가 더 격했고, 그러니 속수무책이 되는 것도 먼저였다. 다이애나는 더 냉정했다. 이때쯤에 둘이 싸우는 걸 나도 한번 본 기억이 있다. 내가 한번씩 강의를 했던 런던 중심가의 한 미술학교 학생들이 야노스에게 와서 작품을 평가해 달라고 부탁했다. 얘기는 잘 진행됐고, 끝난 다음에는 한 무리의 학생들이 그를 에워싸고서 질문도 하고 이런저런 의견을 피력하기도 했다. 야노스가 즐거워하는 모습이 역력했다. 다른 무엇보다 젊은 아가씨들과 어울리는 걸 상당히 즐겼기 때문인데 ―일기에다가는 뭐라고 썼건 간에― 그의 말마따나 여자들은 그를 낭만적이라고 생각할 때가 많았다. 그들을 쳐다보는 그의 눈동자엔 공공연한 찬사가 담겼고, 옆에 앉혀 놓고는 '자기' 운운해 가며 끝없이 얘기를 했다. 그러다 보니 우리는 예상보다 최소한 한 시간은 지나서야 풀햄에 돌아왔다.

다이애나가 화가 났다는 건 스튜디오에 들어서는 그 순간부터 확연했다. 두 사람은 그날 저녁에 영화를 보러 갈 계획이었고, 이제 서둘러야 했다.

"왜 이렇게 늦었어?" 그녀가 따지고 들었다.

"내 잘못이에요." 내가 끼어들었다.

"저이는 다른 사람의 시간에 대해서는 도통 관념이 없어요." 그녀는 외출복 차림이었고, 틀어올린 머리는 대단히 도도해 보였다. 그녀는 야노스를 보면서도 말은 계속 나한테 했다. "물론 작업을 할 때는 일 분 일 초가 중요하죠."

"로지, 지루하게 그러지 마." 그는 피곤한 투로 말했다.

그녀는 몸은 꿈쩍도 않은 채 고개만 돌렸다. "지루하다고! 세상에 기가 막혀! 한 시간 동안 내가 어땠을 거라고 생각해?"

"택시를 타자." 야노스가 문으로 향했다.

"그래! 팔 실링을 내던져 버려."

"그럼 타지 말든가."

"난 중간엔 안 들어가."

"그럼 택시를 타."

그녀는 핸드백을 탁자 위에 내동댕이쳤다.

"사람 웃기려고 할 필요 없어. 당신 혼자 가든지, 여기 존이랑 가. 난 안 갈 테니까."

야노스는 그녀에게 다가가서 팔을 잡았다. 부드러운 동작은 꽉 다문 턱 선과 극명한 대조를 이뤘다.

"당장 가는 게 좋을 거야." 그녀는 아주 조용하게 말했다. 어떤 까닭에선지 이게 야노스의 한계를 넘어 버렸다. 그는 돌연 표정만큼이나 난폭해졌다. 문 근처에는 발코니 바닥 너머로 커튼처럼 천이 드리워져 있었다. 그는 그걸 찢어 버렸다. 침대보를 뒤집어쓴 어린아이처럼 우스꽝스러운 꼴로 천을 나무에 고정시켜 놨던 압정을 뜯어내고, 마구잡이로 되는 대로 뭉쳐서 다이애나에게 내던지며 소리를 쳤다. "더 이상 못 참아! 이젠 끝이야. 못 참아!" 그러고는 씩씩대며 문을 쾅 닫고 나가 버렸다. 다이애나는 내게 등을 돌리고 창문 쪽으로 걸어갔다.

"미안해요, 존. 정말 미안해요." 그녀는 아주 또박또박 말했다.

1월 23일

멋진 겨울날. 햇살이 비치는 창을 배경으로 선 한 남자, 하늘은 물 빠진 푸른색이고, 남자의 흰 셔츠는 마호가니빛 그림자들 사이에서 청록색이 감돈다. 하지만 이건 더 이상 그리지 않을 그림이다. 실내의 풍경―집, 소작농의 집, 오래 된 서재, 신도 열두 명의 작은 교회당,

배의 선실—은 생활의 한 맥락, 거주의 한 형태다. 돛대 위의 망루, 천문대, 사방이 뚫려 있는 현대식 건물 등이 또 다른 종류이다. 각각의 생활방식마다 그 나름의 화풍이 있다. 그리고 나는 두번째를 선택했다.

하늘에 연기로 글자를 쓰는 비행기 한 대. 비행기는 가파르지만 일직선으로, 드리운 추가 그리는 선처럼 곧게 상승한다. 그러다 평평하게 균형을 잡고 삼각주처럼 완만하게 왼쪽으로 돌기 시작한다. 하늘에서 펜대를 놀리다니! 우리는 승리를 거뒀다. 바람이 하얀 선을 갉아먹으면, 바람이 갉아먹는 쪽은 리넨을 뜯어낸 것처럼 깔쭉깔쭉해지다가 부드러워지고, 마침내 지워진다. 그래도 그걸 본 사람들은 과연 인간이 얼마나 큰 글씨를 쓸 수 있는지에 대해 생각해 볼 기회를 얻었다. 인간은 하늘에 낙인을 찍을 수 있다. 그런 것이 내가 화가로서 갖는 오만함이다. 그런 것이 우리의 화풍이다.

1월 28일

우리의 바닥짐은 죽음이다. 우리에게 속도를 주는 것은 바로 이것이다.

2월 6일

지난 한 주 동안 작은 캔버스에 해변의 연인을 그렸다.

학교 수업은 일 주일에 하루만 오후와 저녁에 나가는 걸로 줄어들 예정이다. 팔 파운드의 손실.

구체적인 역경이 닥치면 다이애나의 가장 훌륭한 장점이 발휘된다. 맞서 싸울 뭔가 분명한 것이 생기기 때문일 것이다. 내 얘기를 들은 그녀는 이렇게 말했다. "걱정하지 마, 지미. 어떻게 될 거야."

내가 야노스에게 전시회를 열어 주기 위해 전력을 다해 보기로 결심한 건 이 소식을 들었을 때였다.

그에게 드로잉과 수채화 포트폴리오, 그리고 사진 몇 장을 달라고 했다. 야노스는 그것들을 내게 줬지만, 열의를 보인 것도 아니고 그렇다고 전혀 무덤덤한 것도 아니었다. 단지 내가 애를 쓴다는 것에 대해서만 내색을 했다. 한번은 이렇게 말했다. "자네도 자기 작품을 해야 되는데. 그래도 고맙네." 다이애나는 내 계획에 반색을 했다. 최소한 그런 음모를 꾸며 본다는 걸 좋아하긴 했다. 가냘픈 연줄이었지만 어쨌거나 우리는 잡아당겼고, 그녀에게 그건 이번만큼은 삶의 맥박이 뛴다는 걸 의미했다. 스튜디오에 가면 늘 나를 한쪽으로 끌고 가서 어떤 화랑들을 타진해 봤는지, 그쪽에서는 뭐라고 했는지, 자기가 아는 아무아무개가 이러저러한 중개상에게서 시커트의 그림을 몇 점 산 적이 있는데 그 사람이 혹시 도움이 되겠는지 등을 물었다. 마치 크리스마스 선물 계획을 세우는 엄마 같았고, 기억을 샅샅이 헤집으며 아이디어를 내고 제안을 했다. 하지만 야노스의 작품이 갖는 상대적인 성격이나 가치에 대해서는 조금도 아는 바가 없었기 때문에 진짜로 어려운 게 뭔지는 전혀 이해하지 못했다.

웨스트엔드에 있는 대표적인 화랑에는 전부 가 봤다. 화랑마다 똑같은 그림, 예를 들어 르누아르와 부댕의 작품은 어디나 취급했지만 성격은 전혀 딴판이었다. 어떤 곳들은 신사들이 출입하는 상당히 유서 깊은 가게 분위기를 풍기는데, 이런 곳들은 그림을 팔러 돌아다니는 무명화가에 대한 반응이 솔직하고 전문적이다. "작품은 마음에 들지만, 팔 수 있을 것 같지는 않습니다. 원하신다면 기획전에 두어 점 걸도록 해 보겠습니다만." 그런가 하면 어떤 곳들은 자동차 전시장 같다. 그리고 이런 데서는 책상에 앉아 『파이낸셜 타임스』를 읽던 남자가 고개를 들고 이렇게 말한다. "당연하죠. 우린 정기적으로 거래하는 작가들이 있고, 솔직히 말씀드리면 1960년까지 예약이 꽉 찼어요." 또 어떤 곳들은 보헤미안 술집처럼 자유분방해서, 부인이 아니면 애인일 듯한 여자가 타자기 앞에 앉아 있다가 이렇게 말한다. "여기 놓고 가세요. 로니가 나오면 한번 보라고 해 볼게요." 그런가 하면 사람들이 끊임없이 드나들고 예약서류철까지 있어서 마치 호텔 로비의 접

수대 같은 곳도 있다. "취소되는 게 있으면 어떻게 해 볼 수 있을지도 모르겠네요."

직업상의 알량한 이점 덕분에 그래도 찾아가는 화랑마다 개인적으로 얘기를 나눠 볼 수 있었고, 그래서 이렇게 시간을 끌며 핑계를 대는 상투적인 대응법은 어느 정도 넘어갈 수 있었다.

내가 접촉했던 열두 군데의 화랑에서 협상을 벌인 얘기들을 전부 늘어놓을 생각은 없다. 화랑에 따른 차이는 위에서 말한 응대의 패턴을 거의 그대로 따른다고 보면 된다. 가든 갤러리의 경우도 이례적일 게 없었고, 그런 면에서 전체를 대표하는 사례라고 할 수 있었다. 가든은 런던에 있는 화랑 중에서 가장 영리하고, 또 가장 '모험적인' 곳으로 손꼽힌다. 그곳은 보헤미안 술집과 자동차 전시장을 섞어 놓은 듯한 곳이다. 거기 관장 중 한 명이 미학 관련 저술가인 로버트 드 퀸시다.

칵테일 파티에서 그를 봤을 때 나는 지금이 그에게 접근할 적기라고 판단했다. 그와 얘기를 나누는 사람은 언젠가 야노스가 마르쿠스 아우렐리우스라는 별명을 붙였던 남자였다. 이루 말할 수 없이 뚱뚱하고 제법 알려진 평론가인데 실제 이름도 마커스였다. 드 퀸시는 최소한 마흔은 넘었을 텐데도 몸매가 청년같이 날씬하다.

"내가 고객을 데려왔다고 쳐 봐요." 마르쿠스 아우렐리우스가 얘기를 하고 있었다. "그런데 그 사람이 이천 파운드가량의 작품을 구입하면 어떻게 할 거예요?"

"그렇게 할 거라는 걸 우리한테 미리 귀띔을 해줘야 돼요. 안 그러면 다들 자기가 고객을 데려왔다고 주장할 테니까 우리로선 어쩔 수 없어요."

"물론이죠. 이해하다마다요. 아무튼 그렇게 했다면?"

"당연히 당신한테 십 퍼센트를 드리죠."

그는 마치 '당연히'가 지상 최고의 권위를 지닌 단어인 것처럼 말했다. 다른 사람들의 "제가 장담합니다" 정도에 해당되는 듯했다.

"좋아요! 그냥 확인해 보고 싶었어요. 어디라고 말은 안 하겠지만 한두 군데 화랑은 더 이상 이런 전통을 지키지 않거든요."

나는 주제를 화가들 쪽으로 돌린 다음, 야노스 라빈이라는 이름을 들어 봤느냐고 물었다. 둘 다 처음이었다.

"하지만 우리는 늘 새로운 이름에 관심이 있죠." 드 퀸시가 넌지시 말을 이었다. "나이는 몇이나 됐죠?"

"쉰이 넘었어요."

"와, 그럼 조금 힘들겠는데."

"작품은 어때요?" 마르쿠스 아우렐리우스가 물었다.

"뭐라고 설명하기가 어려워요. 하지만 저는 대단히 높이 평가해요."

"독일인?"

"아니, 헝가리인."

"쉰이 넘은 데다 중유럽이라. 그러면 어렵죠. 그래도 작품을 가지고 한번 들르라고 해 보세요."

"스튜디오를 방문하는 쪽이 더 나을 텐데요."

"그게 말이죠, 우리는 어떤 확실한 감이 있지 않으면 그렇게 하는 걸 썩 좋아하지 않거든요. 아주 민망한 상황이 일어날 수 있어서요. 작품을 가지고 들러 보라고 하세요."

열흘쯤 지나 내가 포트폴리오를 가지고 화랑을 찾았다. 희한하게 마르쿠스 아우렐리우스도 거기 있었는데, 내 짐작엔 자기가 다리를 놓은 고객이나 그렇게 해서 챙길 퍼센트를 기다리는 듯했다. 그가 다가와 미소를 건넸다. 그건 뭐랄까, 자기 자신과 세상 전반에 추파를 던지는 듯한 그런 미소였다.

"당신의 헝가리 화가는 어떻게 됐어요?"

"당신의 이천 파운드짜리 고객은 어떻게 됐나요?"

"이제 삼천 파운드예요. 하지만 그렇게 깔끔 떨면서 얘기할 건 없어요. 나도 당신만큼이나 이런 시스템을 싫어하니까. 하지만 엄연히 존재하는 걸 부인하는 것도 감상적인 짓이죠. 어쨌거나 아는 지식을 좀 팔아먹는 게 뭐어때요?"

"그게 지식인가요, 아니면 설득의 힘인가요?"

"설득을 하는 경우는 훨씬 드물죠, 훨씬 드물어요."

드 퀸시가 자리에 없어서 나는 지하로 내려갔다. 매니큐어가 마르기 전에 나는 페어드롭 냄새가 가득했다. 통통한 중년의 비서가 매니큐어를 바르면서 다리를 꼬고 앉아 있었는데, 치마의 무릎 부분에 살짝 주름이 잡혔다. 정수리께의 희끗한 머리에는 간신히 눈에 띌 정도로만 보라색 기운이 감돌았다. 그녀의 책상 옆에는 이탈리아 청년이 등받이 없는 의자에 앉아 있었다. 화랑의 심부름꾼으로, 그림에 액자를 끼우고 이것저것 옮기는 등의 일을 하는 사람이었다. 처음 봤을 땐 마치 아프리카 가면에 연극에 쓰는 검은 가발을 붙여 놓은 듯한 인상이었다.

"드 퀸시 씨 아직 안 나오셨나요?"

"안 나오신 것 같은데요. 라파엘, 가서 보고 와!"

이탈리아 청년에게 한 뒷말은 깜짝 놀랄 만큼 험하고 거칠었다. 청년은 의자에서 천천히 몸을 일으켜 한심하고 딱하다는 표정으로 여자를 바라본 뒤 구부정한 자세로 걸어 나갔다. 그에게 시선을 보내는 여자의 눈꺼풀이 파르르 떨렸다. 청년이 뒤쪽 방으로 이어지는 문으로 나가 사라진 후, 내가 아직 거기 있다는 걸 기억한 여자는 몸을 돌리고 자세를 바로했다.

"아침부터 정신이 없네요!"

이탈리아 청년이 드 퀸시와 함께 돌아왔다.

"아! 당신의 헝가리 화가! 작품을 좀 가져오셨나요? 다른 방으로 갑시다. 니네트에게 얘기를 했거든요. 금방 올 거예요."

우리는 문을 지나 안쪽 방으로 들어갔다. 그곳의 카펫은 금색이었다. 커튼과 의자―그림을 올려 놓을 수 있게 등받이가 높은―도 같은 색의 벨벳 재질이었다. 벽에 걸려 있는 것이라곤 니진스키의 머리를 엄청나게 확대한 사진 한 점뿐이었다. 액자에는 끼우지 않고, 가장자리에 금박을 입힌 판유리 한 장을 그 위에 금색 클립으로 고정해 놓았다. 방 한가운데에는 라커칠을 한 검은색 이젤이 하나 서 있었다. 협탁 위로는 술병 몇 개와 시가 상자가 하나 보였다. 그렇게 생각할 하등의 이유가 없는데도, 그 방은 어쩐지 방음장치가 돼 있는 듯한 인상을 풍겼다.

"먼저 알아 두셔야 할 게 있는데." 창문을 바로잡으면서 드 퀸시가 말했다. "우리는 내년까지 완전히 예약이 찼다는 거예요. 작품을 보기 **전에** 이 말씀을 드리는 건 당신이 혹시라도…."

"네, 이해하고말고요."

나는 탁자 위에 포트폴리오를 펼쳤다. 드 퀸시가 한 장씩 넘겨 보기 시작했다. 엄지와 다른 손가락 하나로 오른쪽 끝을 잡아 넘겼다. 가운뎃손가락에는 반지를 끼고 있었다. 그는 드로잉을 천천히, 하지만 상당히 규칙적으로 넘겼다. 사정을 모르는 사람이 봤으면 장 수를 세고 있는 줄 알았을 것이다. 입은 꽉 다물었지만 눈은 아무 반응도 없이, 어딘가 수동적이었다. 마치 어떤 물건, 어떤 오류를 찾아야 하는데 그걸 아직 발견하지 못한 물품 검수자 같았다. 마지막 드로잉까지 본 후 고개를 들고 담배를 한 모금 빨았다.

"흥미롭군요."

"마음에 드시나요?"

"재능이 있는 건 분명합니다. 그런데 이 작품들은, 아시겠지만 이십년대와 삼십년대의 느낌이 아주 강한데요."

"그게 중요한가요?"

"꼭 그렇진 않죠." 그는 다시 창가로 가서 창문을 조정했다. "이 중앙난방이라는 건 정말이지 훌륭해요. 아니, 제가 느끼기로는 말이죠. 당신 친구분 같은 사람은 제가 절망적인 낙관주의라고 명명한 세대 —그나저나 그는 몇 살이죠?— 그 세대에 속한다는 겁니다." 그는 이제 창틀에 기대서 손등으로 벨벳 커튼을 문지르고 있었다. "레제와 코르뷔지에, 그리고 몬드리안과 같아요. 다들 질서로 혼돈에 맞서려 했죠. 그런데 그게 그럴 수가 없는 거예요. 우리 시대의 현실은 좋건 싫건 혼돈이거든요. 그리고 그 현실을 거부하는 건 뭐든 기계적이 되죠. 클레를 보세요. 그는 혼돈스럽고 비이성적인 현실을 받아들인 사람이고, 그 결과 시를 만들어냈어요. 피카소는 어떤가요. 자기 세대 중에서 아직도 동시대로 통하는 유일한 사람이에요. 왜 그럴까요? 근본적으로 파괴적이기 때문이죠. 그런데 제가 절망적인 낙관주의자라고 부르는 사람들, 그들은 철저한 감상주의자들이에요. 그들은 기계와 민중이라고 불리는 존재를 이상시하죠. 하지만 정말이지, 사람들은 그렇지가 않거든요. 코르뷔지에의 작품 속에서 살고 싶어하는 사람은 아무도 없어요. 왜 아니겠어요? 영화나 주간지로 눈을 돌리면, 여기가 바로 대중적인 상상력의 단서를 찾을 수 있는 곳인데, 당신이 짐작하는 것보다 도스토예프스키나 카프카와 그리 동떨어져 있지 않아요. 그런데 여기 친구분 같은 사람들은 차분하고 살균된 희망과 아름다움을 지녔지만 라파엘전파처럼 현실감을 상실했어요. 물론 뛰어난 작품입니다. 무척 뛰어나요. 하지만 결국은 지루하죠."

그는 얘기 도중에 토끼를 사라지게 하는 마법사처럼 손바닥을 펴 보이고 어깨를 들썩이며 미소를 지었다.

문이 열렸다. 짧게 자른 빨간 머리에 날렵한 옅은 녹색 코트와 치마를 입은 여자가 성큼성큼 걸어 들어왔다. 그녀는 커다란 검정 핸드백을 의자에 던지듯 내려놨다. 한쪽 손목엔 엄청나게 큰 은팔찌를 차고 있는데, 개 두 마리가 서로 쫓고 쫓기는 형상이었다. 햇볕에 그을린 팔 때문에 거뭇해진 은이 마치 납처럼 보였다.

"세상에!" 여자가 큰소리로 말했다. "정신없는 아침이야. 시장 취임행렬인지 뭔지 택시를 잡는 데 이십 분, 맹세코 이십 분이 걸렸다니까."

드 퀸시가 말했다. "이게 내가 말했던 드로잉이야, 자기."

"잘 됐네. 잠깐만 실례할게."

그러고는 다시 성큼성큼 걸어 나갔다. 여자가 돌아오자 드 퀸시는 벌떡 일어나 맞았다. 철학은 더 이상 들먹이지 않고 시중을 들었다. 포트폴리오를 첫번째 드로잉으로 다시 넘기고는 그걸 꺼내 금빛 의자 쪽으로 가더니 의자 뒤에 서서 드로잉을 등받이에 기대 세웠다. 드로잉을 위에서 내려다본 —당연히 거꾸로 보는 게 된다— 다음에 니네트를 바라봤다. 찬사나 즐거움의 표정을 한가득 담아낼 준비가 된 듯 눈썹을 살짝 치켜올렸다. 그는 시험을 치듯 물었다.

"흥미롭지. 안 그래?"

니네트는 한 손을 엉덩이에 얹고 가축시장에서도 가장 성공적이고 지적인 주인들에게서나 볼 수 있는 그런 표정을 지은 채 계속해서 드로잉을 쳐다봤다. 그건 어쩌면 고기의 표정이라고 불러야 할지도 몰랐다. 그러다 느닷없이 뒤로 돌더니 탁자로 가서 드로잉을 통째로 움켜쥐고는 안락의자에 앉아 그걸 무릎에 내려놨다.

"보비, 나 안경 좀."

드 퀸시는 커다란 검정 핸드백을 그녀에게 줬다.

"고마워, 자기."

그녀는 묵직한 붉은 테 안경을 꺼내 썼다. 작품을 본 다음에는 옆의 바닥에 내려놨다. 어쩌다 한 번씩은 등을 의자에 완전히 기대고 다리는 벌린 자세로 팔을 앞으로 쭉 뻗어 멀찍이 들고 살펴본 다음에 내려놓기도 했다. 드 퀸시는 여자 뒤에 서 있었다. 한번은 그가 몸을 앞으로 기울여 그림 앞쪽에서 검지를 흔들었다. 하지만 말은 하지 않았다. 그리고 그런 행동을 한 다음엔 몸을 바로 세우고 옆머리를 매만졌다. 마지막 드로잉을 바닥에 내려놓은 니네트는 등을 뒤로 기대고는 안경을 벗어 손에 쥐고 흔들었다.

"뭔가 있는 것 같아. 우리 쪽에서 뭘 해줄 수 있는지는 별개의 문제지만. 상상력은 조금 결여됐어도 단순성이 있어. 언제부터 여기서 살았죠?"

"전쟁 전부터요."

"이상하네. 왜냐하면 여기엔 강렬한 소작농의 정서가 담겨 있다고 말하려던 참이었거든요." 그녀는 바닥에 쌓인 종이 뭉치 쪽으로 엄지손가락을 뻗었다.

드 퀸시는 절망적인 낙관주의가 무슨 의미인지를 설명하던 창가 자리로 돌아갔다.

"단순하지. 그건 확실해." 그가 말했다. "하지만 나는, 그러니까 말이야, **놀랍지가** 않아. 어딘가 전에 본 적이 있는 그림이야."

니네트는 그 말을 들은 척도 않은 채 개 모양 팔찌를 찬 팔을 뻗어 바닥에 있던 드로잉 한 장을 집어들었다. "이 인물 드로잉. 이게 뭐지? 상관없어. 요점은 이게 순결하다는 거야. 이 세계를 벗어나 있어. 순결해. 사춘기의 저편에 있다고, 보비." 그녀는 손가락으로 종이를 톡톡 찌르고는 고개를 들었다.

"아주 단순한 사람인가요?"

"대단히." 내가 말했다.

그녀는 실눈을 뜨고 나를 올려다봤다. 전화벨이 울렸다. 드 퀸시는 마치 있지도 않은 관중 사이를 지나가듯 조심스럽게 움직였다.

니네트가 전화가 있는 곳으로 갔다.

"미미, 우리 천사. 한번 와…"

미미는 뭔가 긴 이야기를 시작했다. 니네트는 탁자 끝에 걸터앉아 무릎 뒤쪽을 만지작거렸다.

"아냐, 걱정 마. 다른 걸 하지 뭐. 어쨌든 와, 우리 천사. 왜냐면 어떤 늙은 헝가리 사람의 보기 드문 드로잉들이 여기 있거든."

비서가 들어오더니 피곤한 목소리로 말했다.

"세실 R. 후퍼라는 분이 찾으시는데요."

"금방 갈게. 라파엘한테 새로 들어온 크루퍼의 작품을 이리 가져오라고 해요."

"크고 검은 거 말씀이세요?"

"아니, 금방 액자에 넣은 좀 작은 거. 달 2번 작품."

나는 포트폴리오를 챙기기 시작했다.

"내일까지 여기 두시면 안 될까요?"

"관심이 있으시다면, 그러죠."

"보여주고 싶은 사람이 한두 명 있어요."

라파엘이 캔버스를 들고 왔다. 니네트가 그림을 쳐다봤다.

"그거 말고! 말했잖아. **작은** 거. **붉은색**이 들어간 거. 그리고 물결이 아니라 점이 있는 거!" 그녀는 화가 나서 한숨을 내쉬었다. 우리는 작별인사를 나눴다.

바깥 전시실에서는 마르쿠스 아우렐리우스가 여태껏 서성대고 있었다.

"좋은 소식이라도?"

"뭐라 말할 수가 없네요."

"이리 와서 커피 좀 드세요."

"지금 가 봐야 되는데요."

"그럼 말이죠." 그가 정색을 하고 나를 쳐다봤다. 고개를 내 쪽으로 기울였지만 바지 주머니에 찔러 넣은 손이 몸을 뒤로 잡아당겼다. "내일까지 일 파운드만 빌려 줄 수 있나요?"

"죄송하지만 그만한 돈이 없는데요."

"됐어요." 그가 미소를 갑절로 지어 보이며 말했다. "상관없어요. 드 퀸시한테 받을 거니까."

며칠이 지난 후 다시 화랑을 찾았다. 니네트가 본관 전시실에 있었다. 그녀의 책상엔 웬 여자가 앉아 있는데 똑같은 개 모양 팔찌를 찬 것으로 보아 미미인 것 같았다.

"어떻게, 결정을 좀 하셨는지요." 니네트에게 물었다. 그녀는 잠시 동안 멍한 표정이었다. "야노스 라빈." 내가 기억을 되살려 주었다. 그녀는 붉은 테 안경을 벗더니 나를 향해 미소를 지었다.

"안타깝지만 아니라고 말씀드려야겠네요. 토미 화랑에 가 보시지 그러세요?"

"이분이 그 헝가리 사람이셔?" 미미가 끼어들었다.

니네트는 고개를 끄덕이고는 잠깐 동안 탁자 위의 종이들을 내려다봤다.

"감사합니다." 내가 말했다.

삼십 분이 지나서야 포트폴리오를 놔 두고 왔다는 게 생각났다. 다시 돌아갔다. 두 여자는 나간 후였고, 드 퀸시는 어떤 고객을 붙들고 현재 전시 중인 화가에 대해 얘기를 하고 있었다.

"…그리고 파리에서 그는 단 한 푼도 없는 빈털터리였어요."

그 생각을 하면서 그는 눈꺼풀을 아래로 떨구었다. 그때 나를 봤다.

"실례합니다." 내가 말했다. "포트폴리오를 가지러 왔어요."

그는 고객에게 양해를 구한 뒤 내 팔을 잡고 계단으로 데려가며 속삭였는데, 마치 법정 밖에서 동료에게 비밀스런 얘기를 털어놓는 변호사처럼 굴었다.

"지금 당장은 우리가 할 수 있는 게 없네요."

그리곤 증거불충분으로 기각된 소송서류철 같은 포트폴리오를 건네줬다. 그렇게 해서 나는 야노스에게 전시회를 열어 주지 못했다.

2월 8일

직접 씨를 뿌리고 가꿔서 키운 뿌리채소를 모종삽으로 자랑스럽게 캐는 사람들이 있다. 그런가 하면 풀이 가슴까지 제멋대로 자란 들판에서 우연히 눈에 띄는 열매를 따는 이들도 있다. 대부분의 사람들은 이 두 가지 중 한 방식으로 욕망을 추구한다. 우리는 첫번째 사람들 같은 인내심을 지니고, 두번째처럼 즉흥적이어야 한다.

2월 23일
작은 것들을 작업하면 〈대회〉 생각이 더 난다.

2월 27일
조지 트렌트가 들렀다. 작품을 마음에 들어 했다. 그는 곧 전시회를 열게 된다고 했다. 조지는 타협하지는 않겠지만, 인정과 호평을 기대한다. 이런 기대에서 우리네 삶의 전환점이 생겨난다. 인생의 절반은 이런 기대를 채찍 삼아 작업을 한다. 나머지 절반 동안은 그게 없이도 살 수 있다는 걸, 환상을 잃어도 아무 상관없다는 걸 스스로에게 입증하기 위해 작업을 한다. 그러다가 차츰 모든 걸 잊는다. 이젠 죽을 때까지 그림을 그릴 수 있기 위해 작업을 한다.
베를린에서 늙은 화가를 만나러 간 게 기억난다. 그는 독일 화가 코린트의 친구였다. 점심을 먹은 후 내게 말했다. "피곤하니까 이제 위층으로 올라갈 생각이네. 그리고 그림을 조금 그려야지." 그땐 그게 어찌나 우스워 보였던지. 하지만 지금은 별로 그렇지 않다.

3월 1일
사회주의라는 말로 우리가 의미하는 바는 경제 용어를 이용해서 명쾌하게 정의할 수 있다. 하지만 사회주의적 경제 관계가 야기할 수 있는 효과들, 인간적인 변화는 너무나 많아서 각자 자기 나름대로의 목록을 작성할 수 있을 정도다.
나는 아들이 정직할수록 어머니가 두려워할 필요가 줄어드는 세상, 모든 노동자들이 외부의 강요 때문이 아니라 책임감이 있기 때문에 책임의식을 갖는 세상, 유일한 **엘리트** 집단은 노인뿐인 세상, 모든 비극이 있는 그대로 인정되는 세상, 여자들이 성을 이용해서 상품을 파는 일에 고용되지 않는 ― 결국 이건 매춘보다 더 심한 타락이다 ― 세상, 모든 능력이 요구되기 때문에 자유라는 말이 불필요한 세상, 편견이 완전히 극복되어 모든 사람이 눈을 보고 상대를 판단할 수 있는 세상, 모든 화가가 본래 장인(匠人)인 세상, 모든 제국주의 지도자들이 자신 때문에 희생됐던 사람들에게 재판을 받고, 유죄가 인정될 경우 바로 그 목적을 위해 목숨을 부지시킨 참모의 부대원들에게 총살되는 세상을 만들기 위해 살고, 작업한다.

3월 4일

다이애나의 아버지가 딸의 생일을 맞아 사십 파운드를 선물로 보냈다. 나는 서류가방을 사 줬다. 우리는 파티를 열었다. J와 핸콕 부부, 그리고 레너드 고가 왔고 함께 와인을 마셨다. 렌은 자기 부인을 그린 그림을 완성했다며 꼭 한번 와서 보라고 했다.

〈대회〉는 내가 감당할 수 있는 최대의 크기가 되어야 한다.

3월 10일

잠이 안 온다. 스튜디오를, 내 평생의 작품을 바라본다.

나로서는 부다페스트에 있는 내 모습을 상상하는 게 불가능한데, 그곳에 있으려면 이젠 내 일상이 되어 버린 모든 양심의 가책을 지워 버려야 하기 때문이다. 그곳에서 살려면 확신을 지녀야 할 것이다. 하지만 부다페스트에 살고 있는 화가는 상상해 볼 수 있다. 그는 철강 공장을 옹호하기 위한 그림을 그릴지 모른다. 어쩌면 나름대로 작업을 하면서 그 중 일부만을 공개할 수도 있다. 하지만 어느 쪽이 됐건, 그는 소속되어 있다. '사회주의 사회' 처럼 일반적인 개념은 아니고,

그러면서도 당보다는 폭이 넓고 다양한 어딘가에. 그는 바람 속에서 작업을 하고 있다. 이 안은 지극히 고요하다. 내게는 조용한 작업 환경이 있다. 아무렴. 그렇고 말고. 내가 그것을 위해 싸운다면. 내가 불필요한 존재라는 데에서 야기되는 모든 것에 맞서 싸운다면. 부랑자처럼 말하는 건 아니다. 둘러보니, 내겐 필요한 것을 만들어내고픈 바람이 없다. 부다페스트의 화가는 전혀 다른 싸움을 벌이고 있다. 이러저러한 방식으로 그는 동료들 틈에서 자신의 입지를 위해 싸우고 있다. 그는 자신의 기여가 필요할 뿐만 아니라 요구되는 조건을 놓고 싸운다. 나는 그림을 그리는 것 외에 선택의 여지가 없다. 하지만 나는 다시 한번 유용한 인간이 되고 싶다.

라슬로와 나의 차이는 아마도 혁명적인 활동가와 혁명적인 예술가 사이의 변치 않는 그 차이일 것이다. 나는 늘 승리를 당연시했다. 그는 결코 그럴 수가 없었다. 이후에 일어난 사건들은 그가 옳았음을 증명했는지 모르지만, 그 증명은 전혀 예상치 못한 방식으로 이뤄졌다. 그는 승리가 위협당했기 때문에 죽었고, 내겐 고집스러운 예언가적 직관만이 남았다.

여기에는 머릿속에 떠오르는 대로, 또는 가슴에 밀려드는 대로 글을 쓴다. 하지만 캔버스에서는 그렇게 직접적이질 않다. 그럴 수도 없다. 내가 보고 이해하는 현실은 내가 있는 커튼의 이쪽 편에 있다. 나는 그 현실을 자세히 살피고, 그것에 몰두한다. 그런데 내 손은 다른 쪽에서 작업을 하며 내가 이쪽에서 본 것을 재발견하려 하지만, 늘 생활조건에 제한을 받는다. **그들**이 감당해야 하는 유일한 현실인 그것에. 많은 동료들이 그 커튼을 떼어내고 싶어하고, 오늘날 이 세상에서 온갖 정직하지 못한 목적을 위해 그것이 사용되는 걸 보면 ―그것이 덮을 수 있는 온갖 속임수를 보면― 나도 같은 심정이 된다. 하지만 그럴 수 없지. 커튼을 떼어내고 우리가 삶을 고찰하는 것과 똑같은 차원에서 예술을 고찰할 경우, 사소한 것만을 창조하게 될 것이다. 그건 너무 간단하다. 살아 있는 것 옆에 브론즈로 본뜬 것을 가져다 놓는다면, 누가 브론즈에 두번 다시 눈길을 주겠는가?

연인들이 사랑을 나눌 때 내뱉는 신음소리는 이제껏 씌어진 가장 위대한 시보다 더 참되다. 하지만 그것은 간직될 수 없다. 예술은 피클을 저장하는 수단이 아니다. 그리고 그걸 인정하는 순간, 다시 커튼을 치게 된다. 그렇지만 그건 진짜 커튼이 아니다. 작업을 할 때 내 손과 내 주제에 대한 나의 직접적인 경험을 갈라놓는 것은 커튼처럼 공간을 가르는 울타리가 아니다. 그보다는 시간의 울타리에 더 가깝다. 내가 가진 아이디어와 내가 만들어내는 작품 사이에 있는 차이점은 어제의 내 행동과 그것이 최종적으로 불러올 내일의 결과 사이의 차이와 같다. 의도는, 좋든 나쁘든, 예술이라고 해서 삶에서보다 더 중요하지는 않다. 어떤 행동이든 그것의 결과에 따라 평가되고, 그 결과는 우리가 필요로 인식하는 우리네 의도의 한계를 훌쩍 넘어선 요인들에 의해 결정된다. 예술에도 필요라는 건 있다. 결국 예술의 필요는 삶의 그것과 상응한다. 거기엔 마법이랄 게 없다. 하지만 그렇게 상응하는 것의 최종적인 결말이 나오려면 한참 멀었고 현재의 이해를 초월한다. 푸생이 인간의 필요에 답한다는 것은 나도 안다. 하지만 내가 볼 수 있는 것은 그가 예술의 필요에 어떻게 대답했는가뿐이다. 내가 가진 아이디어와 내가 만들어내는 작품 사이에 예술의 필요가 끼어든다. 이번에도 나는 이 필요들이 구체적으로 어떤 것인지 모른다. 다만 궁극적으로 변하지 않을 ―작업을 하는 동안에는 상상할 수 없는 만큼― 그림의 테두리 안에서 선과 색과 형태들의 결과를 미리 내다봄으로써 그 필요들을 짐작할 수 있을 뿐이다. 작업을 할 때 예술가는 시간 위에 걸터앉는다.

3월 14일

모든 가능성이 지금 〈대회〉에 투입되고 있다. 많이. 저번 날 밤에 쓴 것들이 오늘 오후에 렌이 자기 부인을 그린 그림을 보러 갔을 때 입증 됐다. 렌에게는 커튼이 없다. 하지만 스튜디오를 나서면 내 이론들은 얼마나 냉정하게 나를 강타하는지. 렌은 행복하다. 뭣 때문에 예술을 논하겠는가? 따뜻한 금빛 머리카락을 드리운 사람과 어깨를 맞대고 사는 대신 푸생을 선택할 사람이 누가 있겠는가? 제아무리 푸생이라 도.

그날은 일요일이었고, 우리는 오후 늦게 정육점 위층에 있는 아파트로 올 라갔다. 핸콕 부인은 방금 목욕을 해서 머리를 뒤로 늘인 채로 여태 실내복 차림이었다.

"조각 같으시네요." 야노스가 은근하게 말했다.

"무슨 그런 말씀을." 그녀는 손으로 옷의 윗부분을 덮으며 소리내어 웃었 다.

그녀는 즉시 창가로 가서 큰소리로 외쳤다. "렌, 올라와요! 라빈 씨가 오셨 어요."

가게 뒤에 있는 헛간에서 그림을 그리던 렌이 문을 열고 나와 눈을 가늘게 뜨고 창문을 쳐다보더니 타조처럼 긴 다리로 껑충껑충 마당을 가로질렀 다. 그는 항상 베레모를 쓰고 그림을 그렸다. 어떤 상징, 보헤미안의 일요 일 같은 삶을 나타내는 상징이었다. 얼굴에는 물감을 한 줄 묻히고 흰색과 푸른색을 문질러 지운 흔적이 역력한 커다랗고 불그스름한 손으로 거실 입구에 등장해서는, 우리 모두를 내려다보며 말했다.

"아, 테레빈의 향기란. 장미는 당신들이나 가져요. 다들 안녕하신가요?"

우리는 앉아서 차를 마셨다. 그러다 야노스가 물었다.

"그림은요?"

"어떤 거요?"

"부인 그림이요."

"내 정신하곤. 그걸 아직 안 보셨죠."

"정말로 관심이 있으신 건 아닐 거예요." 핸콕 부인의 목소리에 힘이 들어갔다.

"내가 보기엔 관심이 있으신데." 렌은 대꾸를 하면서 벌써 문에 가 있었다.

"수줍어할 필요 없어, 비. 어쨌든 이건 그냥 그림일 뿐이니까."

그가 그림을 가지러 간 동안 핸콕 부인은 찻잔 등을 거두며 부산하게 움직였다. 윤기가 반지르르한 새 가구들로 가득한 방 저쪽에서 가스불이 타고 있었다. 그러다 고개를 들고 이렇게 말했다.

"모델을 서지 않는 건데 그랬어요."

"그럼, 마음에 안 드신다는 건가요?"

"그런 게 아니고요. 전부 바보 같은 짓이잖아요. 이런 호들갑이며 전부 다요. 렌은 제가 결국 동의를 할 때까지 얘기를 하고, 또 했어요. 그리고 이젠 그걸 모든 사람들한테 보여줘요. 무슨 십 파운드짜리 지폐라도 되는 것처럼요. 제 기분 따위는 전혀 생각도 하지 않죠."

"이건 좋아하실 일인데요, 핸콕 부인." 야노스가 말했다.

"그랬죠. 그리고 실물보다 훨씬 잘 그린 그림이에요. 하지만 뭇사람들 앞에서 그런 칭찬을 듣고 싶어하는 사람은 없어요. 제가 생각하기엔 이건 사적인 일이거든요. 이런 종류의 일들 전부 다요."

렌이 그림을 가져왔다. 세로가 삼십 센티미터가량에 불과한 작은 그림이었고, 기름종이에 그렸다가 나중에 니스를 칠했다. 핸콕 부인은 차반을 들고 부엌으로 갔다. 렌은 그림을 야노스의 큼직한 손에 쥐어줬다. 엄지손톱 끝이 삽의 윗면처럼 반듯했다.

"풀햄의 비너스." 그는 요란하게 말하고는 부엌 문가로 가서 아내의 어깨를 팔로 감쌌다.

그림은 폴리 베르제르의 포스터와 대충 비슷했다. 전혀 아마추어 같은 분위기가 느껴지지 않았다. 기술적으로 봤을 땐 공을 많이 들인 능숙한 그림이었다. 언젠가 야노스가 그에게 물었다. "왜 더 큰 붓을 사용하지 않아요? 중국의 고문관처럼 캔버스를 간질이네요."

렌은 야노스가 마치 물감에 파리가 섞여 들어갔다고 불평이라도 한 것처럼 철테 안경 너머로 문제의 그림을 바라봤다. 하지만 그는 이해를 하지 못했다.

그림 속에서 핸콕 부인은 실내복의 여밈을 풀어 어깨와 가슴을 드러낸 채 천을 씌운 걸상에 앉아 있었다. 아래로 내려오면서 옷은 무릎을 가로질러 맨다리 뒤쪽으로 흘러내린다. 발에는 굽이 높은 구두를 신었다. 실내복은 금빛이고, 머리카락은 금잔화 색깔에, 피부는 분홍색 주단 같다. 뒤쪽으로는 벽에 거울이 걸려 있는데, 여기에 베레모를 쓴 렌 자신의 작은 자화상이 비친다. 비록 그런 의도는 없었겠지만 그건 내가 본 중에서 가장 뻔뻔한 그림이었다. 거기에는 광고의 노골적이고 날렵한 선동이 모두 담겨 있었다. 그러면서도 광고에는 절대로 없는 특별함을 지녔다. 눈과 젖꼭지는 새색시 같은 투명함을 담고 보는 이를 응시한다. 야노스는 앞에 있는 안락의자에 그림을 세워 놓고 열심히 들여다봤다.

"조금 부조화스럽다는 건 나도 알아요." 렌이 말했다.

"아주 뛰어난데요." 야노스가 단언했다. "내가 그렸어도 이렇게 하지 못했을 거예요."

"괜한 소리 마세요." 렌이 정색을 하고 말했다. "지나친 겸손이시죠. 아마 하려고만 했으면 이런 것쯤은 물구나무를 선 채로도 그리셨을 거예요!"

3월 17일

드 스타엘(러시아 출신의 화가로 파리에 정착해서 활동했다—역자)이 자살했다는 기사를 오늘 읽었다. 그는 자신이 알고 있는 것보다 더 괜찮은 화가였다. 모든 자살은 제대로 인정을 받지 못한 데서 나오는 결과다. 자살을 하는 사람은 이 세상에 이해라는 게 존재하지 않기 때문에 의미도 없다고 믿는다. 그 사람이 만약 예술가라면 그렇게 결여된 인정은, 적어도 일부분이나마, 그의 작품에 대한 다른 사람들의 태도와 관련이 있을 것이다. 드 스타엘은 성공적이었고 찬사를 받았다. 이걸 곰곰이 생각해 보라. 자본주의 사회는 예술가를 보상해 줄 능력이, 진정한 성공을 승인해 줄 능력이 없다. 사회의 호평은 빈

센트의 권총에서 발사된 마지막 총알과 같은 울림을 갖는다. "가장 지적인 산물마저도 부르주아에 의해서만 인정받고 용인되는데, 그 이유는 그들이 물질적인 부의 직접적인 생산자로 소개되고 그렇게 잘못 비춰지기 때문이다." 오래 전에 표시를 해 뒀던 문장이다.

우리에게 큐비즘은 미켈란젤로의 해부학과 같다. 내 선수들의 에너지는 그들의 병렬 배치와 색 속에 있다. 절대 근육 속에 있지 않다.

3월 20일

〈대회〉를 시작하려면 돈이 필요하다. 판자에 그릴 수는 없다. 나는 캔버스가 필요하다.

운동선수들은 자본주의하에서 문명의 과정을 순수하고 희망적으로 보여주는 몇 안 되는 존재들이다. 자본주의는 이전의 그 어느 때보다 더 높아지고 넓어진 자의식을 동반했다. 이 자의식은 직관의 삶을 넘어서는 전진이다. 그러나 자의식 최후의 창조적인 목적은 의식적으로 그것을 잃어버리고, **의식적으로 만들어 놓은 일정한 한계 내에서** 직관에 의존하는 상태로 돌아가는 것이어야 한다. 운동선수들이 달리거나 뛰어넘거나 수영을 하듯이 사는 것이어야 한다.

자본주의의 지독한 경쟁은 이런 상황이 벌어지는 것을 방해해 왔다. 자의식을 획득한 자본주의가 그것을 의도적으로 다시 상실하려면 확고한 자신감이 필요하다. 자본주의는 이런 자신감의 토양을 만들어 낼 능력이 없었다.

같은 문제가 예술에도 영향을 미친다. 자본주의는 예술이 언젠가 물려받았거나 창조했던 전통을 결국 파괴하고 말았는데, 왜냐하면 예술에도 같은 종류의 통제된 직관의 자유가 필요하기 때문이다. 예술가와 관람자 모두.

오늘날의 예술이 철저한 비합리성으로 넘쳐나는 까닭은 통제된 직관의 자유가 있을 수 없기 때문이다. 무의식을 향한 도움의 외침, 야만적이고 무한하며 무의미한 '직관'으로의 회귀.

그런데 운동선수들은 그 점을 가장 잘 보여준다. 순수한 운동경기에서 자유롭게 해방되는 것은 개인의 직관이다. 스포츠에서 해방은 집단적으로 나타난다. 축구시합에서는, 인간들 사이의 생산적인 관계가 그럴 것이라고 여겨지는 특징들이 보였다.

4월 10일

이번엔 레제의 〈건축공사장 인부들〉이지만, 이런 경우는 잦다. 좋아하는 작품을 보는 건 그 정신을 흠모하기 때문이고, 그걸 보면서 속으로 이렇게 말한다. 그래, 멋진 창작이야. 그러다 나중에, 한 몇 년쯤 뒤에라도, 자신이 흠모했던 그림의 기원이었을지도 모르는 어떤 사람, 어떤 풍경, 어떤 사물을 보게 되면, 갑자기 그 작품의 기초가 된 건 창작이 아니라 진실이었음을 깨닫는다. 그리고 이런 깨달음은 늘, 아무튼 내 경우에는, 대단히 감동적이다. 창작해낸 것처럼 보이는 그 진실을 제시하는 것 뒤에 놓인 모든 독창성, 용기, 노력을 역설해 주기 때문이다. 이건 이야기꾼의 얘기를 듣고 있는 것과 같은데, 재미난 얘기를 듣다 보면 불현듯 그가 제 자신의 삶에 대해, 자신을 삼인칭에 담아 풀어내고 있음을 깨닫게 되기 때문이다. 아직도 〈대회〉를 준비 중이다.

4월 21일

오늘 학생 두 명을 스튜디오에 데려왔다. 둘 다 리즈 출신의 젊은 친구들이다. 스튜디오를 보더니 자기네가 침실 겸 거실로 쓰는 곳보다 넓고 밝다며 감탄했다.

스무 점가량의 캔버스를 보여주었다. 그림이 마음에 들었는지, 단지 솜씨가 인상 깊은 건지는 알 도리가 없다. 이렇게 자기의 작품을 지인들에게 보여주는 건, 그건 참 이상한 노릇이다. 뒤에 서서 그들과 함께 이젤을 바라본다. 그리고 그 위엔 한때 모든 것을 공유했던 게 놓여 있다. 어떨 땐 죽은 친구의 얼굴을 확인하러 시체안치소에 가는 것 같다. 또 가끔은 아무것도 모르고 햇볕 속에서 놀고 있는 어린 딸의 모습을 창을 통해 내다보는 것 같기도 하다. 그래도 이 부분에서의 감정은 중요하지 않다. 이건 우리가 치른 대가다. 그림의 가치는 완전히 다른 별개의 문제다. 그건 방문객들의 얼굴에서 읽어야 한다. 그리고 자신의 이성이 내리는 판결에서, 고집스레 항변하는 마음의 소음을 뚫고 그걸 들을 수 있다면. 이런 고집스러움 없이 우리가 뭘 해야 하는지의 문제는 학문의 영역이다. 서른다섯 무렵까지 간직해 왔다면 그것을 결코 버릴 수 없다. 정말 위태로울 만큼 그걸 위협하는 사실이 있으면 우리는 그걸 비틀고 파괴하고 회피한다. 물고기가 물을 벗어나지 않기 위해 안간힘을 쓰듯이 우리도 고집의 상태에 머물기 위해 싸울 것이다.

다이애나는 학생들이 가기 직전에 들어왔다. 그녀는 커피를 타 주면서 리즈에 대해 물었다. 거기에 대해서 나는 아무것도 몰랐다. 이럴 때면 다이애나는 내가 늘 아주 협소한 전선에서 운신하고 있음을 깨닫게 한다. 본능적으로 그녀는 모든 것이 작동되길, 그래서 어떤 배선이나 어떤 손잡이도 사용되지 않거나 모르고 지나칠 필요가 없기를 원한다. 나는 그녀의 이 점을 높이 사는데, 이건 또 다른 종류의 고집이기 때문이다. 그녀가 원하는 건 귀빈들 앞에서 솜씨를 선보이는 것이지만, 학생들 앞에서도 그 모습을 잃지 않는다.

4월 25일

〈대회〉의 구상이 더 명확해진다. 완성된 캔버스는 스튜디오에 들일 수 있는 최대 크기여야 한다. 인물들이 최소한 실물 크기는 돼야 단순화한 모습이 지나치게 도식적으로 보이지 않을 것이다. 이건 두아니에 루소(화가 앙리 루소의 별칭—역자)의 가르침 중 하나다. 그의 가장 위대한 그림도 책 정도의 크기였다면 그저 그렇게 보였을 것이다. 요즘 사람들은 스케일이라는 문제를 명확히 이해하지 못한다. 많은 그림들이 지나치게 크고 부풀려져 있다. 자신의 소유물—옥수수밭, 사과 한 개, 친구의 얼굴, 마천루의 윤곽선도 소유물이 될 수 있다—을 그리려 할 때 과도한 확대는 곤란한데, 실제보다 웅장하게 꾸민 소유물이 다 그렇듯이 천박해지기 때문이다. 하지만 소유할 수 없고 다만 공헌할 수만 있는 삶의 방식을 표출하는 어떤 전설을 그리려 한다면 인격의 한계를 탈피하고 소유될 수 없는 상태가 지속되도록 크게 그려야 한다. 역사적으로 이 문제는 대개 저절로 해결되어 왔다. 어떤 사회가 집단의 전설을 인식하게 될 때면 화가들에겐 그걸 그릴 커다란 벽이나 천장이 주어졌다. 개인의 소유 자체가 전설이 됐을 때는 작은 이젤 그림이 새로운 예술의 형태가 됐다. 지금 우리의 단점은 간단하다. 우리는, 사람들이 더 이상 벽을 자기 자신과 자신의 소유물을 숨기기 위해 사용하지 않을 때를 기다린다.

노동절

하루 종일 인도인 모델을 드로잉했다. 다이애나는 내가 미쳤다고 확신하면서도 올림픽위원회 영국 지부에 아는 사람이 있다는 말을 덧붙인다. 나중에, 나는 말한다. 나중에.

5월 3일

원근법은 최소한으로 하고 전면을 최대한 많이 활용하고 싶다. 전반적인 이미지는 사진을 찍을 때 취하는 포즈와 다소 비슷하면서도 정적이지 않아야 한다. 번번이 그러지만, 또 푸생으로 돌아간다. 그러나 한 시대의 시각적인 우아함은 그 시대의 풍습과 밀접하게 연관되어 있다. 이제는 더 이상 손에 입을 맞추지 않는다. 우리는 팔을 움켜잡거나 렘브란트 그림 속의 유대인들처럼 포옹을 한다. 그러므로 푸생이 화관을 건 자리에 나는 선수들의 숫자를 그릴 것이다. 흰 바탕에 검은 실선으로 된 숫자들을.

5월 4일
캔버스의 가장 밝은 톤 위에는 절대 짙은 윤곽선을 사용하면 안 된다. 그렇게 하면 인물이나 사물은 온데간데없고 그 가장 밝은 톤의 경계선만이 그림 맨 위의 표면으로 떠오르게 된다.

5월 5일
푸생이 나뭇가지를 썼던 곳에 나는 허들을 쓸 것이다.

5월 12일
얼굴들은 꽃병처럼 열려 있어야 한다. 그건 레제만이 아니라 미켈란젤로의 비밀이기도 했다. 그들의 얼굴을 의미로 채우는 것은 몸의 에너지다. 렘브란트와는 정반대다. 렘브란트의 그림에서는 표정이 몸에 의미를 부여한다. 그것도 우리가 늘 비극적인 표정을 뜻하는 그런 표정으로. 참 흥미롭게도 행복은 일반적이다. 행복한 연인에게 감정이입이 되고, 심지어 그들의 행복을 공유할 수 있는 까닭이 여기 있다. 오늘 버스 정류장에서 어떤 노인과 노파를 봤다. 짧은 줄의 맨 앞에 노파가 서 있었다. 노인이 다가가서 그녀의 뒤에 선다. 줄을 선 다른 사람들은 아무도 뭐라고 하지 않는다. 그런데 노파가 뒤로 돌아서더니 욕을 해대며 제자리—맨 뒤—에 가서 서라고 한다. 노인은 당신이 상관할 바가 아니라고 말한다. 그녀는 모든 사람이 차례를 지키는 건 자신이 상관할 바이며 모든 사람이 상관할 바라고 대꾸한다. 그렇게 두 사람은 언쟁을 하며 서로 욕을 해댄다. 여자가 남자에게 등을 돌린다. 그리고 남자는 혐오감이 어린 눈으로 목덜미에 쪽을 진 그녀의 흰머리를 노려본다. 그때 여자가 몸을 돌려서 남자를 위아래로 훑어보다가 낡은 양복의 단추가 떨어져 나가고 소매는 닳고 구두끈이 풀린 것을 발견한다. 이 너저분한 인간아, 그녀는 말한다. 이 말을 할 때 입매가 아래로 쳐진다. 버스가 도착한다. 그들은 같이 버스에 올라 나란히 자리에 앉는다. 두 사람은 부부다. 그들의 얼굴, 거칠고 그 나름의 고통이 담긴 그런 얼굴은 그림의 역사 속에서 수없이 기록되었다. 코시모 투라, 미켈란젤로 본인(그가 최후의 심판을 그려서 시스티나 성당의 천장을 망쳐 놓으려고 했을 때), 브뢰겔, 렘브란트, 엘 그레코, 고야, 도미에, 그뤼네발트, 피카소의 그림 속에서 그런 얼굴들을 발견할 수 있다. 그들의 고통은 우리의 개성을 자극하며 스스로를 방어하고 경계하게 만드는데, 그건 불장난과 같아서 위험을 무릅쓰는 만큼 인생에 대한 진실을 터득하게 되기 때문이다. 제발 덕분에 나도 그렇게 그릴 수 있어야 할 텐데. 볼 건 충분히 봤다. 하지만 또 다른 시각이 버티고 있다. 차분함. 영속. 익명의 안정성. 직접적으로 자신의 영혼을 찾는 게 아니라 점점 늘어나는 솜씨를 추구하는 예술가의 자긍심. 피에로, 라파엘로, 베로네세, 푸생, 다비드, 세잔, 레제, 브랑쿠시, 그리고 칼뱅주의적인 태도에서 옆으로 비껴나간 몬드리안도. 미술사가들은 낭만주의와 고전주의를 구분하지만 19세기 이전에는 별 차이가 없다. 그리고 어쨌거나 낭만주의의 수장격인 들라크루아는 라파엘로를 더없이 찬양했다. 그러니 삶이 본질적으로 비극이라고 믿는 사람들과 그렇지 않은 사람들이나 나눌 일이다. 나는 그렇지 않은 쪽이다. 개인은 비극적이다. 하지만 개인은 또한 이 비극에 의문을 제기할 수 있고 그렇게 함으로써 영웅이 될 수 있다. 영웅주의는 업적이 그 업적을 성취한 개인보다 더 위대할 수 있다는 인식으로 이루어진다.

5월 14일
이 그림을 시작하려면 적어도 사십 파운드가 필요하다.

5월 16일
눈을 떴을 때 내가 미쳤다는 생각이 들었다. 극적일 정도는 아니고 그저 약간 살짝. 누가 의뢰하지도 않은 가로 이십, 세로 삼십 피트의 캔버스는 왜 그리겠다는 걸까? 웅장함이라는 망상에 시달리는 걸까? 면도 거울 속엔 여느 때처럼 염소 머리를 한 내 모습이 보였다. 그러고는 코넬리센스로 가서 외상으로 캔버스를 주문했다. 병에 담긴 순수한 기초색은 다듬지 않은 다이아몬드와 같다. 우리는 그걸 다듬는 작업을 해야 한다. 하지만 안타깝게도 그 중엔 거의 다이아몬드에 버금갈 정도로 비싼 것들이 많다. 경제 상황에 대해서는 걱정하지 않는다. 의족을 차는 것에 익숙해질 수 있듯이 나는 그런 상황에 익숙해졌다. 하지만 가끔 달리는 꿈을 꾼다. 길이가 오십 야드인 유리판이 있고, 그 뒤로, 밤에, 스튜디오의 불빛, 흰 캔버스의 돛들, 열다섯 명이 둘러앉은 탁자, 주기적으로 만나는 사람들에게나 가능한 방식으로 토론을 벌이고 술을 마시고 농담을 하는 그런 꿈을 꾼다. 예전의 어느 한때처럼 행복한 다이애나, 코냑, 새 잡지들, 그리고 내 붓을 씻는 제자 한 명.

5월 27일
오후에 나는 거의 패배자가 되어 버린다. 점심을 아무리 조금 먹어도 어찌나 졸린지, 한 시간의 낮잠이야말로 가장 육감적인 즐거움이라는 생각에, 그 몽상에 빠져 허우적거릴 정도다. 〈헤엄치는 사람〉에서 썼던 타일의 아이디어를 발전시키려고 한다. 선수들 뒤로 평평한 표면이 있는데, 여기에 도안을 넣어서 움직이는 선수들의 모습을 담은 일종의 자유로운 소벽으로 구성하는 것이다. 하지만 이런 드로잉의 선은 전면에 있는 인물들에 의해 중간중간 끊기게 된다. 뒤쪽 드로잉의 선은 앞쪽 인물들을 휘감아 도는 올가미 밧줄처럼 보여야 한다. 그리고 그림 속의 벽에는 구름을 그리고 있다. 문득, 그림 속에다 이런 벽을 만들어 넣는 건 그림을 그릴 진짜 벽이 없기 때문이라는 생각이 든다.

6월 18일
몇 주 동안 많은 연구를 했다. 아직 아무것도 딱히 제대로 되어 있지 않다. 캔버스가 들어왔지만 값은 치르지 않은 상태다. 이 그림이 신선하고, 애쓴 흔적이 느껴지지 않았으면 좋겠다. 현관에 새로 칠한 페인트처럼.

6월 20일
욕망은, 나뭇잎처럼, 바람에 날린다.

6월 21일
막스에게 이십 파운드를 빌렸다. 와서 캔버스를 보더니 무슨 말도 안 되는 무대배경 같다면서 그 앞에서 탭댄스를 추기 시작했다. 구제불능 막스. "이런 무대장치는 얼마나 해요?" 나는 값을 말해 준 뒤, 아직 돈을 못 줬다는 얘기를 덧붙였다. 그러자 그는 지갑을 꺼내 이십 파운드를 세서 꺼내고는 이렇게 말했다. "빌려 가세요." 그것뿐이었다. 하지만 그러면서 농담을 하고 난 뒤에 짓는 특유의 그 묘한 표정으로 나를 쳐다봤다. 미국에 갈 경비에 보증을 서 달라고 했던 걸 내가 거절한 데 대한 비난이었다. 어떻게 하면 무책임해질 수 있는지를 보여주는 그의 한 방식이기도 하고. 나는 돈을 받았다.

6월 23일

저렇게 쓰는 건 막스한테 지나친 처사였을까? 나는 그에게 공정해질 수가 없다. 그는 내 동전의 이면이다.

6월 27일

스케치는 여전히 제대로 나오지 않는다. 너무 즉흥적이다.

6월 30일

좋은 날. 작업을 잘 하는 능력은 잠을 어떻게 자느냐에 달렸다는 확신이 점점 강해진다. 잠 속에서 작업을 하면, 그러면 다음날 작업을 하는 과정에서 전날 밤에 발견한 것을 기억해낸다. 전에 마주쳤던, 그런데 그때까지는 기억하지 못했던 작업의 표면을 기억하면 일이 잘 된다.

7월 3일

벌써 나흘째 비와 잿빛 런던의 열기. 이 캔버스에서는 채광창에 떨어지는 빗소리 같은 건 상상도 할 수 없어야 할 텐데. 하지만 이건 머리를 써야만, 다른 모든 화가들에게서 배운 모든 것을 사용해야만 가능하다. 나는 학생들에게 예술엔 요령이 없다고 얘기한다. (어제는 석 달 전에 여기 데려왔던 학생 한 명이 나에게 오더니 그때 얼마나 기뻤는지 모른다고 말했다. 그 순간의 내 느낌을 생각하면, 편집증 환자가 되는 걸 주의해야 한다. 대단히 위험하다.) 나는 학생들에게 예술엔 요령이 없다고 얘기한다. 나름대로는 타당한 진실인데, 대부분의 요령은 모방의 매너리즘이기 때문이다. 모방의 모방. 그러나 우리가 필요로 하고 너무나 서서히 익히게 되는 그 솜씨. 그게 또 다른 의미에서 요령이 아니면 뭐란 말인가?

이 두 가지 종류의 요령 사이에 유일한 차이점이라면 하나는 단지 제 그림을 넘어서려는 건데, 그건 자기 자신에게 장난을 치고, 스스로를 속이고, 실제보다 더 많은 감정, 더 많은 솜씨, 더 많은 경험을 가진 듯이 꾸미는 것이고, 다른 경우엔 자신의 주제, 현실을 넘어서려고 노력하는 것이다. 현실을 넘어서는 것, 이것이 예술가의 자세다. 너무나 피곤하다. 가끔은 이런 글들을 도대체 왜 쓰는 건지 모르겠다. 그림과 전혀 상관없는 것들이 너무 많다. 지나치게 많다.

7월 20일
일 주일 전에 큰 캔버스를 시작했다. 지금은 한결 작아 보인다.

가로 이십, 세로 삼십 피트의 캔버스 때문에 스튜디오가 완전히 틀어져 버렸다. 그것은 공간을 둘로 가른 칸막이 같아서, 양쪽으로 나누어진 공간은 비좁고 낯설어 보였다. 문가에 서면 캔버스의 뒤쪽만 보였다. 저쪽 끝에서 한 남자가 움직이며 내는 소리가 들렸다. 큰 소리로 말을 걸면, 그리고 그가 기분이 내킬 때면, 야노스는 캔버스와 벽 사이의 좁은 틈을 비집고 나와 얘기를 나눴다. 그럴 기분이 아닐 땐 마치 딴 방에 있는 것처럼 그냥 일을 계속했다. 색을 칠하지 않아 아직 흰 캔버스 끄트머리 쪽에서는 ─채광창이 있음에도 불구하고─ 흰 칠을 한 지하실에 들어온 듯한 느낌을 받았다. 이 작업을 하는 야노스의 모습은 사다리에 올라가 전단을 붙이는 사람 같았다. 다이애나는 건축현장에서 사는 것 같다고 농담을 했는데, 아주 틀린 말도 아니었다.

7월 28일

수정을 시작했다. 몇 부분이 너무 몰렸다.

8월 4일

아이디어를 회피하기란, 그림의 초대를 거절하기란 얼마나 어려운지. 하지만 얼마나 필요한지. 구름은 지독히도 멍청해 보인다.

8월 5일

스승이 외출한 도제처럼 하릴없이 스튜디오 안을 거니는 날들이 있는데, 오늘이 그랬다. 물감을 섞었다. 그런 다음엔 아무것도 할 수가 없었다. 캔버스를 보며, 비밀스럽고도 태평스런 야망을 품은 도제처럼 나는 속으로 이렇게 말한다, 언젠간 더 잘할 거야. 그러곤 라디오를 켠다.

8월 8일

여름 저녁이면 런던은 시멘트 벽돌 색깔이 된다. 밤새 성화를 들고 달리는 주자. 얼마나 근사한 생각인가! 그리고 시각적으로 뭔가 은유적인 면이 있다. 선수가 팔다리를 뻗으면 사실상 몸이 가늘어지는데, 그건 불꽃이 나풀거리면서 생기는 빛과 그림자에 성화의 불이 가늘어지는 것과 똑같다. 움직임을 음영으로 그리는 키아로스쿠로(chiaroscuro)라는 게 있다. 제리코는 그 방면에서 거장이었다. 건강공단에 이십 파운드를 내야 한다.

8월 9일

감각에 관한 한, 모든 자세와 모든 몸에 완벽한 평형상태는 매우 드물지만 존재한다. 이 평형상태를 찾아내는 것보다 더 만족스러운 것을 나는 알지 못한다. 그 만족은 확연히 다른 두 가지 방식으로 동시에 일어난다. 그건 마치 로마 시대의 수로교(水路橋)가 다름 아닌 바로 완벽한 입맞춤의 자랑스런 창조물인 것과 같다. 이에 대한 증거를 원한다면 푸생을, 춤을 추는 인물들이 자신들의 콜로세움을 세우는 그의 그림을 볼 일이다. 이건 나 자신에게 허락한 유일한 마법이다.

8월 10일
지금 이 순간, 나는 이 캔버스를 제외하면 아무짝에도 소용이 없다. 사우스켄싱턴에서 머리가 굉장히 멋진 서인도제도 여자를 봤다. 나는 그제야 다양한 인종을 포함하려는 게 실수였음을 깨달았다. 그냥 남자와 여자면 충분하다. 그림이 매우 제한된 예술이라는 걸 깨닫는 건 더없이 중요하다. 문화부 관계자들이라면 대부분 이걸 깨달아야 한다. 지금은 그림이 할 수 없는 게 너무나 많다. 이건 어떤 의지의 빈곤에 따른 결과가 아니다. 오히려 활용할 수 있는 표현 수단이 풍부해진 결과다. 조토가 오늘날 살아 있었다면 당연히 영화를 만들었을 것이다. 고야도 마찬가지고. 하지만 라파엘로, 피에로, 티치아노, 푸생, 세잔은 아니다.

8월 20일
너무 더워서 바지만 입은 채 일을 하고 있다. 다이애나는 퍼트너로 일광욕을 하러 간다. 날이 더우면 어머니가 떠오른다. "신의 화덕 속에 시원한 곳이란 없지." 어머니는 이렇게 말씀하시곤 했다. 그리고 장작을 가져다 부러진 도끼로 성 베드로를 조각해 드렸던 것도 또렷이 기억난다. 어머니는 침대 위쪽 진짜 십자가 밑에다 그걸 걸어 놓으셨다.

9월 7일

색에는 두 가지 종류가 있다. 눈에 보이는 색과 실제의 색. 눈에 보이는 색들—하늘, 바다, 지상의 햇살, 살갗이나 빛 속의 어떤 사물에 드리운 그림자의 색—은 늘 서로 다른 모든 잠재적인 색 위에 드리운 자기 색의 승리감을 내포하고 있다. 밤하늘의 암청색 어딘가에는 정복당한 적색, 정복당한 녹색, 심지어 정복당한 황색이 있다. 우리는 색을 칠할 때마다 이런 울림이 따로 놀지 않게, 캔버스에 사용하는 다른 색들과의 관계를 통해 창조해내야 한다. 색을 통해 깊이를 너비로 전환해야 한다.

9월 11일

다이애나와 근처 영화관에 갔다. 〈대회〉가 극장의 스크린(캔버스와 크기가 거의 일치한다)에 오 분 동안 비춰진다고 해 보자. 움직임이 없다. 무슨 말도 없다. 색과 완결성뿐이다. 관객들이 얘기를 하면서 두리번거리기까지 몇 초나 흐를까?

9월 24일

말 없는 캔버스 앞에서, 나는 이따금씩 여전히 노래를 하는 사람들 사이에서 가수가 지닌 재능을 생각한다. 그는 다른 어떤 예술가도 가질 수 없는 힘을 지닌다. 그는 청중들을 참여시킬 수 있다. 어떤 면에서는 지극히 평범하다. 풀햄 로드를 따라 줄지어 있는 선술집에서도 토요일 밤마다 일어나는 일이니까. 또 다른 면에서 그건 어부가 해안에 다가갈 때 들을 수 있는 소리, 노인이 추수철에 잠자리에서 들을 수 있는 소리다. 그러나 어느 쪽이든 노래를 부른다는 건 신비로운 힘이며, 피어오르는 연기처럼 사람이 살고 있다는 가장 소박한 표시 중의 하나다. 대부분의 노래는 슬프다, 숲을 넘어 내륙으로 날아드는 갈매기의 울음처럼. 그런데도 그런 노래를 부르면 사람들은 서로의 목소리를 듣고, 흔히들 서로를 만지기도 한다. 그리고 이런 식으로 상실감을 나누다 보면 결국에는 함께 나눈 것이 잃은 것보다 더 커지게 된다. 말 없는 캔버스 앞에서 이런 생각을 하다 가끔은 혼자서 노래를 부른다. 세레트넥-산터니(Szeretnek-szantani)

이건 헝가리 동요인데, 가사를 대강 옮겨 보면 이런 뜻이다.

  나는 밭을 갈 테야.
  여섯 마리 멋진 소를 몰면서.
  그리고 사랑하는 이가 쟁기를 잡아 주러,
  여섯 마리 멋진 소를 몰러 온다면,
  내 사랑하는 이와 함께 밭을 갈 테야.

9월 28일
관중에게 호소하지 않는 눈을 그리기란 얼마나 힘이 드는지. 라슬로의 삶을 그의 죽음보다 더 많이 생각하는 건 얼마나 힘이 드는지.

10월 10일
나는 마치 그 설득력에 내 인생이 달린 거짓말인 양, 그림의 모든 부분을 시험한다. 내가 진실이 아니라 거짓말이라고 쓰는 건, 새로운 진실이 아닌 이상 우리는 진실을 그렇게 철저하게 시험하지 않으며, 만약 그럴 경우 처음에는 거짓말처럼 보일 것이기 때문이다. 더 나아가 나는 모든 부분에 대해, 그게 마치 거짓말인 것처럼 양심을 느낀다. 그건 내 머릿속을 떠나지 않고, 잊을 만하면 다시 튀어나와 끈질기게 들볶아서 그걸 믿게끔, 때론 심지어 진실로 만들 때까지 다른 모든 것들에 흥미를 잃게 만든다.

10월 29일

색이 형태를 감춰 버릴 수 있다. 결코 그렇게 되도록 해서는 안 된다. 색을 칠했는데 ―립스틱처럼― 그게 치명적일 수도 있다. 백장미도 봉오리는 대부분 붉게 시작된다. 꽃이 벌어지는 순간, 장미의 형태가 드러나는 바로 그 순간에 장미의 형태를 구성하는 꽃잎들은 ―흰색으로 보인다. 그러므로 그림 속의 형태도 이와 같아야 한다. 형태와 색은 동시에 서로를 드러내야 한다. 형태에 떨궈져서 그것을 처음으로 드러내는 첫번째 빛은 그 형태의 색이라는 수단에 의존한다. 내게 주어진 선택의 폭과 범위를 최대한 활용하고, 물감이 놓인 백오십 센티미터의 작업대를 이용해서, 나는 궁극적으로 개화하는 백장미에 비견될 만한 색의 필연성을 성취해야만 한다.

11월 6일

며칠째 궂은 날과 흐린 빛. 아래쪽으로 늘어선 발들이 지루하다. 흰끈이 너무 많다. 불현듯 모든 개념이 사소하게 여겨진다. 물론 대부분의 것보다는 나은 그림이지만 그런 판단은 별 의미가 없다. 존은 화랑을 들르면 늘 거기서 본 것에 분개하고 화가 나서 돌아온다. 배신행위야, 그는 이를 악물고 말한다. 하지만 나는 화가가 아닌 사람들이 그린 형편없는 그림보다는 차라리 생선 값에 더 화가 난다.
이 그림이 사소해 보이는 건 그림이 앞으로 어떻게 될지도 모른다는, 내가 그릴지도 모른다는 점에서뿐이다. 오늘날 이름값을 하는 모든 화가는 스스로가 자신의 스승이며, 자신의 제자이며, 어쩌면 결국에는 자기 자신의 명예를 실추시키는 사람이고 매너리즘에 빠지게 하는 존재이다. 우리는 저마다 모든 것을 스스로 결정해야 한다. 생각조차 할 수 없는 것을 **선택**해야 한다. 예술가로서 ―이것은 우리에게 가해진 저주인데― 우리는 각자 우리만의 도시를, 그 중심에 선 우리 자신을 머릿속에 그려야 한다. 한 인간으로서 전체의 힘을, 혁명가 개인이 아니라 혁명 계급의 힘을 믿는 내가 이걸 인정하려니 씁쓸하다.

그러나 예술은 가장 불편한 활동이고, 의지나 사법제도의 영향을 가장 덜 받는다. 그것은 늘 욕망을 향하거나 그로부터 멀어지며, 현재를 무시한다. 그것은 불꽃과 같다. 지금 부는 바람에 좌우되고 그 힘을 받지만, 그 바람 밑에서 늘 깜빡이려 하고 그 근원으로부터 바람을 모조리 핥아내려 한다. 바람이 없으면, 공기가 없으면, 불꽃은 존재하지 않을 것이다. 하지만 바람이 강할수록 대상을 움켜잡는 불꽃의 힘도 세고, 바람을 가로지르려는 불꽃의 시도가 더 빨라진다. 생산수단은 넘겨받을 수 있지만, 표현수단은 완전히 넘겨받을 수 없다. 그리하여 나는 여전히 외롭고, 외로움을 변호하지 않는다. 그리하여 나는 가끔 나 자신의 선택에 의문을 던진다. 가끔, 오늘 같은 밤이면, 내 도시를, 내 예술이 전제로 하는 삶의 방식을 회의적인 눈으로 바라본다. 그것을 농촌의 소작농처럼 응시한다. 내가 보았던 모든 용기와 잔해, 상처, 마지막 시간과 투쟁 ―카틴카, 카를로, 에르하르트, 이본, 에른스트, 라시― 그들은 정말로 이 분명한 색과 흐트러짐 없는 형태에서 자신의 표정을 발견할까? 이게 우리가 도달할 모습일까?

11월 10일
선원들이 밧줄을 다루듯이 그렇게 쉽게 인물들을 다룰 수월함이 필요해. 그렇게 허공에서 그들을 감고, 빠르게 휘두르고, 한데 모으려면. 가끔 꿈을 잘 꾸면 그렇게 된다.

11월 19일
노예처럼 혹사당하는 이 부득이함에서 벗어나기 위해. 내가 그림을 완성하려고 애를 쓰는 건 그 때문일까. 끝이 있을 거라는 헛된 희망 속에서, 이 캔버스만 완성하고 나면 햇볕 속에 누워 한 주 동안 장님이 돼 버릴 거라고?

11월 20일
운동선수들은 공중곡예사가 아니다. 그들이 가져다 주는 것은 오락이 아니라 뉴스다.

12월 15일
몇 주 동안 글을 쓰지 않았다. 지금은 단지, 이걸 이제껏 내가 이룩한 최고의 그림으로 생각한다는 것만 기록해 두려 한다, 나중에 이 단계가 지난 후에도 기억할 수 있도록.

12월 26일
색이 더 화려해야 한다.
다이애나는 친구들과 외출하고, 스타디움은 나만의 독차지다. 캔버스를 바라본다. 죽었다. 도를 지나쳤다. 에칭 플레이트대로 해야 한다. 하지만 나는 이게 사실이 아니라는 걸 알 만큼은 나이를 먹었다. 그림은 일 주일 전에 일기에다 썼을 때와 그리 다르지 않다. 그런데 일 주일 만에? 나는 내 병력을 알고, 내가 나을 때까지 병상을 지키며 나 자신의 수발을 들 수 있다. 하지만 저기 저 캔버스—이 스튜디오의 다섯번째 벽—는 환자나 간병인에게나 여전히 거슬린다. 나는 선수들의 스타디움에서 몇 달째 살고 있고, 변화가 필요하다. 형태란 너무 반복한 나머지 의미가 없어진 말과 같다.

그림을 그리는 일—제기랄 것을 자신의 비전에 맞추는 일—은 물리도록 되뇌어 왔듯이, 항상 어려웠다. 하지만 어쩌면 지금의 이 패배감은 으레 나타나는 방식과는 다르게 나타나는 듯하다. 오늘날의 모든 화가들은 관객에게 **호소한다**. 오세요, 오세요, 보세요, 보세요, 좀 봐요! 하지만 한때는 토끼와 사냥개 놀이(토끼가 된 아이가 발자국 대신 색종이 조각을 뿌리며 먼저 도망을 가면 사냥개가 된 아이들이 쫓아가서 잡는 놀이— 역자)에서처럼 화가가 남긴 흔적은 뚜렷했다. 그는 여전히 자신을 훈련시켜야 했다. 그는 여전히 자토펙처럼 달려야 했다. 하지만 결코 뒤를 돌아보기 위해 멈춰 설 필요는 없었다. 그런 반면에 우리는 끊임없이 그래야 한다. 우리에겐 뒤에 뿌릴 색종이 주머니도 없는데, 그 이유는 우리에게 전통이 없기 때문이다. 그래서 우리는 혹시 길을 잃은 건 아닌지, 우리가 온 길이 정말로 길인지를 확인하기 위해 계속해서 걸음을 멈추고 있다. 그리고 그렇게 멈췄다 출발했다 하는 것은 우리의 힘을 빼놓는다. 오늘밤 이 거대한 캔버스는 내가 막다른 골목에 봉착했음을 알려 주는 꽉 막힌 벽 같다. 내겐 더 이상 나아갈 에너지가 없는데, 저기 저 캔버스에서 볼 수 있는 것 안에서 어떤 자극도 찾을 수 없기 때문이다. 오직 잘못된 구성뿐. 그림 자체가 눈이 멀었다. 색을 입히지 않은 리넨이 더 아름답다.

감각을 되찾을 요량으로 술집에 갔었다. 모든 이야기는 머잖아 허튼 독백이 된다. 바에는 북쪽 지방 사람이 하나 앉아 있었다. 멋들어진 얼굴에 예순쯤 된 대머리였는데, 남자 점쟁이라고 했다. 주변에 모인 사람들에게 이야기를 연이어 들려주었지만, 열심히 지어 보이는 미소는 여자 종업원을 향한 것이었다. 나는 거기서 그에 대해 관심을 끊었다. 그의 이야기 중에 특히 마음에 들었던 것 하나. 언젠가 동네 경찰관이랑 드잡이를 하게 됐단다. 무슨 똥파리도 아닌 게 낄 데 안 낄 데 온갖 참견을 하고 돌아다니던 잡놈이라는 것이었다. 그런데 때

마침 어디서 개를 얻은 지 얼마 안 되던 때였단다. 경찰은 개한테 목
줄을 매지 않았다는 이유로 벌금을 물리려 했다. 사실은 세 번이나
경고도 했다. 바에 있던 남자는 이렇게 말했다. 그래서 결국엔 말이
죠, 목줄을 샀어요. 그랬더니 그 잡놈이 절 건드리지 않더군요. 목줄
에다가는 이렇게 썼다고 한다. 난 조 펄롱의 개야. 넌 누구 개니? 캔
버스는 여전히 광대짓거리다. 개 얘기가 더 낫다.

1955년

1월 4일
나아지고 있다. 색이 너무 바스라져서 세탁기 속의 빨랫감처럼 보였
다. 빨간색 약간, 파란색 약간, 녹색 약간, 앞치마에 수놓은 자수처럼.
그런데 지금은 색이 형태 위로 파도처럼 덤벼든다. 전면의 인물은 뒤
의 소벽에 그려진 짝패와 같은 색이다. 선의 두께와 팔다리의 그림자
만이 다를 뿐이다. 되어 가고 있다. 형태들은, 팔다리이기도 한 그것
들은, 유혹하기 시작하고, 내 시선이 그 위에 올라탄다. 하지만 아직
도 훨씬 더 분명해져야 한다. 모든 것은 노골적이 되어야 하고, 그런
다음에 그게 평범해 보인다면 우리는 우리가 어디에 와 있는지를 안
다.

2월 10일
때때로 예술가에겐 실패가 너무나 필요하다. 그건 실패가 하늘이 무
너진 재난이 아님을 일깨워 준다. 그리고 이런 일깨움은 완벽주의라
는 천박한 호들갑에서 그를 해방시킨다.

이 당시에 겉으로 드러난 야노스의 기분은 전혀 극적이랄 게 없었다. 조금 낙담한 듯이 보일 땐 내 주의를 '다섯번째 벽'에서 다른 곳으로 돌리려고 애를 썼고, 다시 작업한 것 같기도 한 작은 캔버스 몇몇 점을 꺼내 보여주었다. 또 어떨 땐 그런 대로 만족하는 티가 완연해서는 커다란 캔버스를 이리저리 살피며 이렇게 말하곤 했다. "그래, 그래. 값을 하기 시작하는군. 안 그래?"

우리는 이따금 저녁에 영화를 보러 가거나 핸콕네 집으로 텔레비전을 보러 가곤 했다. 풀햄 로드의 황량한 가게들을 지나 집으로 걸어갈 때면 야노스는 아무 말도 없이 조금 빨리 걷기 시작했는데, 마음을 어지럽히는 어떤 결의 때문에 여념이 없는 듯한 표정을 보면 누구라도 뒤로 처져 따로 걷지 않을 수 없었다. 그는 늘 불빛 희미한 지하실 같은 스튜디오 건물의 돌 복도를 앞서서 성큼성큼, 마치 한참 늦은 사람처럼 서둘러 걸어갔다. 우리가 스튜디오에 들어설 때쯤이면 야노스의 모습은 보이지 않았다. 그는 캔버스 저쪽에 있었다. 얼마쯤 시간이 지나면 한결 마음이 놓이거나 더 심각해진 얼굴을 해서 우리가 있는 난롯가로 왔다. 더 심각해졌을 땐 아무 말도 없이 담배를 피우고, 커피를 마시고, 물감으로 얼룩진 바닥만 쳐다봤다. 그리고 자기와 같은 세대의 예술가에 대한 칭찬에 대단히 민감해졌다. 예를 들어, 한번은 야노스가 잘 알고 또 좋아하는 걸 뻔히 아는 곤살레스에 대해 내가 열변을 토한 적이 있었다. 그가 탐탁치 않아 한다는 게 눈에 보였다. 얼굴이 냉담하게 굳어졌다. 그렇지만 질투 같은 건 아니었다. 곤살레스에 대해 쓴 그의 일기만 봐도 알 수 있다. 그저 자기 스스로를 어떻게 평가해야 할지를 몰랐고, 그래서 어떤 것이든 비슷한 판단의 기준을 떠올려야 하는 게 싫었던 것이다.

내적 긴장의 또 다른 징후는 런던을 벗어나는 걸 단호히 거절했다는 것이다. 다이애나도 나도 이런저런 이유를 들먹이며 이삼 일 떠났다 오라고 몇 번이나 설득했지만, 요지부동이었다. 찌푸린 인상이 굳어지고, 손으로는 탁자나 의자 등받이를 움켜쥐고, 예의 구부정한 자세를 바로하며 이렇게 대꾸했다. "당신들은 생각을 안 할지도 모르지. 하지만 나는 해야 할 일이 있어. 일. 알아들어?"

이틀쯤 쉬면 도움이 됐을 텐데도, 캔버스가 만족스러운 상태가 될 때까지 그 앞을 떠나는 것을 지나칠 정도로 두려워했다.

2월 24일

자아는 어찌나 사악할 정도로 거대한 무대를 세우는지, 자신의 하찮음을 감추려는 수고조차 할 필요가 없다. 하루 종일 스타디움에서 작업을 했다. 서서히 나아간다.

3월 7일

다이애나는 독감에 걸려 펄펄 끓는 몸으로 침대에 누워 있다. 고분고분해진 모습을 보니 그녀가 이십대 초반이었을 때의 모습이 떠오른다. 이런 생각이 들면 우리의 말다툼이 참을 수 없을 만큼 너저분해 보이고, 죄책감이 나를 짓누른다. 그녀를 간호하느라 작업을 많이 하지 못한다. 막스와 핸콕 부부가 문병을 왔다. 아픈 사람을 대하는 막스의 태도는 환상적이다. 그는 자기가 워낙 산전수전을 다 겪어서 어떤 환자라도, 아무리 중한 병을 앓는 환자라도 자기와 함께 있으면 자동적으로 안심이 된다는 분위기를 풍긴다. 여럿이 승자를 들어 올리는 부분이 마음에 들지 않는다. 그 사이에 공간이 충분치 않다. 지나치게 뭉쳐 있다.

3월 10일

나는 나쁜 남편이다. 승자를 들어 올리는 무리에 더 매달렸고, 공간이 벌어지면서 나아지고 있다.

3월 14일

끄트머리 왼손잡이 인물의 뒷모습을 비튼다. 큐비즘이 우리에게 준 시선이란! 우리는 두번 다시 단일한 시선의 그림을 그릴 수 없다. 지금 우리가 가진 것은 시각적 변증법이다. 마르크스주의자가 이걸 이해하는 건 식은 죽 먹기지! 그러나 나는 요즘 나 자신의 거대한 문제에 천착하고 있다. 보호대를 찬 슬개골과 무릎 뒤의 움푹 패인 골을 어떻게 나란히 그려야 하나의 온전한 다리를 나타낼 수 있을지. 너무 어렵기 때문에 거대한 문제.

3월 25일
작품을 할 때마다 형태가 느닷없이 전체를 장악하는 순간이 있다. 그러면 일이 잘못될 수가 없다. 나는 낙원의 아담이다. 그리고 삶 전체가 나를 도와주기 위해 모의를 한 듯이 보인다. 그런 상태는 오 분 정도 지속될 수 있다. 어쩌다 한 번, 오늘처럼, 오후 내내 계속되기도 한다.

4월 6일
다이애나는 나아지긴 했지만 휴식이 필요하다. 그녀에게 휴가를 가야 한다고 운을 뗐다. 그녀가 그렇게 할지는 의문이다. 작업을 할 때면 캔버스 저편에서 움직이는 소리가 들린다. 그리고, 아니, 관두자.

다이애나는 결국 며칠 동안 여행을 갔다. 나와 함께. 나는 암스테르담에서 열리는 미술제에 가기로 돼 있었고, 야노스의 제안에 따라 그녀를 설득해서 함께 갔다. 다이애나에 대해 새로운 것을 알게 되는 계기가 됐다. 전엔 그녀가 야노스의 생활방식에 얼마나 젖어 있는지 미처 몰랐다. 두 사람이 같이 있을 땐 늘 둘의 차이점이 더 도드라져 보였다. 그랬는데 암스테르담에 간 첫날 다이애나의 반응이 야노스가 보였음직한 행동과 얼마나 닮은 꼴인지를 문득 깨닫게 됐다. 호텔 입구에 모여 있는 세계적인 미술 전문가들을 그녀는 수상쩍은 시선으로 바라봤다. "멍청한 보석상들처럼 보이는군요." 그녀는 좀더 허름한 카페를 골라 들어갔고, 야노스처럼, 가능하면

들어오는 모든 사람을 살펴볼 수 있는 구석자리를 골라 문 쪽을 향해 앉았다. 청어를 날로 먹었고, 자전거를 빌리고 싶어했다. 미술제의 특별한 내빈들을 위해 환영 리셉션과 댄스파티가 열린 마지막 날 저녁에야 본래 모습으로 돌아갔다. 내가 몇몇 미술관 관계자들을 소개해 주자, 갑자기 발동이 걸렸다. 춤을 추고 질문을 하고 웃고 샴페인을 마셨다. "존." 그녀가 살짝 긴장한 표정으로 내게 다가왔다. "저기 저쪽에, 유력인사 같은 은발 남자는 누구예요?" 모르는 사람이었다. 하지만 잠시 후 그녀는 그 남자와 춤을 추고 있었다. 뿐만 아니라, 이런 변신—어쩌면 몸가짐의 해방이라고 해야 더 정확할지도 모르겠다—과 함께 겉모습도 달라졌다. 머리를 올리고 이브닝드레스를 입은 그녀에게선 서류가방을 끼고 시립도서관으로 터벅터벅 걸어가는 여자를 찾아보기 힘들었다. 평소의 긴장된 움직임도 또렷한 생기로 바뀌었다. 야노스가 이런 그녀를 볼 수 있었으면 좋았겠다는 생각이 들었지만, 그건 결코 가능하지 않을 일이었다.

4월 16일

다이애나가 없는 스튜디오에 있으려니 어쩐지 더 늙은 듯한 기분이다. 한밤중에 깨어 여기 나 혼자뿐이라는 생각을 하면 삼십 년 전의 베를린이 떠오른다. 그리고 그때와 지금 내가 몰두하는 일의 차이가 나이를 온전히 실감케 한다. 그때 나 자신을 입증할 방법이 백 가지였다면, 지금은 단 하나뿐이다.

4월 18일

레너드 고가 한번 들러서 내 작품을 봐도 되냐고 물었다. 그의 장애는 그를 매우 직접적인 사람으로 만든다. 그는 문을 들어서면서 캔버스 뒤쪽을 봤고, 지체 없이 주머니에서 수첩을 꺼내더니 내가 바로 읽을 수 있게 거꾸로 이렇게 썼다. "세밀화가시군요!" 그는 구식 사람, 디킨스적인 사람이다. 캔버스 앞으로 간 그는 모자를 그대로 쓴 채 위와

177

아래와 옆을 살펴봤는데, 마치 벽에서 문을 찾으려는 것 같았다. 그러더니 뒤로 물러서서 파이프에 불을 붙이곤 기다렸다. 이젠 캔버스가 버스처럼 떠날 거라고 생각하는 듯했다. 하지만 그러면서도 내내 뭐랄까, 은근슬쩍 그림을 살폈고, 미소를 짓기 시작하는 게 보였다. 몇 분 후 수첩을 꺼냈다. "진심에서 우러나오는 축하를 드려도 될는지요?" 내게 담배주머니를 건넸고, 나는 한동안 쓰지 않던 낡은 파이프를 꺼내서 담배를 채웠다. 우리는 거기 서서 담배를 피웠고, 고는〈대회〉에서 마음에 드는 부분을 손으로 가리켰다. 유일하게 지적한 것은 벽에 윤곽으로 처리한 몇몇 인물들의 속을 완전히 채워서 질량 면에서 전면의 인물들과 보다 밀접하게 연관되도록 해야 한다는 것이었다. 어쩌면 그가 옳을지도 모른다. 그가 돌아간 후 나는 바닥에서 종이 조각을 발견했다. 그가 축하의 말을 건넨 종이였다.

4월 19일
이 끝없는 만지작거림. 나는 심지어, 화가로서 그리기는커녕 걸을 수도 없다.

4월 21일
집에 돌아와서 몇 시간 동안 다이애나는 십오 년 전에 가졌던 쾌활함을 고스란히 되찾은 것처럼 보였다.

4월 28일
모호하게, 나는 나 자신을 방어해야 할 필요를 느낀다. 일반화는 형식주의가 **아니다**. 나도 안다. 일반화는 수백 가지 특수성을 대신한다. 형식주의는 엄청난 유혹이다. 우리는 예술이라는 거의 닫힌 세계에서 살고, 형식주의는 자신의 밖에 있는 것을 전혀 흘끗거리지 않고도 자신의 문제를 극복하는 예술이다. 형식주의 예술은 그 자체만으로 충분하다. 그것은 상품이다. 이런 상품을 위한 시장은, 자신들 역시 그 자체만으로 충분하다고 믿는 사람들로 이루어진다. 거들먹거리는 세계주의 예술계의 일원들.

세계주의와 형식주의는 서로를 먹여살린다. 그림을 그네들의 맥락에서 비틀어내는 순간, 그리고 ─더 중요한 건 이건데─ 그들에게 맥락이란 게 없다고 상상하는 순간, 일반화 또는 정당화한 단순화가 형식주의라는 생각을 하게 될 것이다. 세잔에 대해 써 놓은 헛소리들을 보라. 그가 추상적인 이론가가 되는 건 우리가 프로방스를 잊고 산의 그 성자를 무시해야 가능하다. 그러다 그가 샤르댕과 같은 행동을 하고 있는 걸 본다. 자연을 너무도 강렬하게 응시한 나머지 그의 시선은 풍차를 돌리는 시냇물처럼 그것을 중심으로 돌기 시작했다. 또는 피에로 델라 프란체스카. 런던에서는 그의 하늘과 언덕이 숭고해 보인다. 이탈리아의 움브리아 지방에서라면 버스보다도 특이하지 않다. 내 운동선수들은 내가 아는 모든 영웅들인데, 여기에서는 승리감에 득의만면한 모습으로 그려졌다. 그들이 나를 만나러 온다. 여전히 싸우고 있고 영웅도 아닌 나를. 하지만 빌 널은 이에 대해 어떤 의문을 제기할까! 그들은 어떤 승리를 거뒀지? 그는 이렇게 따져 물을 것이다. 그들은 사회주의에 의해 기회를 얻게 된 노동계급의 선수들인가? 빌에게는 그럴 수 있을 것이다.

하지만 내 그림 속에서 그들의 승리는 그들이 그려진 방식에서 나온다. 그들의 배치, 형태의 에너지, 내가 칠한 색이 그들을 드러내는 방식, 그것이 그들의 승리다. 다비드는 어딘가에 이렇게 썼다. "나는 병사들을 그릴 생각이다. 전투를 앞둔 침착한 모습, 스스로에게 불멸을 약속하는 병사들을." 하지만 그림 속에서 그런 불멸은 오직 시각적 위엄과 그림 자체의 활기로만 약속될 수 있다. 그것과 내가 바로 위

에서 형식주의에 대해 쓴 내용은 서로 모순될까? 그렇지 않은데, 그
것은 예술과 사건의 관계를 강조하는 빌이 반 이상은 옳기 때문이다.
우리는 현실을 정화시켜야 한다. 우리 나름대로 진실의 대용품을 만
들 수는 없다. 빌이 틀린 지점은 우리는 결코 단 하나의 사건만을 그
리지 않는다는 것이다, 제목에서 그런 암시를 줄 때조차. 나는 캔버
스마다 내 평생 경험의 또 다른 클라이맥스를 그린다. 내가 작가나
정치가나 연인이 아니라 화가인 이유는 꼭지에 매달린 두 알의 체리
가 서로 부딪치는 방식으로, 또는 말의 다리와 인간의 다리 사이의 구
조적인 차이로 이 클라이맥스를 인식하기 때문이다. 그걸 누가 이해
할 수 있을까?

사실 빌 같은 사람에겐 당 그 자체가 일종의 예술작품이다. 그의 모
든 창의력, 모든 상상력이 당에 집중되어 있다. 그렇기 때문에 그에
게 다른 예술은 전부 어딘가 경망스러워 보인다. 물론 본인은 결코
인정하지 않을 것이다. 하지만 스튜디오를 돌아보는 태도, 안으로 들
어오는 태도에서 그걸 알 수 있다. 고무방수포를 뒤집어쓴 예언자.
그가 저번 날에 들러 〈대회〉 캔버스를 봤다. 말리려고 걸어 놓은 더없
이 해괴한 빨랫감이라도 되는 것처럼. 직원이 자리를 비운 창구에 줄
을 서 있는 사람 같다. 안절부절못하고, 압박감을 느끼며, 긴장된 에
너지가 행동으로 쏠리는. 그는 단호하며, 용기가 있기 때문에 또한
너그럽다. 스튜디오를 떠날 때 그는 내 손을 꽉 쥐고 말했다. "행운을
비네." 하지만 그가 보다 진실되게 했을 말은 이런 것일지 모른다.
"우리는 자네가 여기서도 이렇게 빈둥거릴 권리를 위해 투쟁하고 있
다네. 잘 견디게. 하지만 물론 나중에 자네를 필요로 할지도 몰라."
그에 대한 내 대답은 확실해야 한다. "자네가 내 그림들의 영감을 이
해하면 나를 필요로 하게 될 거야."

노동절
모든 좋은 그림은 그 안에 추 하나가 흔들리고 있다.

5월 21일

최대의 모험을 감수할 준비를 하며 하루 종일 〈대회〉를 바라봤다. 부드러운 검은색은 이제 칠흑 같은 검은색이 돼야 한다. 인쇄용 잉크. 그 다음에 숫자와 검은색 트렁크, 윤곽선과 운동화와 그물망은 나머지 그림들 위에 찍히게 될 것이다, 강건한 어깨에 새겨진 문신처럼. 1955년의 노동절이다. 늦었다. 늦었다. 하지만 내게는 여전히 시작처럼 보인다.

5월 23일

검은색이 효과가 있다. 이제 모든 것이 조여들었다.

6월 18일

〈대회〉가 끝났다. 열한 달이 걸렸다. 오늘밤에 스튜디오 한쪽으로 그걸 옮겼다. 우리 모습도 꽤나 이상했을 것이다. 남편과 부인이 벽 같은 캔버스를 한쪽씩 잡고 서로에게 방향을 지시하며 소리를 치고, 그 캔버스는 흔들리며 무너질 듯했으니. 하지만 우리는 그걸 안전하게 벽에 세웠다. 이제 거기에 놓고 나니 사뭇 달라 보인다. 게다가 훨씬 더 커 보인다, 실내에서 펼친 깃발처럼. 그만의 특징을 갖고 있다, 나로서는 후회스러운. 하지만 그에 대해 내가 할 수 있는 일은 없다. 이젠 그 안에 담긴 모든 것이 그렇듯이 인과의 고리 속에 고정됐다. 전체적으로 그것은 강한 고리이다. 좋은 그림. 행복하다.

7월 7일

핸콕은 〈대회〉를 뚫어져라 보면서 이렇게 말했다. "무척 명랑하네요. 박람회의 회전목마가 떠오르는데요." 그러다 눈치 없는 비교였다고 생각했는지, 당황한 표정으로 덧붙였다. "물론 전혀 다른 거죠." 나는 명랑한 느낌이길 원한다며 그를 안심시켰다. "지당하십니다." 그는 늘 이 말을 한다. "지당하세요. 하지만 어느 누구도 당신처럼은 할 수 없었을 거예요."

오늘밤에는 카페에서 얘기를 하는 대신, 내 마음속에 있는 그런 카페나 그런 얘기가 존재하지 않기 때문에, 이제 완성되어 제 힘으로 서 있는 이 캔버스 주위를 어슬렁거린다. 작품을 완성하고 나면 늘 취하도록 마시고 싶다. 영국에서 이토록 운 좋게, 그리고 이토록 고적하게 살지 않았다면 과연 이런 글을 썼을지 의문이다. 글을 쓰기 때문에 생각하게 되는 것들은 이야기로 토해지고, 친구들이 멀리 있을 땐 편지로 옮겨진다. 자신의 캔버스를 말이라는 액자 속에 넣고 싶어하는 화가는 없다. 〈대회〉는 사람들이 와서 보도록 당분간 그렇게 둘 작정이다. 나는 시간을 때운다. 작품이 무슨 메시지를 전하는지 확신할 수 있는 경우는 극히 드물다. 각각의 그림 뒤엔 너무나 많은 것이 놓여 있다. 〈대회〉가 다른 사람들에게 어떤 의미를 지닐지를 내가 정확하게 아는 건 불가능하다. 아무튼 이것은 변할 것이다. 지금 이 그림에서 가장 인상적인 점이 이십 년 후에는 아무 의미도 없는 것처럼 보일지 모른다. 예술가의 의도가 이렇게 풍부한 것이야말로 프로파간다의 문제를 그토록 복잡하게 만드는 요인이다. 그럼에도 불구하고, 그것이 우리 시대의 예술이 안고 있는 바로 그 문제점이다.

내가 나 자신에 대해 확신하는 게 한 가지 있다. 나는 현대적인 화가라는 것이며, 그런 이유는 평생 동안 프로파간다의 문제—한 인간으로서 다른 사람들을 직시하는 문제—를 안고 살아왔기 때문이라는 것이다. 언젠가 이에 대해 써 보고 싶다. 잘 아는 분야다. 하지만 지금은 다이애나와 영화를 보러 간다.

7월 8일

예술가가 자신의 소신을 위해 싸울 수 있는 길은 세 가지가 있다.

(1) 총이나 돌로. 라슬로는 시위자들을 위한 황금자갈길에 대해 얘기한 적이 있는데, 자갈을 깐 길에서는 언제든 돌을 집어들어 던질 수 있기 때문이다.

(2) 자신의 기술을 현재의 선동가를 위해 활용함으로써, 즉 만화와 상징물과 포스터와 슬로건을 만들어냄으로써.

(3) 전적으로 자신의 자유의사에 따라 작품을 창출함으로써. 적의 경찰이나 적의 군대나 자기 자신의 편집기준이 어떤 행동을 야기하는 환경이 아닌, 자신의 내적 긴장감이라는 그에 못지않은 힘이 작용하는 환경에서 작품활동을 함으로써.

각각의 방법은 그 사람이 처한 환경에 따라 정당화된다.

1, 2, 3으로 번호를 매겨 나누는 것들이 다 그렇듯이, 이것도 어느 정도는 지나친 단순화다. 각 항목은 배타적이지 않다.

나는 돌을 들고 싸우면서 자기 자신의 시구를 부정하는 어떤 시인을 본 적이 있다. 그리고 바로 그 시인의 머리가 황실 기병대의 말굽에 채여 질그릇처럼 깨지는 것을 봤다. 자신의 편집기준에 귀를 기울이는 화가는 그것이 자신의 개인적인 비전이 내리는 지시와 동일하다는 것을 발견할 수도 있다. 자신의 자유의사에 따라 작업을 하는 예술가도 심지어 가끔은 길모퉁이의 투사들에게 슬로건이나 상징을 제공하는 작품을 창조할 수도 있다. 피카소와 브레히트처럼.

그렇더라도. 우리가 믿는바 소신을 위해 싸울 수 있는 방법은 대략 세 가지로 나뉘고, 우리가 싸우는 방식은 각자가 처하게 된 상황에 좌우된다. 총과 비상편집위원회의 방식은 으레 단명한다. 물론, 어떻게 보면 비상사태란 늘 존재한다. 내 정치적 동지들이 다른 상황 속에서 살았던 적이 있던가? 하지만 꼬리를 물고 이어지는 비상사태의 직접적인 요구에 끝없이 부응해야만 하거나, 그런 삶을 선택했다면, 그는 기본적으로 예술가이길 그만둔 것이다. 예술가이길 그만두는 것이 부끄러워할 일은 아니다. 그런 생각은 낭만주의의 음울함에서나 나오는 것이다. 영국의 호가스가 시스티나 성당에 그림을 그리느니 런던의 잔인함을 척결하는 쪽을 선택하겠노라고 한 것은 너무나 합리적인 선택이었다.

하지만 자신의 자유의사에 따라 작업하는 예술가로 남은 사람들. 우리는 어떤 방식으로 우리가 믿는 바를 위해 싸우는가? 우리는 어떤 면에서 투사인가? 런던에 있는 대부분의 다른 화가들에겐 이런 질문 자체가 어처구니없게 들릴 것이다. 우리는 투사가 아니에요, 그들은 이렇게 말할 것이다. 그리고 만약 그들이 정직한 사람들이라면 돈을 벌기 위해서라거나 자신에 대해 뭔가를 발견하기 위해 그림을 그린다는 말을 덧붙일 것이다. 또는 ─이게 가능성이 제일 높은데─ 단지 즐겁기 때문이라고 말할 것이다. 누가 반박할 수 있겠는가? 하지만 기만하지는 말자. 들라크루아, 제리코, 쿠르베, 세잔, 피사로, 반 고흐, 고갱이 작업을 한 건 이런 이유에서가 아니었다. 지난 두 세기를 대표하는 다른 예술가들도 마찬가지였다. 그들은 모두 투사였다. 자신들이 믿는 것을 위해 죽을 각오가 되어 있을 정도의 투사. 들라크루아는 자신이 '아름다움'이라고 부른 것을 믿었고, 세잔은 자신의 '작은 감각'을, 반 고흐는 그의 '휴머니티, 휴머니티, 그리고 여전히 휴머니티'를 믿었다. 그들은 다양한 비전을 위해 싸웠고 투사로서 가진 에너지의 대부분은 자신들의 비전을 실현하는 어려움, 자신들의 육감을 사실로 만들어 줄 시각적 형태를 찾아내는 어려움에 맞서 싸우는 것과 관련이 있었다. 하지만 저마다 다른 이 비전은 모두 같은 종류의 확신에서 솟아났다. 그들은 모두 삶이 현재보다 더 낫고, 더 풍요롭고, 더 정의롭고, 더 진실될 수 있음을 알았다. 예술작품을 창조하려는 현대의 모든 노력은 작품의 근원이 된 경험의 가치를 증가시키려는 욕망(대개는 공언하지 않는다)에 기초하고 있다. 19세기와 20세기에는 **가치**의 이같은 증가가 필연적으로 인류의 즐거움, 진리, 또는 정의라는 차원에서 따져져야 했다. 그 전에는 어쩌면 달랐을지도 모른다. 세잔은 인류의 지성과 감각으로 알 수 있는 진리에 기여할 목적으로 생 빅투아르 산을 응시했다. 대부분의 탐미주의자들이 잊고 있는 것은, 그들의 즐거운 탐구와 감동은 일정한 기준의 안위가 주어져야만 비로소 즐겁기 시작하고, 이런저런 이유로 인해 대부분의 현대 예술가들은 그 기준 이하의 삶을 살아왔다는 점이다. 심하게 굶주린 창자로는 좋은 와인과 변변찮은 와인의 차이를 알아차리지 못한다.

채광창으로 달이 보이고 어딘가에 올빼미가 한 마리 있다. 런던에는 올빼미가 놀랄 정도로 많다. 위의 글을 쓰고 보니 향수에 젖는다. 어쩌자고 에르제베트 다리의 불빛들은 여전히 나를 향해 깜빡이는 걸까? 작은 요트 바닥에 등을 대고 누워 그 밑으로 흘러가던 추억은 다만 당시의 내 삶의 방식을 믿을 수 없게 만들 뿐인데. 어쩌자고 에르제베트 다리의 불빛들은 아직도 나를 향해 깜빡이는 것인가? 여하튼, 그 다리는 무너졌다.

7월 10일

현대의 예술가는 인류의 행복, 진리, 또는 정의에 기여하기 위해 싸운다. 그는 세상을 개선하기 위해 노력한다.

지금 미술관에 안전하게 걸려 있는 작품들의 초연한 아름다움에 속는 사람이 없기를. 이게 그들의 목적이었고, 현대의 거장치고 몇 마디 말로라도 그걸 언명하지 않은 사람은 없다. 그렇다면 예술은 단지 선의의 문제이고, 위대한 예술가란 최고의 선의를 가진 사람인 걸까? 도덕의 여부가 배제된 연옥이라는 우리가 사는 이 세계, 예술을 사회적인 책임이나 도덕과 연결지으려고만 하면 당장 풍자에 의해 조롱당하는 이 세계로부터 힘을 얻는 회의주의자들의 이의제기가 또다시 들려 온다. 이번에도 대답은 '그렇지 않다'이다. 세계의 개선을 바라지 않고, 그저 자기 자신의 즐거움과 합리화만을 바라는 작가와 화가들은 많다. 그런 인간들은 예술가가 아니다. 인류의 상태가 개선되길 갈망하지만 스스로의 예술 차원에서는 기여할 게 별로 없는 사람들도 있다. 이런 사람들은 다른 이들의 발견을 재생산하거나 자신의 열정에 취해 자신의 감상을 입증도 하지 않은 채 표출한다.

감상적인 작품이란 진정으로 시작된 적이 없는 것, 발견 대신 희망만을 구현한 것이다. 중요한 예술가는 실제로 자신이 세계를 어떻게 개선할 수 있는지 안다. 처음에 그의 뇌리를 스칠 때 그것이 작은 개선이라는 건 하늘을 놓고 맹세할 수 있다. 어떤 예술가든 그만의 독창력은 대단히 미미하다. 그러면 개선이 뭘 의미하는가를 분명히 해 보자. 그건 도덕적인 교화와는 아무 상관이 없다. 붉은 분필로 토르소를 그린 드로잉이 간음을 단념시키지는 않을 것이다. 차라리 부추길지 모른다. 카틴카의 뒷모습은 내가 본 중에 가장 아름다웠다. 예술가의 개선이란 대체로 더 큰 정확성의 문제, 자신이 보는 그대로의 진리를 말하는 것이다. 그렇게 말해진 진리의 결과, 그것을 뒤따르는 종종 실체적이고 현실적인 개선, 대개 이런 것은 그저 짐작이나 해 볼 수 있을 뿐이다. 세잔이 할 수 있었던 일이라곤 자신의 작은 감각에 충실하는 것뿐이었다. 하지만 그가 지금의 나보다 다섯 살쯤 더 많았을 때 그는 그것에 더 많은 의미가 있다는 걸 알았고, 그리고 이렇게 말했다. "나는 약속의 땅에 들어가기 시작하고 있다. 나는 모세와 같아질 것인가, 그곳에 들어갈 수 있을 것인가?" 지금 세워지는 멋진 현대식 건물들은 모두 그 작은 감각에 빚지고 있다.

예술가는 유년기로부터 또는 조상들로부터 삶에 대한 기대감과 인간에 대한 호의를 물려받지만, 나중에 실제 세계에서 겪는 경험은 그것과 배치된다. 나는 호르토바지(벌판 군데군데에 숲이 형성되어 있는 헝가리의 국립공원— 역자) 최고의 기수가 되려 했었지. 이 시점까지는 그도 수많은 비행청소년이나 범법자와 같다. 그를 예술가로 만드는 것은 자신의 실망—자신의 불만—을 활용하는 방식이다. 처음에는 자신의 생활조건 중에서 삶에 결여돼 있다고 느끼는 특성에 상응될 만한 것을 찾는다. 모든 외형적인 특징은 그것과 상응하는 감정을 갖는다. 그런 다음 자신의 해석에 항상 내재되어 있는 이런 특성들을 가지고 현실을 해석하려는 끝없는 과업에 착수한다. 예술가를 제외하면 아마 아무도 이걸 온전히 이해할 수 없을 것이다. 하지만 이게 우리가 세상을 개선하러 나서는 근본적인 방식이다. 이건 주관적인 개선에 불과한가? 그렇지 않다. 진정한 예술작품은 의사소통을 하고, 그럼으로써 가능한 것의 의식을 확장하기 때문이다.

하루 종일 강의를 했고, 너무 피곤해서 더 이상 쓸 수가 없다. 오늘 쓴 내용의 마지막 부분은 J에게 보여줄까 한다. 칼럼으로 발표해도 괜찮을 것 같다.

그는 끝내 그걸 내게 보여주지 않았다. 이런 내용을 보면 야노스가 일반 독자를 염두에 뒀다는 주장에도 일리가 있는 듯하지만, 나중에 일어난 일들로 미루어 볼 때 사실은 그가 자신의 양심과 치열하게 싸우고 있었다는 게 지금의 내 생각이다. 수많은 차이점에도 불구하고, 가끔은 그의 일기가 고갱이 타히티에서 쓴 일기처럼 읽힐 때가 있다. 두 사람 다 향수에 젖기엔 너무 강했다. 하지만 둘 다 본연의 모습으로 알려질 수 있었던 곳에서 떠나 왔다는 사실에 시달렸다.

7월 12일

공산주의자로서 우리는, 보다 다급하고 즉각적인 차원에서, 이전까지 한번도 가능한 적이 없었던 속도로 삶을 어떻게 더 좋고 풍요롭고 정의롭고 진실되게 만들 수 있는지를 이해한다고 믿는다. 고난과 배반과 죽음에도 불구하고 나는 이것을 믿는다. 이런 개선에 자신들은 물론 다음 세대의 생사까지 걸려 있는 아시아와 아프리카와 더불어 나는 이것을 믿는다. 내게 정치가 시작되는 지점은 굶주림이다. 딱 거기다.

하지만 삶은 빵과 의약품에서 끝나지 않는다. 비록 이 운 좋은 나라의 대다수 사람들은 삶이 그것들에서 시작된다는 걸 잊었지만. 삶은 세잔의 작은 감각의 표현 뒤에 놓인 더없이 미묘한 계산으로까지 확대된다. 그럼으로써 일단 그 진정한 예술가가 세상을 개선하는 투사라는 걸 깨닫고 나면 우리는 그를 동맹자로 받아들여야 한다. 그가 작업하고 갈망하는 삶의 개선이 경제적으로, 사회적으로, 행정적으로 어떻게 실현될 수 있는지에 대해선 우리가 더 잘 이해하고 있을지도 모른다. 심지어 그가 개인적으로 지닌 정치적인 의견들과 작품의 표면적인 내용이 우리가 필요하다고 믿는 정치적인 방법과 배치될 수도 있다. 그렇더라도 우리는 인간의 상상력의 범위가 확대되는 것이면 **무엇이든** 우리의 목적에 기여하는 것임을 인식해야 한다. 이제 나의 옛 선생들이 반박하는 소리가 들린다. 그러면 계급투쟁은? 그리고 예술의 상부구조와 경제적인 하부구조 사이의 관계에 대한 우리의 마르크스주의적인 이해는? 라빈 동지, 그들은 묻는다. 본인을 둘러싸고 있는 부르주아의 안락한 환상을 받아들인 건가? 그렇지 않다. 하지만 우리의 마르크스주의를 이용해서 예술을 우리를 위한 예술(진보적인 예술)과 우리에 반하는 예술(퇴폐적인 예술)로 인위적으로 가르려는 시도는 번번이 중대한 실수였다고 믿는다. 모든 좋은 예술은 인간을 —그러므로 우리를— 위한 것이다. 우리가 구분해야 하는 것은 좋은 예술과 나쁜 예술이다. 좋고 나쁨을 평가하는 것은 어려운 과업이지만 부르주아보다는 우리가 훨씬 나은 소양을 갖추고 있는데, 역사 공부—예술사를 포함해서—를 더 잘했기 때문이다. 지난 팔십 년 동안 예술계에서 일어난 모든 혁신과 발견은 부르주아들을 충격에 빠뜨렸다. 의식이 어떻게 전개되고, 어떤 조건에 좌우되는지를 이해한다고 자부한다면, 그것들이 결코 우리에게 충격이어서는 안 된다. 그럼에도 우리는 혁신에 충격을 받았고 그것을 거부했다. 부르주아들은 진실을 두려워한다. 하지만 우리는 거짓을 두려워했고, 우리의 두려움 속에서 그것들을 만들어냈다.

7월 19일
앞의 몇 페이지를 다시 읽었더니 해묵은 질문들이 다시금 둔중하게 내 머리를 때린다. 나와는 달리 묵직한 책임감을 감수한 사람들이 던지는 질문들이다.
당신은 너무 오래 투쟁을 떠나 있었던 게 아닌가? 그렇지 않다. 여기서의 핵심은 내가 투쟁을 떠난 적이 없다는 것이다. 공헌한 바는 아주 작았지만, 그것을 더 크게 만들려는 노력은 위험하다. 사회주의 예술을 요구하지 말라. 많은 이들이 그렇게 하지만, 자신들이 뭘 요구하고 있는지에 대해선 눈곱만큼도 알지 못한다. 사회주의적 선전이 필요할 때, 그리고 예술을 북돋을 때, 그것을 요구하라. 그러면 예술가들은 오직 진실만을 생각하는 사이에 사회주의적인 작품을 창조했다는 걸 불현듯 깨달을 것이다.

당신은 아직 존재하지도 않는 사람들의 합리적인 의식 수준을 추정하는데, 당신은 반동적인 인물의 나쁜 예술이 사람들을 오도하고 타락시킬 수 있다는 걸 깨닫지 못하는가? 그건 그들이 이미 환멸을 느꼈을 때만 그렇다. 왜냐하면 나쁜 예술은 환상을 거래하기 때문이다. 만약 사람들이 이미 환멸을 느꼈다면, 그것의 원인을 찾아내서 바꿔야 한다. 그러면 '위험한 예술'의 해악이 무력해질 것이다.

당신은 말장난뿐이로군. 진보적이나 퇴폐적이라는 말 대신 좋고 나쁘다는 말을 쓰고 있어. 당신은 뭘 변화시켰지? 거의 없다. 왜냐하면 나뿐만 아니라 어느 누구도 예술의 창조나 판단에 적용할 진정한 공식을 제공할 수는 없기 때문이다. 그러나 잘못된 공식과 그것의 숭배는 좋고 나쁘다는 말보다 진보적이나 퇴폐적이라는 말과 결탁할 확률이 훨씬 높다.

지금 예술의 계급 기반을 부정하는 건가? 물론 아니다. 서구에 넘쳐나는 동시대 예술의 역겨운 공허함은 부르주아의 이데올로기적인 와해의 차원에서만 설명될 수 있다. 계급에 대해 일종의 편집증적인 공포가 만연해 있다. 비합리주의와 두려움에 대한 숭배는 결국 사회주의에 대한 계급적 두려움이다. 그러나 사회주의자인 예술가의 작품은 같으면서도 다른 종류의 두려움을 반영한다고 봐야 할까. 어둠을 두려워하는 아이처럼 무명으로 잊혀지는 두려움?

당신은 사회주의적인, 대중적인 예술의 가능성을 부정하는가? 아니다. 그렇게 될 것이다. 하지만 그건 요구될 수 있는 게 아니다. 사회주의 예술작품이 사회주의적 기준에 따라 평가되기를 요구하지 말라. 그 기준은 옳지 않고 기회주의적일 것이다. 차라리 예술가를 공산주의자로 전향시켜라. 문제의 핵심은 사람이지, 작품이 아니다.

물론 세계를 개선하고자 하는 욕망 그 자체만으로는 큰 가치가 없다.

물론 거기에 '어떻게?'를 더해야 한다. 그리고 누구를 위한 개선인가도. 그리고 여기에 대답을 하려는 순간, 나는 역사의 이해와 더불어 조직과 강령이 필요하다는 것을 깨닫는다. 마르크스주의와 당은 바로 이 조직과 강령과 이해를 제공한다. 하지만 **예술가에겐 그의 예술도 같은 역할을 할 수 있다.** 결국 공산주의 강령과 예술의 강령 사이에 모순이 없어야 한다. 공산주의자인 예술가가 많을수록 모순은 줄어들 것이다. 하지만 당장은 모순이 발생할 수 있다. 그리고 우리는 그것을 감내해야 한다. 예술가를 정치인으로 만들려고 시도할 때마다 모순은 증가한다. 그가 예술가로서 ―정치인으로서가 아니라― 자신의 정치적 중요성을 이해할수록 모순은 줄어들 것이다.

당신은 늘 예술가에 대해 생각하고 얘기한다. 그가 봉사해야 하는 민중, 노동계급은 어떻게 됐나? 나는 그들의 재능과 역사 인식의 더없이 거대한 잠재력을 믿는다. 하지만 웨이터처럼 그들의 시중을 들 수는 없다. 우리는 전환기에 살고 있다. 사회주의로의 전환, 공산주의로의 전환. 역사에 대한 이해는 우리에게 세계를 바꿀 힘을 부여한다. 역사상 처음으로 우리―과학적인 사회주의자들―는 우리가 창조하고 있는 미래로부터 기준을 취할 수 있다. 하지만 나는, 예술가로서, 역사적 원칙의 관점에서 작업을 할 수는 없다. 나는 내 감각의 관점에서 작업을 해야 한다, 여기 그리고 지금. 예술가에게 전환기 같은 건 없다. **그는 자신의 주제가 시간을 초월한 듯이 그것을 바라본다.** 이 간단한 사실이 이해되지 못한 탓으로 얼마나 많은 것들을 잃었는가? 전환기에도 사람들은 늙고, 죽고, 아이들은 태어난다. 정치인들도 가끔은 이걸 잊을 수 있다. 나는 절대 잊지 않는다.

8월 11일

그림이 얼마나 소중하게 간직될 수 있는지를 보게 됐다. 학교에 키프로스 출신 학생이 한 명 있다. 대단히 성실하고 자부심이 강하며 하나를 배우면 둘을 해 보려 하고, 그래서 호감이 가는 학생이다. 그는 지난 학기 내내 자기 친구인 또 다른 키프로스 출신 화가의 작품을 가서 봐 달라고 졸랐다. 거길 오늘 갔다. 이 친구는 카페를 운영하는 고모와 함께 캠든 타운에서 방 두 칸짜리 집에 산다. 그림을 보고 나자, 고모가 부득불 차를 마시고 가라고 붙잡았다. 차라는 게 알고 보니 키프로스 와인, 올리브, 살라미, 그 밖에 온갖 것들이었다. 음침한 캠든 타운에서 접한 지중해의 환대. 고모는 키가 작고 자루 같은 몸매에, 내 생각이지만 늘 전통적인 농부의 검은 옷차림을 하고 있을 것 같다. 푹 들어간 눈은 가늘게 뜰 때에만 예리해진다. 내가 먹는 동안 그녀는 탁자 한쪽에 서 있었고, 내가 쳐다볼 때마다 미소와 커다란 가슴을 앞세워 몸을 내 쪽으로 밀어붙이며 뭔가를 더 먹으라고 권했다. 식사가 끝난 후 그녀가 말했다. "선생님, 이제 제 것들 좀 보시겠어요?" 그녀도 그림을 그린다고 믿기 어려웠기 때문에 나는 깜짝 놀랐다. 하지만 그건 내 오해였다. 그녀가 보여주려 했던 건 자신의 사진과 키프로스의 풍경이 담긴 스냅샷이었다. 그렇지만 완전히 오해였다고만도 할 수 없는 게, 고모의 사진과 조카의 그림 사이에는 전혀 차별성이 없었다. 조카의 그림도 상당수가 키프로스의 풍경이었다. 어찌 다를 수 있겠는가? 양쪽 다 그녀의 고향을 옮겨 왔고, 그녀가 그곳에 있을 땐 자기가 타고 다니는 배가 뭔지 신경쓰지 않았을 것이다. 그녀는 마치 거울처럼 사진을 한 장씩 앞에 들었다가 내게 넘겨줬다. 이건 미국식 넥타이를 자랑스레 맨 그녀의 아들이다. 지금은 팔이 하나밖에 없어요, 그녀가 말했다. 어쩌다 그렇게 됐죠? 총에 맞았어요. 그녀는 오래 된 피로감이 묻어나는 목소리로 말했다. 의미는 변함없지만 더 이상 충격을 주지 못하는 오래 된 신성모독이기라도 한 듯이. 그녀의 커다란 가슴 뒤에서, 그 미소 뒤에서, 아래층 카페의

카운터 뒤에서 이제껏 그녀는 절단되어 쓰레기통에 버려진 그 팔의 이미지를 품은 채 살아왔다. 하지만 그 총알을 발사한 장본인이 카페를 찾는 어떤 영국인 손님의 아들일지도 모른다는 생각은 해 본 적이 없을 것 같다. 이건 그 애가 태어난 집, 지붕이 앞으로 튀어나와서 한 쪽 마당에 그림자를 드리우고 있다. 이건 늙은 사진가가 그녀의 남편을 찍은 것. 나름대로 격식을 차린 세피아 사진이다. 그는 물에 빠져 죽었다. 이건 그녀의 친구들. 이건 집에서 보이는 만(灣). 이건 조카들이 수영하는 모습. 이건 교회에서 산 엽서. 그녀는 거기서 결혼식을 올렸다. 자기 가게의 문에 서 있는 오빠. 끝으로 그녀는 뭉뚝한 엄지손가락으로 마지막 사진을 꾹 눌렀다. 나는 그걸 보려고 몸을 숙였는데, 그녀의 사진이라는 걸 확신했기 때문이다. 그건 젊은 처녀의 모습이었고, 내가 사진을 열심히 들여다보는 동안 그녀는 자랑스러운 미소를 띠고 허리를 곧게 폈다. 그녀는 마치 그게 딸의 사진인 듯 자랑스러워했다. 그래서 나도 마치 장래의 사윗감이라도 되는 것처럼 그녀를 향해 미소를 지었다. 그녀는 사진들을 추리더니 가죽지갑에 담아 아끼는 밝은 색 자수 옷 아래에 넣었다.

나는 드로잉을 그 사진처럼 다루는 걸 한번도 본 적이 없다. 이 세상 그 어떤 미술관도 큐레이터들이 그런 소중한 보물을 담아 둘 수 있도록 미카엘리스 부인의 다리 긴 이층 장롱 같은 것을 가지고 있지 않다. 이곳의 모든 화가는 그 사실이 제기하는 의미를 직시해야 한다. 나 자신을 포함해서.

8월 19일

이 일기엔 너무나 많은 죽음이 기록된다. 이번엔 레제다. 그는 우리 시대의 가장 위대한 예술가였다. 그는 살아남을 뿐 아니라 예술의 아버지가 될 것이다.

8월 23일

〈대회〉가 끝난 후 일시적으로 어찌할 바를 모르는 상태다. 수전의 그림을 시작했다. 나는 누드를 그리다 죽고 싶다. 즐겁게 드러낼 것이 너무나 많다. 우리의 눈이 어둠 속의 손처럼 과일을, 머리와 머리카락을, 가슴을, 완벽한 구체를, 또 다른 손을, 열어젖히면 밤의 풍경으로부터 바람이 불어올 창문을 더듬는다. 다만 우리가 암중모색하는 그 어둠이 종이나 캔버스의 흰 면일 뿐. 우리가 다른 사람들과는 다르게 보는 이유, 맹인이 느끼듯이 보는 이유는 아마 이 때문일 것이다. 우리는 속지 않기 위해 본질을 움켜쥔다. 우리는 개들이 목줄에서, 여자들이 결혼반지에서, 또는 —내가 너무나 잘 알듯이— 사람들이 자신의 고국으로부터 얼마나 쉽게 빠져 나가는지를 안다. 지금 캔버스를 다시 봤다. 나쁘지 않다.

9월 2일

배터시 공원의 군중. 나무와 어우러지는 사람들. 나무들이 늘어선 산책로를 한가롭게 거닐고, 그 사이를 활주하고, 사다리를 기대어 놓고 과일을 따고, 우리가 붉은 언덕에서 포도넝쿨을 손질하듯이 나무를 손질하고, 그것들을 베어 넘기는 모습. 나는 삼촌네 농장에서 땔감으로 쓸 나무를 줍는다. 인간과 나무. 하지만 배터시 공원의 군중을 보면서 나는 그곳의 나무를 거의 인공적인 사물로 인식한다, 회전목마의 말이 인공인 것처럼. 이건 지금은 죽은 레제의 새로운 캔버스가 될 수도 있었다. 우승자의 왼쪽 다리를 수정해야 한다. 조금 약하다.

9월 7일

오늘 헌사를 받았다. 이런 영광을 누릴 시점에 다다른 것이다. 사전에 알았더라면 거절했을 것이다. 조지 트렌트의 초대전이었다. 이제야 돌이켜 보니 조지가 내가 와야 한다고 그토록 고집한 이유를 알겠다. 준이 입구에서 나를 맞으며 입을 맞췄다. 그 자체로는 유쾌한 영광이다. 화랑은 사람들로 가득했지만, 첫번째 전시회다 보니 대부분이 학생들이거나 또 다른 화가 친구들이었다. 뻐꾸기들은 아직 그의 둥지를 모른다. 벽 한 면을 독차지한 제일 큰 그림은 처음 보는 것이었다. 의자에 앉은 어머니와 아이. 나는 그걸 언제 그렸는지 보려고 도록을 펼쳤다. 제목이 없었다. No.15라고만 씌어 있었다. **화가이신 야노스 라빈 님께 존경을 바치며.** 나는 조지를 찾았다. 아름다운 행동이었다. 제가 아는 것의 대부분을 가르쳐 주셨는걸요, 내가 그를 찾아냈을 때 그는 이렇게 말했다. 다리를 바로잡았다.

조지에게 다가가는 야노스는 얼굴이 붉게 상기된 게 보기에도 매우 흥분된 듯했다. 하지만 특별히 감동을 받거나 특별한 애정을 느낄 때면 야노스는 상대의 뺨을 가볍게 때리는 버릇이 있다. 그래서 이번엔 조지의 뺨을 때렸고, 북부 출신으로 무뚝뚝하기는 매한가지인 조지는 야노스의 가슴을 주먹으로 쳤다. 멀리서 누군가 이 모습을 봤더라면 한바탕 싸움이 시작될 판이라고 생각했을 것이다. 그런 다음에 두 사람은 떨어져서 소년처럼 웃음을 터뜨렸다. 하지만 조지는 야노스가 정말로 그 그림을 좋아하는지 조금 걱정하는 듯한 티가 역력했다.
"제대로 나왔다고 생각하세요?" 그가 말했다.
"어머니의 왼팔이 소매 속으로 충분히 들어가지 않았어. 그걸 제외하면 아주, 아주 훌륭해." 야노스가 말했다.

9월 25일
지난 주에 새 캔버스를 시작했다. 밤을 배경으로 한 두 남자의 옆 얼굴이다. 밤은 푸른색의 모직물처럼 규칙적이다. 한나절 동안 거의 이 작업만 했다. 하지만 일찍 밖으로 나갔다.

화창한 토요일이면 도시를 벗어나는 자전거들이 풀햄 로드를 씽씽 내달린다. 햇볕이 나면 오로지 그 모습을 보려고 그 길을 한가로이 거닌다. 오늘은 핸콕 부인을 만났다. 울었던 게 분명했다. 나는 그녀와 함께 걸었지만 아무것도 묻지는 않았다. 그녀는 실한 암말처럼 걷는다. 그녀가 자초지종을 설명했다. 렌이 다른 여자에게 모델이 되어 달라고 설득했고, 하루 종일 그녀를 그릴 예정이란다. 나는 그녀를 사우스켄싱턴의 찻집에 데려가서 그게 꼭 배우자로서 불성실한 행동이 아님을 애써 설명했고, 그녀가 좀더 기꺼운 마음으로 렌의 모델이 되려고만 한다면 어떤 경쟁자도 물리칠 수 있을 거라는 식의 얘기도 했다. 마지막 이 얘기를 내 쪽에서 운을 떼는 걸로 생각한 그녀는 고개를 숙이고 한쪽 귀고리를 만지작거렸다. 옅은 청색 리넨 드레스를 입고 있었는데, 팔은 옅은 꿀 빛깔의 나무처럼 아름다웠다. 모든 도시마다 어떤 계시를 받게 되는 장소는 백만 군데쯤 된다. 1933년 베를린에서 여자들의 귀가 여전히 그렇게 섬세하다는 걸 무척 이상하게 여겼던 기억이 난다. 나는 그녀에게 렌을 자기 편으로 끌어당기고 전체적인 상황을 좀더 가볍게 받아들여야 한다고 설명했다. 그녀는 볼 수도 없는 세계의 수도를 열거하는 선생님의 얘기를 듣는 아이처럼 내 말을 들었다. 스톡홀름, 소피아, 코펜하겐, 부다페스트…. 어떻게든 외워서 정확한 나라와 연결해야 하는 명칭들. 내가 무엇을 의미하는지는 그녀와 사랑을 나눠야만 보여줄 수 있었을 것이다.

10월 10일

진짜 자전거를 바닥 삼아 그 위에 모델을 배치했던 조각가가 있었던가? 나는 가능할 거라고 믿는다. 낡은 은빛 합금 속의 인물, 자전거의 앞바퀴는 땅 위로 들려 있다. 불행히도 여기 조각가의 대부분은 이천 년 전에 죽어 스러진 에트루리아에 더 관심이 있다. 나는 대중이 대단한 미적 감수성을 갖길 원하지 않는다. 나는 한 가지만을 갖춘 대중을 원한다. 그건 희망이다. 옆 얼굴의 눈은 만만찮은 문제다.

10월 18일

두 머리에서 대부분을 긁어냈다. 문제, 분홍빛 얼굴과 숲의 어둠 같은 하늘을 어떻게 대비시킬 것인가. 네온 불빛을 어떻게 칠할 것인가. 안 풀리는 날.

10월 25일

우리가 선택하는 것은 이상스런 고독이다. 그런데도 우리는 그걸 선택하기 때문에 그걸 후회하는 건 아무런 의미도 없다. 이건 어찌 된 연유이건 환한 대낮에도 하늘에 뜬 별을 모두 볼 수 있는 사람의 고독과 같다. 그가 하늘을 올려다보면 거리의 다른 사람들은 그를 쳐다보다가 자기들도 하늘을 올려다보는데, 그가 비행기를 볼 수 있다고 믿기 때문이다. 물론 그럴 수도 있다. 하지만 그건 그가 하늘을 보는 이유가 아니었다.

여기에 올 때마다 〈대회〉를 훑어본다. 나는 저기에 뭔가를 해냈다. 그걸 끄집어냈다. 다이애나는 저 속에서 위원회를 보고, 그 안에 있는 꽃이 아니라 수상을 했을 때 그 앞에 놓일 꽃들을 본다. 가스계량기를 검침해서 돈을 징수하는 사람은 저 속에서 삼각형과 깃발로 이루어진 수많은 인물을 본다. 그걸 마음에 들어 할 수도 있고, 그렇지 않을 수도 있다. 그에겐 시간이 주어져야 한다. 그림에 필요한 한 가지는 **시간**이다. 그리고 평화가 시간이다. 하지만 어찌 됐든 그에겐 선입견이 별로 없고, 그에게 이것이 대작이라는 건 명백하다. 그에겐 내가 자신을 놀리고 있을지 모른다는, 부르주아들이 남몰래 품고서 끝내 떨쳐내지 못하는 의심 같은 게 없다. 그는 내가 웃듯이 웃을 수 있다.

197

그럼에도 불구하고 내가 보는 것은 대낮의 별과 같다. 저 캔버스 위의 모든 형상 안에서 이제 나는 행복하게 잠을 청할 수 있다. 이젠 저 안에 있는 그 어느 것도 그저 그림, 그저 색을 칠한 허섭스레기가 아니다. 깨끗하다. 색도 더 이상 문질러 지워 버릴 수 있는 뭔가가 아니다. 공간이 되고 형태가 됐다. 그 공로는 그림 속의 선수들에게 돌아갈 것이다. 그게 옳다. 화가가 기법적인 면에서 겪은 고군분투의 공로는 언제나 그려진 내용에게 돌아가야 한다. 위대한 곡예사, 위대한 저글러, 위대한 코미디언은 항상 처음 공연하는 것처럼 보이는데, 그 공연을 위해 그들이 얼마나 악전고투했을지 우리는 상상할 수 없기 때문이다. 공연은 모든 것을 가져가서 우리에겐 단지 우리의 이름만을 남겨 놓아야 한다. 화가와 비평가가 스타일이라는 말로 의미하는 바는 늘 다르다. 비평가들은 허세와 우아함을 의미한다. 하지만 내가 〈대회〉에 스타일이 있다고 말할 땐 단지 그 안에서 나 자신의 최선을 본다는 뜻이다. 그리고 이 최선은 거의 객관적인데, 왜냐하면 있는 그대로의 나 자신과 상당히 동떨어져 있기 때문이다.

10월 26일

내가 어젯밤에 쓴 걸 자네는 이해했을까? 라시, 자넨 너무 많은 것을 희생했어. 세잔이 말했지. "국가, 그것은 우리다. 그림, 그것은 나다." 우리 자신을 희생하고서는 예술가로 남을 수 없어. 작업을 할 때 우리는 '그림, 그것은 나다'라고 믿어야 해. 그렇진 않지. 하지만 우리는 그걸 믿어야 해. 그리고 내가 그 말을 하는 게 그렇게 위험한가? 내가 자네의 문을 두드리고 나야라고 속삭였다면 자네는 경계하지 않았을 거야. 얀시라고 생각했겠지. 또는 같이 있던 동지에게 누군지를 설명해야 했다면 이렇게 속삭여 줬을 거야. 야노스 라빈, 일명 볼프강 베버, 부다페스트 1919, 베를린에 1933년까지, 내부고리, 반파

198

시스트 화가, 안전함. 그렇다면 내가 작업을 할 때 '그림, 그것은 나다'라고 말하는 게 그렇게 위험한 건가? 나는 똑같은 사람인데.

이제 우리는 치욕스럽게 참회하는 노인이 되어 무의식적으로 혁명적 예술을 믿었던 우리 젊은 날의 '타락'을 모두 부정해야만 하는 것일까? 우린 장례를 치르는 무리처럼 보일 것이다. 우린 주관주의를 파묻으라는 지시를 받았다. 하지만 관 속엔, 우리도 모르는 사이에, 우리에게 지시를 내리던 사람 중의 하나이며 내 형제 같던 친구, 라시가 있다.

우리가 지닌 힘의 권위로서, 그건 차라리 결혼식일 수는 없는 걸까? 형태라는 언어를 향한 평생의 투쟁과 공산주의자로서 치른 평생의 투쟁 사이의 결합. 그 공간과 형태와 그것들의 깔끔한 ─ 섹스처럼 깔끔한─ 조화, 내가 반평생 동안 그것들을 가지고 투쟁한 건 그것들을 독자적으로 만들기 위해서가 아니었다. 나는 방향감각이 있어야만 작업을 할 수 있다. 어느 방향을 탐색해야 하는지를 알아야 한다. 내가 무엇을 갈구하는지를 알아야 한다. 그렇지 않으면 순수한 원과 구체만을 그리게 될 것이다.

여기서 나는 완전히 자유로운, 완전히 자발적인 언약의 결과로서, 심지어 중력으로부터도 해방된 몸들 사이의 관계를 모색했다. 여기서 나는 위엄을 모색했다, 잘할 수 있는 것을 하고 있는 몸. 여기서 나는 힘을 모색했다, 행동과 수월함의 조합 속에서 표출되는. 여기서 나는 또한 행복을 모색했다, 전체의 조화를 이룬 결과로서. 부자연스러운 말일지도 모른다. 말이란 우리가 모색하는 만족을 정의할 수 없으므로. 말은 이의를 제기하는 데 더 적합하다.

그렇지만 인간에게서 나왔고 다시 인간이 될 형태를 가지고 이 새롭고 독특한 그림 속의 인간을 자유롭고 위엄이 있으며 강하고 행복하게 만들려고 작업할 때, 나는 살아 있는 사람들도 자신들의 사회를 계급이 없는 사회로 변화시킴으로써 이와 비슷한 변화를 겪을 수 있다는 확신을 가지고 작업한다. 내가 유능한 손, 고상한 머리, 함께 움직이는 한 무리의 인물들을 그린다면, 알아볼 수 있는 상징물이 없더라도 그들은 프롤레타리아 출신들이다. 신을 믿는 사람들조차 오늘날의 유럽에서는 확신에 찬 그림을 그릴 수 없다. 오직 우리뿐이다.

자넨 어쩐지 미심쩍은 표정인걸. 하지만 자넨 너무 많은 희생을 했어. 결국은 아마도 그 희생이 자네를 망가뜨렸을 거야. 자네가 스스로 멀리했던 모든 것, 결국엔 아마 이 모든 것들이 자네에게 복수를 한 걸 거야. 억압받는 예술가는 가장 위험한 인간이라, 배반과 고약한 환상, 그리고 파괴에 빠지기 쉽지. 자넨 어떻게 된 건가, 내 형제 같은 친구여.

11월 1일

자기인식—제 자신의 동기와 필요를 아는 것—은 언제나 같은 수준의 세계인식—즉 자연, 사회, 환경, 타인들에 대한 객관적인 인식—과 균형을 맞춰야 한다. 현명하다는 자질이란 바로 이런 균형이고 어느 한쪽의 지식수준과 반드시 관계가 있는 것은 아니다. 균형이 맞지 않을 경우 자기인식이 과하면 무정부주의자를 낳고, 세계인식이 과하면 관료주의자가 된다.

11월 2일

지난밤엔 너무 놀랐다. 존과 핸콕 부부가 와 있었는데, 갑자기 누가 문을 두드렸다. 문을 열었더니, 거기 미셸이 있었다. 런던에서 전시회가 열리고 있다는 건 알았지만 직접 참석하리라고는, 더군다나 이십 년이 지난 지금에 와서 나를 찾아오리라고는 꿈에도 생각지 못했다.

그는 내가 예전이랑 똑같다고 했다. 미셸은 너무나 변했다. 그를 바로 알아보긴 했지만, 그건 주변에 건물이 들어서서 주변풍경이 달라졌어도 그곳을 알아볼 수 있는 것과 같았다. 그는 성공한 인물이다. 이십 년 전엔 늘 뉴스에 모습을 비췄었다. 하지만 지금은 젊은 기자들과 인터뷰를 한다. 이젠 그가 뭘 하느냐가 아니라 무슨 말을 했느냐가 뉴스거리다. 그의 자연스런 특징들은 모두 세심하게, 그래서 부자연스럽게 보존되어 온 듯했다. 곱슬머리는 이제 회색 가발처럼 보인다. 한때 사람들로 하여금 머리를 흔들게 하고 격렬한 연애나 자살을 생각게 했던 과민한 에너지와 열정들은 이제 이를테면 발끝을 곤두세운 쾌활함이 되었다. 그는 이제 커다랗고 밝은 색 공 위에 서 있는 광대 같다. 너그러움만이 여전하다. 하지만 사랑스러운 친구다.

저녁 내내 나는 파리에서 살던 우리의 모습을 그려 보려 했지만, 그건 불가능했다. 오직 호감만이 그대로다. 그가 한턱 낸 푸짐한 저녁을 먹으며 나는 생 자크 거리에 앉아 있는 우리의 모습을 떠올려 보려 했다. 할 수 없었다. 여기 이렇게 스튜디오에 혼자 앉아 있으니 그렇게 하기가 한결 쉽다. 내가 잔에 대해 묻고 벌떼에 대한 기억을 상기시키자, 그는 옅은 푸른색 눈으로 향수 어린 미소를 지은 채 나를 바라보며 이렇게 말했다. "오, 젊은 혁명의 격정이여!" 이제 내가 그의 향수의 일부라는 걸 깨닫자 기분이 묘했다.

미셸은 조그맣고, 사진에서 봐서 쉽게 알아볼 수는 있지만 더 늙어 보인다. 움직임은 흡사 무슨 춤동작 같으며, 슬프고 매력적인 눈을 가졌고, 그런가 하면 긴 곱슬머리와 몸에 딱 맞춘 양복의 조화에서는 이례적인 성공이 도드라져 보였다. 그리고 어쩌면 그의 성공을 이례적인 것으로 만드는 가장 큰 요인은 그가 여전히 상냥하고 다정하다는 사실일 것이다.

야노스가 스튜디오의 문을 열자 미셸은 그를 덥석 안으며 프랑스어로 인사를 했다. 그러더니 뒤로 물러서서 야노스를 바라봤다.

"자넨 전혀 안 변했군. 조금도 안 변했어." 이번엔 영어로 말하면서 조금 이상하게 들리는 "이 친구야" 같은 구어표현을 덧붙였다. "하지만 나는 좀 쪘지, 안 그래?" 그리고는 마치 어린아이의 머리를 다독이듯이 자신의 배를 가볍게 톡톡 쳤다.

여전히 미심쩍어 하는 다이애나의 손에 입을 맞추고, 낯선 사람을 처음 만날 때면 늘 신병처럼 어정쩡한 차려 자세로 서 있는 핸콕과도 인사를 나눴다. 하지만 핸콕 부인은 상황에 맞게 잘 처신했고 그는 그녀의 손가락 위에서 시간을 끌었다. 그녀는 대단히 유능한 여자다. 파리의 디자이너를 붙여 준다면 파리의 화랑에서 열리는 연회에 미셸의 애인으로 참석해도 손색이 없을 것이다.

인사가 끝난 후 미셸은 스튜디오 한가운데에 서서 사방을 둘러봤다.

"훌륭하군, 훌륭해, 이 친구."

그는 〈대회〉를 응시하면서 완벽하다는 뜻으로 검지와 엄지를 맞붙여 보이고 허공에 입을 맞추고는 야노스의 팔을 붙들고 말했다.

"굉장해! 아름다워!"

저녁을 먹으며 그는 와인을 끝없이 주문했다. 와인 몇 잔이 들어가자 핸콕의 수줍음은 사라졌다.

"정말 파리에 사는 화가세요?" 핸콕이 물었다.

미셸은 평생을 거기서 살았다고 말했고, 핸콕은 질투 어린 감탄으로 고개를 저었다.

"비, 당신도 들었어?"

"그걸 낭만적이라고 생각하시나요?" 미셸이 물었다.

"물론이죠." 핸콕은 콧잔등에 얹힌 안경을 만지작거렸다. "예술과 와인과 사랑의 중심지잖아요. 안 그래요?"

미셸이 잔을 들었다. "와인의 중심지를 위해!"

이 건배에는 어딘가 비꼬는 투가 들어 있기는 했지만, 미셸이 즐거워한다는 건 누가 보기에도 분명했고, 나중에 핸콕이 푸줏간 주인이라는 걸 알게 되자 미셸의 즐거움은 한층 더해졌다. 그는 늘 푸줏간을 중심으로 한 발레를 구상해 보고 싶었다고 했다. 장을 보러 온 아가씨들이 돼지들과 춤을 추고, 줄무늬 앞치마를 입은 푸줏간 주인은 일종의 뚜쟁이 역할을 하는 거죠.

그러다 야노스 쪽으로 몸을 돌리고는 핸콕의 그림이 어떠냐고 귓엣말로 물었다. 원시적인가?

미셸과 핸콕 중에서 누가 더 순진한지를 가리기란 쉽지 않다. 하지만 다이애나마저도 결국은 미셸의 매력에 빠지고 말았다. 그는 그녀가 틀림없이 작가일 거라고 말했다. 작가의 얼굴을 갖고 계신걸요. 도서관에서 일을 해요. 자 그러면, 문학을 위해!

야노스는 전시회는 어떻게 되고 있냐고 물었다. 아주 성황이야. 첫날에 삼분의 일이 팔렸지. 야노스, 자네의 다음 전시는 언젠가? 야노스는 웃음을 터뜨렸다. 아마추어의 질문에 웃음을 터뜨리는 프로처럼.

"나는 전시를 안 하네." 그가 말했다.

"오, 그럴 필요가 없는 게로군. 자네의 컬렉터들이 스튜디오로 찾아오나?"

"여기 이 사람한테 물어 봐." 야노스가 말했다.

나는 런던의 미술계와 야노스의 처지를 설명해 줬다. 내가 말을 하는 동안에는 공감한다는 듯이 고개를 끄덕였지만, 말이 끝나자 강력하게 주장했다.

"말도 안 되지! 믿을 수 없군. 믿을 수가 없어." 그러고는 야노스를 향해 몸을 돌렸다. "자넨 파리에 남았어야 했어."

"예술의 중심지." 핸콕이 끼어들었다.

며칠 후 야노스와 나는 맬번 화랑에서 열리고 있는 미셸의 전시회를 찾았다. 그림은 색이 밝고 장식적이며 시적이었다. 주제는 나비, 물고기, 연인, 이종교배된 새, 환상적인 꽃들이었다. 적잖은 그림이 예전의 초현실주의적인 사악한 충격효과와 같은 것을 담고 있었지만, 대부분은 몽환적이고 형식적이며 서정적이었다. 솜씨가 상당했다. 하지만 가볍고, 그리고 대단히 세련되기는 했어도 변덕스러웠다. 커다란 캔버스 하나가 전시실 한 곳을 온통 차지하고 있었다. 〈꽃으로 만든 기계〉라는 제목이었는데, 꽃으로 된 일종의 물레방아 바퀴가 있고 그것을 돌리는 축은 여자였다. 바퀴 옆에서는 붉은 개 한 마리가 짖고 있다.

미셸이 전시실로 들어왔다. 모여든 군중을 눈으로 훑으며 바쁘게 걸어가는 유명인사처럼 자신의 그림들을 휙 둘러봤다. 그는 야노스를 포옹하고, 저번 날 밤에 얼마나 즐거웠는지 모른다고 말했다. 우리도 그랬다네.

"그리고 푸줏간을 하는 그 화가의 아내 말야, 무척 아름답더군." 미셸이 덧붙였다.

"무척." 야노스가 말했다.

우리는 벽에 걸린 그림들 쪽으로 시선을 돌렸다. 야노스는 아무 말도 하지 않았다. 나는 침묵을 메워 주는 진부한 질문을 던졌다. 모두 최근에 그린 작품들인가요? 그렇게 해서 우리는 아무 의견도 담기지 않은 얘기를 하기 시작했다. 그러나 결국 미셸은 야노스에게 대놓고 〈꽃으로 만든 기계〉를 어떻게 생각하는지 물었다. 외투 차림에 키가 크고 수척한 야노스는 단호한 시선으로 그림을 응시했다.

"이해하지 못하겠어." 야노스가 마침내 입을 열었다.

"나 자신도 완전히 이해하는 건 아니야." 미셸이 대답했다.

"그리고 그 제목, 그건 나중에 생각한 건가?"

"물론이지."

"그렇다면 이게 뭘 의미하길 원했던 거지?"

미셸은 야노스에게 다가가 그의 팔을 움켜쥐었다.

"세상에! 자넨 그대로야. 자네는 예전과 똑같군. 여전히 얀센파의 태도. 자넨 대단히 엄격한 사람일세, 야노스. 자넨 조금도 변하지 않았어." 그는 웃으면서 뭐라 해명할 거리를 찾으려는 듯이 자신의 그림으로 시선을 돌렸다. "내가 암시하려 했던 것은 이건 거 같아. 그걸 어떻게 말해야 할까? 무자비함이랄까? 낭만적인 사랑의 무자비함. 여자는 쇠꼬챙이에 묶인 듯이 돌아가고 —그걸 뭐라고 하지?— 고기를 요리할 때, 그리고 심문할 때도 쓰는 그 쇠 말이야. 그리고 꽃, 화관, 이것들은 여자의 주변을 돌면서 그녀를 아름답게 하지만 아무것도 변하는 건 없어."

"그리고 개는?"

"개는 동물이야. 저 작은 개는 꽃에 현혹되지 않지. 그건 그저 여자의 성(性)을 향해 짖을 뿐이야. 그리고 〈꽃으로 만든 기계〉라는 제목을 붙인 건 기계는 양심이 없기 때문이지. 기계, 그건 무자비해."

미셸은 야노스가 계속해서 아무 말도 없이 그림을 응시하는 걸 바라봤다. 마침내 야노스는 크고 불안정한 목소리로 말했다.

"며칠 전에 나는 어떤 정비공을 지켜 봤어. 아마 삼십 분 정도는 아무 말도 없이 그를 지켜 봤을 거야. 그 사람은 어떤 장치의 바퀴를 조립하고 있었어. 아주 참을성있게, 아주 부드럽게, 흔히 하는 말로 꽃을 사랑하는 원예사처럼 말이야. 고독한 작업이군요, 내가 그에게 말했지. 그는 그렇다면서 진짜 정비공들은 지루한 인간들인데, 왜냐하면 늘 자기 기계 속에 있기 때문이라는 거야. 부품가게에서 일하는 동료들은 그리 사교적이지 않죠, 그가 말했어. 운전기사나 철강 노동자 같지도 않아요. 그건 특별한 재능인가요? 내가 물었지. 재능이라고요! 그가 말했어. 그런 것도 같지만 내가 원하는 대로 작업을 하는 경우는 많지 않아요. 늘 고객의 주머니 사정을 고려해야 하고, 일도 아주 빨리 처리해야 하죠. 그는 수줍음이 많은 사람이었지만, 이젠 말이 술술 나오더군. 여기 보이는 모든 엔진, 이 모든 엔진, 가끔은 이것들이 죽을 만큼 무서워요, 그가 말했어. 젊은 친구들은 아직 잘 몰라요. 만약 알게 되면 시작도 하지 않을 거예요. 엔진이 돌아가는 소리를 듣고 있으면 각 부분이 움직이는 게 보여요. 모든 부분들을 볼 수 있어요. 그런데 심상찮은 소음을 들었다고 해 보세요. 베어링 하나가 낡았어요. 그러면 그 즉시 머릿속으로 뭐가 잘못됐는지 보여요. 그리고 나면 이 잘못된 게 한 부분에서 다른 부분으로, 여기에서 저기로, 추잡한 소문처럼 번지는 게 보이죠. 그리고 내가 원하는 대로 작업을 하지 못하면 죽을 만큼 무서워져요, 그가 말했어. 이 정비공은, 그의 말을 빌리자면 본능적으로 이천 파운드까지 판단을 할 수 있어. 그는 내가 이해하는 유일한 기계의 양심이야. 멋진 이천짜리 양심." 야노스는 천이라는 말을 전처럼 발음해서 처음에는 무슨 말을 하는지 알아듣지 못했다. 내 생각에 미셸은 끝내 몰랐을 게 분명하다. "그러니까 내가 묻고 싶은 건 어째서 기계가 무자비하다고 믿느냐는 거야. 내가 만난 정비공은 두렵다고 말했거든. 그러나 그건 기계 때문이 아니라 자신이 원하는 만큼 그 일을 잘하지 못할까 봐였어."

미셸은 웃었지만, 당혹스러워했다. 그러는 것도 당연했다. 마침내 그가 말했다.

"자넨 내가 자네가 만난 그 정비공의 시선으로 기계의 그림을 그렸기를 바란다는 건가?"

"천만에." 야노스는 한 손으로 관자놀이를 문지르고 문 쪽을 바라보며 대답했다. "천만에."

미셸은 딱히 할 말이 없기 때문에 또 웃었고, 우리는 모두 그 그림을 뒤로 한 채 걸어갔다.

나중에 미셸은 책을 한 권 들고 우리에게 와서는 이렇게 말했다. "여기에 자네 사진이 있어."

삼십년대에 찍은 그 사진 속엔 야노스, 미셸, 그리고 또 한 명의 남자가 파리의 스튜디오에 모여 있었다. 스튜디오의 느낌이 잘 사는 스냅 사진이었다. 담배꽁초와 벽에 압정으로 꽂은 드로잉들, 그리고 다급한 대화—거의 모의에 가까운—가 중단된 듯한 그런 분위기의 사진. 야노스는 목이 드러나는 셔츠를 입고, 지금보다 더 마르고 단호하지만 덜 엄격한 인상이다. 활짝 웃으며 한 손을 야노스의 어깨에 얹은 미셸의 모습이 맘씨 좋은 카페 주인처럼 보인다.

야노스가 페이지를 넘겼다. 『미셸 C의 자화상』이라는 제목의 책이었다. 뒤엔 최근 사진이 실려 있었다. 손자들과 함께 한 미셸, 연미복 차림으로 극장을 찾은 미셸, 장미 정원의 미셸.

야노스는 미소를 지으며 책을 돌려주었다.

"오래 전 일이군." 그가 말했다. "많은 일이 일어났지."

미셸은 불편해 보였다.

"그런데 자넨 이렇게 말했어. '자넨 예전의 얀시와 똑같군, 똑같아'라고!"

내 짐작으론 미셸이 그 화랑, 자신의 화랑을 설득해서 야노스에게 전시회를 열어 주겠다고 마음먹은 건 바로 그 순간이었던 것 같다.

11월 15일

우리가 어떻게 작업을 하는지를 제대로 아는 사람은 없다. 초기의 작업을 돌이켜 보면, 당시엔 거의 인식하지 못했던 다양한 아이디어들이 규칙적으로 반복된 것을 알 수 있다. 밤을 배경으로 한 이름 없는 두 머리가 이십 년 전의 라슬로와 나 자신이라고 생각할 수도 있다는 걸 지금 불현듯 깨달았다. 비슷한 건 아니지만, 그 사실을 깨닫자 나를 뒤흔들 정도로는 된다. 이십 년 전. 열 점은 더 작업할 수 있을 것이다. 운이 아주 좋다면 스물.

11월 17일

미셸은 내 삶이 비극적이라고 생각한다. 내게 확신을 심어 주려는 그의 모습을 보면 알 수 있다, 아마도 자기 스스로에게 확신을 주기 위해서겠지만. 다른 이들 중에도 그의 생각에 동의할 사람이 많을 것이다. 하지만 내 삶은 비극적이지 않고, 지금껏 그랬던 적도 없다. 내 작품이 그 증거다. 전체적인 이야기 때문에 그렇게 보일지도 모른다. 하지만 그건 이야기에 부득이한 일종의 비틀기이다. 중심에서 벗어난 평온무사한 순간들은 무시해야 한다, 지도가 수백만 송이의 꽃을 기록하지 않듯이. 사람이 회복하는 것은 이런 순간이다. 지금껏 살아남았고, 위기가 없다는 것을 통렬하게 인식하는 그 사실에서 누리는 기쁨. 뿐만 아니라, 나는 작업을 해 왔다. 미셸의 삶이 비극적이라고 역습하고픈 유혹을 느낀다. 하지만 그건 간접적으로 나를 위로하려는 행동에 불과할 것이다. 그건 사실이 아니다. 그는 행복한 사람이다. 우리는 그저 길이 다를 뿐이다. 그는 애초에 나만큼 불만스러운 사람으로 태어나지 않았다.

11월 26일

용접공의 캔버스를 시작했다. 모퉁이 정비소에서 일하는 그를 지켜본다. 장갑과 마스크에도 불구하고 그는 비너스의 젖꼭지를 매만지는 르네상스의 큐피드에 버금가는 섬세함을 지녀야 한다. 그러나 침착할 것. 침착할 것. 우리는 넓은 강이 평야를 가로질러 물길을 잡아가듯이 우리의 형태를 찾아야 한다. 내 마음 깊은 곳엔 어린 시절 겨울철 박람회에서 봤던 불 먹는 사내의 기억이 남아 있다. 필사적이고 허기져 보이는 남자, 물을 머금은 듯 뺨이 부풀어 오르다가 입에서 쏟아져 나오는 거대한 불꽃의 물결, 환하게 밝아 오는 한껏 커진 콧구멍과 반쯤 감은 눈과 모여든 사람들의 얼굴, 솜씨 없는 키아로스쿠로, 고야의 말기 작품에서 보여지는 듯한 미신의 그 명암 그림. 한 남자의 입을 중세의 지옥문으로 바꿔 놓는 끔찍한 미신 같은 불꽃과 지금 껏 인간이 사용한 것 중 가장 섬세한 방법으로 열을 사용하는 용접공의 불꽃의 차이, 그것이 내가 나의 고전주의를 가지고 분투하며 나아가는 전진, 그 차이이다. 어쩌면 그건 또한 어제의 헝가리와 오늘의 헝가리의 차이일지도 모른다. 내가 그곳에 있어야 하는 또 하나의 이유.

12월 3일

맬번 화랑에서 전화가 왔는데, 내 작품을 보러 와도 되겠냐고 한다. 미셸이 뒤에 있는 게 분명하다. 수포로 돌아갈 경우를 대비해서 다이애나에겐 말하지 않았다. 오늘밤 강물 위로 비치는 불빛은 최고다. 강물—네온사인 같은 청록색.

12월 7일

화랑의 방문을 기다리는 건 작업을 방해한다. 석탄광을 찾는 왕족처럼. 그 사람들한테 뭘 보여줄지 정할 수가 없다. 다이애나는 옛날 그림들 속을 헤집고 다니는 나를 수상적은 눈초리로 쳐다본다.

12월 12일

그들이 왔었다. 늙고 뚱뚱한 남자와 마르고 젊은 남자. 뚱뚱한 남자는 규방을 사열하는 내관처럼 보였고, 젊은 남자는 너무 피곤해서 어떤 식으로도 반응할 수 없는 듯한 기색이었다. 그는 몇 시간 전에 재미를 다 봤다. 두 사람을 의자에 나란히 앉힌 다음, 그들이 감상할 수 있도록 약 서른 점의 그림을 차례차례 이젤에 올렸다. 다행히 빛이 꽤 좋았다. 나는 지난 십 년 동안의 그림을 그들에게 보여줬다. 세상과 격리된 이 스튜디오에서 그린 삼천오백 일 동안의 그림들. 나는 위대한 혁신가가 아니다. 우리 세대엔 그런 사람이 아무도 없었다. 그러나 우리 중 최고의 고수들은 화풍을, 이제는 돌이켜 철회할 수 없는 세계관을 정착시켰다. 좀더 작은 건 없나요? 뚱뚱한 남자가 물었다. 나는 〈대회〉의 덮개를 벗기는 것으로 대답을 대신했다. 그들은 정말 소스라치게 놀랐다. 이건 화랑으로 들여 가는 게 불가능하겠는데요, 젊은 남자가 말했다. 그리고 나서 늙은 남자가 얘기를 시작했다. 내 작품이 더없이 흥미로우며, 이에 비하면 대부분의 영국 작품들은…. 여기서 그는 적당한 말을 찾아내지 못했다. 내일 다른 파트너와 함께 와도 되겠습니까? 내일은 제가 외출을 하는데요, 내가 말했다. 그럼 그 다음날은요? 그건 빛이 얼마나 좋으냐에 달렸습니다, 내가 말했다. 안개가 끼면 오셔 봐야 아무 소용이 없거든요. 제가 전화 드리죠. 젊은 남자는 노란색 양가죽 장갑을 놓고 갔다.

1956년

1월 22일
전시회를 열게 됐다. 오는 10월에 스물다섯 점.

여기서 독자들은 미셸이 대단히 설득력있게 주장을 펼친 모양이라고 생각할지 모른다. 미셸의 매력은 **실제로** 대단히 설득력이 있다. 하지만 그게 결정적인 요인이었는지는 의문이다. 비교적 무명에 가까운 예술가들에 관한 그림 거래는 언제나 도박이다. 가끔은 전시된 작품이 모두 팔리기도 한다. 그런가 하면 단 한 점도 판매되지 않는 때도 있다. 그 결과 제아무리 현실적인 사람이라도 일종의 미신, 어떤 성공의 마법이 결정에 영향을 미친다. 미셸은 대단히 성공적인 화가였다. 그러므로 그의 조언도 그랬을지 모른다. 또는 맬번 화랑의 관장들이 주판을 놔 봤다면, 설사 대실패로 끝난다 할지라도 미셸의 친구에게 전시를 열어 줌으로써 그를 즐겁게 해주는 것이 나쁘지 않겠다는 계산이 나왔을 수도 있다. 내가 주장하는 건 그 결정이 야노스의 그림 자체와는 아무 상관이 없었다는 것인데, 몇 달 전에 바로 그 화랑에서 그의 포트폴리오를 딱 잘라 거절했었다는 그 단순한 이유가 이 주장의 근거다. 그들에게 영향을 미쳤을지 모르는 또 다른 요인은 야노스 본인의 행동이다. 그는 어색하고 막무가내로 굴었다. 전시에 〈대회〉의 사진이 포함되어야 한다는 고집을 꺾지 않았다. 캔버스를 액자에 끼우지 않겠다는 고집도 부렸다. 그는 이례적으로 높은 값을 요구했다. 약력을 제공하는 것도 거부했다. 그리고 이 모든 것들—야노스가 안다면 기겁할 노릇이었겠지만—에 그들이 깊은 인상을 받았다는 데에는 의심의 여지가 없었다. "아닙니다, 부인. 제 생각엔 저희 쪽에서 작가분과 접촉해야 할 것 같습니다. 조금 **까다로운** 편이거든요, **이해하시죠?**"

다이애나는 오늘 저녁에 너무 기쁜 나머지 울음을 터뜨렸다. 나는 이 전시가 무슨 대단한 걸 약속하는 게 아니라는 주의를 주려고 애썼다.

이런 신중함을 지니긴 했지만 아무튼 야노스도 전시에 대한 기대감에 부풀었다. 그는 이 소식을 자축하는 파티를 열었는데, 지금에 와서 당시를 돌아보니 그와 다이애나가 모두 그렇게 근심 없이 태평스러웠던 때가 많지 않았던 것 같다. 그렇다고 어떤 특별한 행동을 했다는 건 아니고, 그냥 전반적인 분위기가 그랬다. 막스가 파티에 왔고 —모두 합해서 약 스무 명 정도가 모였다— 어떤 일로 말다툼도 없었다. 핸콕 부부는 그 소식을 당연하게 받아들였다. 그들은 최고의 예술가들은 죽기 전까지는 완전히 이해받지 못하며, 이건 그 과정의 시작에 불과하다고 확신했다. 조지와 준 트렌트 부부는 누그러지긴 했지만 여전히 격분했다. "때가 되기도 했죠." 조지가 말했다. "그 화랑에서 늘 걸어 놓는 허섭스레기들을 좀 보세요." 미술학교의 학생들도 많이 왔고, 어딘가 마법사 같은 인상을 풍기며 야노스가 스토브 위에 올려 놓은 커다란 놋사발에서 뮬드와인을 퍼 담아 주면 검정색 진 차림에 머리를 뒤로 질끈 묶은 여학생 둘이 돌아다니며 그걸 나눠줬다. 조지의 젊은 화가 친구 몇 명은 뒤로 돌려 놓은 캔버스들을 슬쩍슬쩍 들여다봤다. 〈대회〉의 운동선수들은 우리 위로 웅장하게 버티고 서 있었다. 그림 속의 붉은색과 검은색은 거기 모인 사람들 사이의 그 어떤 색보다 밝고 선명했다. 그건 주변에 사람들이 있어야 하는 그림이다. 다이애나가 레코드를 걸었고 우리는 춤을 추기 시작했다. 사람들의 몸이 덜 풀렸을 때 막스가 다양한 춤동작을 흉내내서 다들 한바탕 웃음을 터뜨렸다. 학생 둘은 장의자에 함께 누워 귓속말을 속삭였다. 다이애나는 스코틀랜드의 릴 춤을 췄다. 스튜디오에서 열 수 있는 아주 평범한 파티였지만, 행복했다. 의심할 나위 없이 행복했다.

2월 6일

에칭 포트폴리오를 넘겨 보다가 이것들도 전시에 포함시켜 봐야겠다고 결심했다. 오래 된 플레이트 중엔 열 장 정도는 프린트를 더 뽑아낼 수 있는 것들도 있다. 거의 하루 종일 프린트를 했다. 추운 날씨에 작업을 하기엔 에칭만한 게 없다.

2월 18일

간밤에 눈이 내렸다. 오늘은 색이 반사된 빛 속에서 다시 제 색깔을 찾았다. 안타깝게도 강의를 해야 했다.

2월 20일

하루 종일 〈용접공〉 작업을 했다.

스탈린은 개인숭배라는 비난을 받는다. 이제 그의 초상화들은 제거되고 있다. 형편없는 그림들이었다. 하지만 그 말은 마음에 들지 않는다. 어떤 사람이 위대하다는 이유로 공격받아야 할 이유는 없다. 진짜 문제는 평등의 의미이다. 혁명으로 하룻밤 사이에 경제적인 평등이 수립될 수 없는 데 대해서는 그럴듯한 경제적 이유들이 있다. 그러나 그 개념을 폐기할 필요는 없다. 그리고 그게 위선적일 필요도 없다. 자유의 이름에는 —심지어 최초의 자유인 굶어 죽지 않을 자유에도 — 관능이 깃들여 있다. 그 점에서는 들라크루아가 옳았다. 하지만 평등의 이름에는 똑같은 방식으로 도덕적 엄격함이 깃들여 있다, 레닌이 부츠의 선택에 이르기까지 모든 곳에서 표출했던 도덕적인 엄격함. 동지애, 우리가 그걸 지닐 때 그것은 들라크루아의 그리스 여신과 레닌의 소박하고 강하고 실용적인 부츠 사이의 차이점을 해소할 것이다. 하지만 그때까지는 평등이 얼마나 엄격한지를 기억해야 한다. 그것은 개인의 위엄을 부인하지는 않지만, 왕궁의 벽과 호사스러움과 허영은 거부한다. 그러나 나는 화가다. 나는 다른 방식으로 살아 볼 기회를 가져 본 적이 한번도 없다. 그리고 놀랍게도, 대부분의 예술가들은 검소한 취향을 갖는다…. 그건 중요하지 않을지도 모른다.

2월 23일

눈이 진창이 됐다. 오늘도 회색빛 오후를 〈용접공〉 작업으로 보냈다. 해마다 겨울이면 늘 바람과 서리가 적당한 밤이 며칠씩 있다. 아침에 일어났더니 나무마다, 가지마다, 풀잎마다 바람이 불어 가는 방향으로 면도날처럼 얇은 얼음이 덮여 있다. 가끔은 실낱 같은 가지에 이 얼음이 칠팔 센티미터 두께로 쌓일 때도 있다. 햇살이 비치면 흰서리가 내려앉은 얼음에 분홍빛이 감돌면서 흡사 꽃이 핀 것처럼 보인다. 하지만 가장 아름다운 건 역시 소나무다. 바코니(헝가리의 발라톤 호수 북쪽의 언덕— 역자) 숲의 나무들. 바람이 얼음을 휘몰아쳐서 그 무게를 이기지 못한 가지들이 온통 휘어지고, 가는 침엽에는 깃털 모양으로 얼음이 얼어 은빛 날개가 햇볕 속에서 비단처럼 반짝인다. 모든 가지들은 수정으로 만든 거대한 새의 활짝 펼친 날개가 된다. 이런 것들이 내 동화 속 풍경이었다.

3월 10일

오늘 학교에서 고가 이런 농담을 했다. 지드가 죽은 후에 그가 클로델에게 이런 전보를 보냈다는 것이다. 조심하시오! 지옥은 존재하지 않으니.

3월 19일

라슬로는 결백했다. **Laci te gyere idea.**

"라시, 이곳으로 오라"—페퇴피의 시 한 구절.

4월 1일

아무것도 쓸 게 없다. 그는 결혼을 **했었다**. 그의 부인을 보고 싶다. 입은 거짓말을 한다. 내 붓은 그렇지 않다. 사방에서 사람들이 얘기를 한다. 하지만 나는 할 말이 없다. 장미를 그리기 시작했다.

4월

부디 온화한 신이 있다면. 아침에 일어나서 처음 삼십 초 동안만은 나는 자유다.

4월
나와 함께 사는 다이애나라는 이름의 여자가 있다.

날짜 따위를 알 게 뭐람
장미가 완성됐다. 나는 라슬로의 복권(復權)을 위해 그걸 그렸다.

노동절
여름이면 말들이 푸스타(동부 유럽의 초원지대— 역자)에 눕고, 땅 한쪽에 누운 녀석들의 동산 같은 배 때문에 멀리서 보면 마치 시체처럼 보였지. 자넨 그 말들이 죽었다고 생각했어. 하지만 가까이 갔더니 녀석들은 긴 다리로 일어나 타박타박 멀어져 갔지. 그건 쉬운 고통의 유예였어. 자네, 내 한때의 동지는 땅 한쪽에 영원히 누워 있겠지.

5월 6일
난 뭘 믿었었지? 그리고 내가 뭘 믿지 않았지? 그 길을 되돌아갈 수 있을까?

5월 7일

대변	차변
이백 점의 그림	유기(遺棄)
약간의 예칭	불충(不忠)
아직 살아 있다는 것	의존

6월 11일
정물과 구름을 그렸다면 나는 한없이 계속했을지도 모른다.

6월 14일

결국 모든 망명자들처럼 나는 학구적인 인간이 됐다. 나의 스튜디오
는 나만의 미술관이 됐다.

7월 12일

스케치북 한 권을 사랑에 빠진 여자들의 드로잉으로 채웠다. 몇 주
동안 그것만 했다. 하품하는 카틴카, 몇 분이 지나면 그녀의 목 근육
은 노래라도 나오려는 듯 밧줄처럼 팽팽해진다. 블레즈,—그녀는 왜
늘 남자 이름으로 통했을까?— 글라디올러스 색 머리카락에 흰 살
갗. 짙은 바이올린 같은 엘자. 항상 내 가슴에 안겨 울고 손톱으로 내
등을 할퀴던 시몬. 돼지처럼 만족스럽게 잠을 잤던 내 돼지. 토끼처
럼 깡총거렸던 내 토끼. 영국 들판의 로지. 그렇게 나는 내 결백을 재
구성한다.

7월 24일

우리가 종종 진정한, 그리고 실질적인 자유의 가능성을 처음으로 발
견하는 것은 꿈 속에서다.

7월 27일

서구에 던지는 질문

사코와 반제티(둘 다 이탈리아에서 미국으로 건너간 이민자로 사코
는 구두수선을 하고 반제티는 생선 행상을 했다. 보스턴의 신발공장
에서 권총살인사건이 일어나자 권총을 소지하고 있었다는 이유만으
로 용의자로 체포되고, 재판의 불공정성을 규탄하는 시위에도 불구
하고 결국 사형당한다—역자)를 처형했던 자들은 한번이라도 희생
자들의 결백을 밝힌 적이 있었던가?

나 자신에게 던지는 질문

사코와 반제티의 동지들이 그들에게 죄가 있다고 믿은 적이 있던가?

8월 4일

뒤에 남겨진 것은 나다. 라슬로는 가 버렸고 그의 동지들은, 죄의 유무를 막론하고, 앞으로 전진했다. 일부는 자기의 죽음으로, 다른 이들은 심문과 자백으로, 그들은 일어났던 일들을 넘어서 가 버렸다. 그 일들은 다시 일어날 수 없다. 뒤에 남겨진 것은 나다, 그의 결백을 나 자신에게조차 선언한 적이 없는 나. 그가 나의 작품을 이해하지 않았을 것이기 때문에? 그가 내 작품을 이해하지 않았을 거라서? 그것 때문에?

8월 10일

나는 모든 고뇌를 항구로 몰고 가야 한다. 그때에만 나는 쓸모있을 수 있다.

9월 5일

이십 년 만에 처음으로 그림을 그리지 않았다. 오로지 눈만을 사용한다. 나는 서서 과일시장을 바라본다. 런던의 꽃 노점들은 내게 색이 어떤 것일 수 있는지를 일깨워 주는 유일한 존재다. 매일 몇 킬로미터씩 걷는다. 갑자기 런던은 또다시 낯선 도시가 됐다. 하지만 나는 그림을 그릴 수가 없고, 학생들에게 몇 마디 하는 것도 간신히 한다. 기다려야 한다. 어느 맑은 날 오후에 낯선 도시에서 기차를 타기까지 몇 시간이 남아 있다는 걸 알고는 예상치 못했던 그 시간을 그렇지 않았다면 결코 보지 않았을 곳들을 돌아다니는 데 쓰고 있는 사람처럼, 나는 매일같이 걸어서 돌아다닌다. 덜위치, 독스 섬, 햄프턴 코트, 이즐링턴, 바우 등엘 갔었다. 생소한 거리를 수백 곳이나 걸어다녔다.

가끔은 같은 아이를 두 번 본 것 같기도 하다. 이제 짧은 거리에 라슬로의 이름을 붙일 가능성도 있다. 런던이 사회주의 국가의 수도가 되더라도 거리의 이름은 단 하나도 변하지 않을 것이다. 거기에 영국의 이질성이 있다.

이날의 일기를 읽었을 때 나는 저 내용을 내가 1956년의 여름과 초가을 동안 일 주일에 한두 번씩 만났던 사람이 썼다는 사실을 좀처럼 믿을 수 없었다. 당시에 야노스가 작업을 많이 하지 않은 건 사실이다. 그런 낌새를 알아차리고 그의 전시에 대한 걱정을 어딘가에 적었던 기억이 난다. 지치고 탈진한 듯이 보였던 것도 사실이다. 그는 한번씩 그랬다. 조금 말이 없었던 것 역시 사실이다. 하지만 이런 모습 어디에서도 그가 이토록 날 선 고뇌에 시달린다는 건 짐작조차 할 수 없었다. 내 생각에 그런 자기통제는 미덕의 차원에서 발휘됐던 건 아니었다. 돌이켜 보니, 가까운 사람들 중 누구라도 자신이 직면한 위기를 이해할 수 있으리란 희망이 가당찮다고 생각했을 뿐이라는 게 확실해진다. 그리고 그 점에선 그가 옳았다고 생각한다.

9월 28일

우리는 모르는 게 많다. 그걸 받아들일 것. 미지의 두려움은 지옥불의 이름으로 인간에게 학정을 가하는 데 수없이 악용되었다. 이데올로기적인 무기로서 지옥은 천국보다 언제나 더 효과적이었다. 그것은 이단자들이 장악한 천국이었다. 미지와 사랑에 빠질 필요는 없다. 거기엔 온갖 종류의 미신과 꿈의 공장에서 만들어낸 온갖 산물이 놓여 있다. 하지만 경멸할 필요도 없다. 그런 태도엔 주야로 경비원을 밖에 세워 놓는 문처럼 인간들 사이에 개입하는 관료주의가 있다. 미지에 대한 존중. 그 다음엔 필연적으로 양심에 대한 존중. 미지와 마주했을 때 기댈 수 있는 것은 양심뿐이다. 정신은 지식을 필요로 한다. 가슴은 관심을 필요로 한다. 나는 내 양심을 찾기 시작한다. 나는 그것을 시험해 봐야 한다.

10월 2일

일 주일이면 전시회가 열린다. 결백의 항의.

특별초대전 오후에 일어났던 일이다. 우리는 세시경에 스튜디오를 나섰
다. 야노스는 가장 좋은 양복에 흰 셔츠를 입었다. 언제나처럼 그런 말쑥한
옷차림은 그의 얼굴이 얼마나 껍질을 벗기지 않은 감자 같은지를 도드라
지게 했다. 말쑥한 옷차림은 완벽하게 삶은 감자를 요구한다. 흰 소매 역시
화가의 손에 물들어버린 물감을 강조하지 않을 재간이 없었다.

다이애나는 깃털이 꽂힌 모자를 썼는데, 그 깃털은 얼굴 한쪽을 감싸고 거
의 턱을 간지를 정도로 휘어졌다. 하지만 인정할 건 인정해야 한다. 그녀는
눈부셨다. 긴장된 마음은 어쩌다 한 번씩만 드러났는데, 그럴 때면 그저 손
에 쥐고 있던 장갑을 뒤집을 뿐이었다. 그것만 제외하면, 그녀는 결혼식의
신부나 장례식의 미망인이 분위기에 휩쓸려서 갖게 되는 그런 종류의 위
엄을 스스로 연출해냈다. 그녀를 보면 ─또는 그녀를 보고 나서 누구인지
를 알게 되면─ 감동받지 않을 수가 없었다. 이 순간까지 그녀는 오로지 야
노스를 위해 희생만 했고, 이날이 정의가 실현되는 반환점, 보상의 출발점
임을 확신했다.

그녀는 택시에서 내려 화랑으로 들어갔는데, 그곳이 자기 소유라는 듯한
태도는 아니지만(다이애나는 어떤 식으로든 현란한 과시는 할 수 없는 사
람이었다) 다들 이제나저제나 자신을 기다리고 있다는 걸 확신하는 듯한
태도였다. 그녀는 준비사항을 점검하러 화랑에 몇 번 와 본 적이 있다. 야
노스는 늘 늑장을 부렸고, 다이애나는 사교적이거나 행정적인 사안에 있
어서는 야노스의 의견을 최대한 묵살하기로 첫번째 파트너와 합의를 봤
다. 그래서인지 어딘가 약간은 유고전 같은 분위기가 나고 다이애나는 화
가의 미망인 같았다.

뒤에 남아 택시비를 치르는 멀쩡히 살아 있는 야노스는 침울하고 말이 없
었다. 하지만 초대전을 앞둔 화가들은 대개 그렇다.

안으로 들어갔더니 젊은 파트너가 우리에게 다가왔다.(그는 세번째 파트너의 아들이다) 야노스의 그림들이 걸린 첫번째 전시실로 우리를 안내했다. 나는 전에도 봤지만 야노스는 처음이었다. 그는 마치 도난당한 그림은 없는지 살피려는 듯이 미심쩍은 눈초리로 벽을 빠르게 둘러봤다. 도난당한 건 없었다.

"아주 좋아요. 그렇죠?" 젊은 남자가 말했다.

야노스는 아무 말도 하지 않은 채 〈파도〉에 다가가서 혹시 긁히지나 않았는지 살펴봤다.

"아름답게 배치를 하셨네요." 다이애나가 말했다.

맬번 화랑은 항상 전시회 두 개를 동시에 연다. 야노스와 함께 전시를 하게 된 사람은 H 아무개였는데, 영국에서 손꼽히는 추상화가 중 한 명이었다. 두번째 전시실의 입구를 통해 그림 앞에서 사진촬영을 하는 H의 모습이 보였다. 입에 파이프를 물고 맨살을 드러낸 채 팔짱을 낀 자세로 선 걸 보니 사진작가가 그에게 외투를 벗고 소매를 걷으라고 한 게 분명했다. 전원의 농장경영인을 겨냥해서 서재 촬영을 하는 듯한 분위기였다. 다이애나는 당장 야노스를 보며 어떤 식으로 사진을 찍을지 궁리하기 시작했다. 그는 여전히 커다랗고 짙은 색의 낡은 군복 같은 외투에다 자신이 갖고 있는 베레모 중에서 제일 좋은 걸 쓰고 있었다. 하지만 그녀의 계획이 당분간은 무위로 돌아가게 됐는데, 야노스가 여기 몰려 있어 봐야 아무 소용도 없으니 나가서 커피나 마시자고 주장했기 때문이었다. 그녀는 그와 언쟁을 하지 않았다. 오늘은 그의 기분을 맞춰 줄 작정이었다.

얼마 후 H가 같은 찻집으로 들어오더니, 우리를 보고는 가까이 다가왔다. 야노스와 비슷한 연배로, 근심걱정 없는 사과 같은 얼굴에 갈색 눈썹이 덥수룩했다. 아주 옅은 회색 양복과 흰 줄무늬가 들어간 청색 셔츠, 그리고 오렌지빛 넥타이를 맸다.

"제 소개를 드려도 될까요? 저는 H — 입니다. 당신은 라빈 씨죠?"

그는 의자 하나를 끌어다 우리와 합석을 했다.

"날은 좋네요." 그가 말했다.

야노스가 그를 쳐다봤다.

"날씨가 크게 좌우한다고 생각하세요?" 다이애나가 물었다.

"솔직히 말씀드리면 아무것도 몰라요. 제가 아는 것이라곤 초대전이 싫다는 것뿐이에요. 그게 제 전시회일 때는요. 하지만 얼마 전에 전시회를 했던 미국에선 더 심하던데요. 거기선 진짜 몸을 눌러댈 듯이 달려들어요. 분홍색 코끼리처럼요. 게다가 기자들이라니! 그 사람들은 늘 질문을 던져대요. 'H씨, 말씀 좀 해주시죠.' (그는 미국 억양을 흉내냈다) '추상미술이 미래의 유일무이한 풍조가 되리라고 보시나요?' 그걸 제가 어찌 안답니까!"

그는 당시를 회상하며 어깨를 들썩였다. 눈은 옅은 푸른색이고, 끊임없이 즐거운 표정이었다. 그 이론에 부합되는 수준보다야 훨씬 열심히 작업을 해야 하지만, 그는 예술이 본질적으로 놀이라고 믿는다. 커피가 나오자 뒷주머니에서 브랜디가 들어 있는 휴대용 돈피 크롬 술병을 꺼냈다.

"조금씩 타 드리죠." 아까 흉내내던 미국 억양이 흔적처럼 남아 있는 목소리로 말했다.

"감사합니다." 야노스가 말했다.

"해마다 겨울이면 저희 아버지께선 아침녘에 커피에다 코냑을 타 드시곤 했죠." 다이애나가 말했다. "다른 사람이 그렇게 마시는 건 한동안 보지 못했는데."

"미국에서 파이닝거(입체파에서 '시각적 요소의 평면에의 전이'를 발견한 미국의 화가—역자)를 만난 적이 있나요?" 야노스가 물었다.

"안타깝게도 없습니다. 그는 확실히 정말, 정말 멋진 작품들을 만들었죠." 야노스는 다시 커피를 마시는 데에만 몰두했다.

"그래서 브랜디가 어린 시절의 추억을 불러일으켰군요, 라빈 부인?"

이런 식의 대화가 몇 분 동안 이어지다, 갑자기 H가 밖에서 나는 신문팔이의 외침을 들었다. 그는 시계를 보더니 "금방 돌아올게요"라고 소리치고는 급히 밖으로 나갔다. 다시 돌아온 그의 얼굴엔 미소가 가득했다. 심지어 그의 눈썹에도 미소가 어린 듯했다.

"이백삼십번 말이 이겼어요. 승률 십육 대 일로. 뭐, 이 정도면 확실히 과감한 도박이었죠. 하지만 하루를 시작하기엔 좋은 출발이죠?"

다이애나는 그와 함께 웃었다. 그리고 우리는 화랑으로 돌아갔다.

사람들이 도착하고 있었다. 안으로 들어서기 무섭게 세번째 파트너가 한 손으로는 야노스의 팔을, 그리고 다른 손으로는 다이애나를 움켜잡았다. 그는 피부가 흰 편이고 머리숱은 빠지고 있으며 작은 눈에, 얇고 안으로 말린 입은 연신 파이프 담배를 피운다는 짐작을 하게 만들었다. 비록 파이프를 물고 있는 모습은 한번도 본 적이 없지만.

"제 아들이 말씀드렸는지 모르겠지만, 홀란드 유물관의 구매 담당자가 몇 차례 들렀는데 〈파도〉에 관심이 지대합니다. 방금 그걸 예약해 달라는 부탁이 들어왔어요. 몬트리올 쪽이라던데요." 그는 두 사람을 향해 차례로 미소를 짓고는 입술을 안으로 빨았다. 그런 다음 야노스의 팔은 놓았지만 계속해서 다이애나를 붙들고 사람들 사이를 지나갔다. 야노스는 나를 보며 한쪽 눈썹을 치켜올렸다. 그 일이 있은 후엔 그의 모습을 보지 못했고, 여기에 묘사할 수 있는 건 내가 직접 본 것뿐이다.

나는 사람들이 많아서 놀랐다. 일단 야노스의 전시를 열기로 결정한 화랑 측에서 '무명이지만 매우 흥미로운 헝가리 화가'에 대해 관심과 호평을 끌어내기 위해 최선을 다한 게 틀림없었다. H와 동시에 전시회를 연 것도 제법 큰 이점이 됐다. H는 자연스레 많은 사람들을 확보했고, 그러면서도 그림은 대개 엇비슷했기 때문에 전시실을 꽉 채운 사람들의 열정이 아무리 순수하다고 해도 조금 지루해지는 건 어쩔 수 없었다. 그 결과 그를 찾아온 손님 중의 많은 수가 야노스의 전시실로 흘러왔던 것 같다.

이름을 거명할 수는 없지만 내가 아는 얼굴들도 많았다. 내로라하는 예술계 행사에서 으레 보게 되는 사람들이었다. 이 익숙한 모르는 사람들 틈에서 불쑥 마르쿠스 아우렐리우스가 나타났다. 그는 야릇한 눈초리로 나를 보더니 두툼한 손을 옆에 있는 여자의 목덜미에 얹었다.

"제니를 아시는지 모르겠군요." 그가 말했다.

지금 막 침대에서 끌려나와 다시 그와 함께 침대로 되돌아가고픈 마음뿐인 듯한 제니는 느리고 졸린 목소리로 말했다.

"당신은 이 사람을 정말로 존경하시죠?"

"네, 그렇습니다."

"당신과 같은 마음이면 얼마나 좋을까요." 그녀는 이 말을 어찌나 다정하

게 하던지 처음에는 마커스에게 속마음을 속삭이는 줄 알았다. "저도 당신
과 같은 마음이면 좋겠어요. 그런데 제 눈에는 그게 보이질 않네요."

"당신은요?" 나는 마커스에게 고갯짓을 했다.

"전 제니가 왜 이걸 좋아하지 않는지 충분히 이해합니다. 이건 대단히 비
여성적이거든요. 거의 전적으로 지각에 호소하죠. 감각에 호소하는 바가
전혀 없이." 그는 '감각'이라는 말을 하면서 그림에 결여된 것들을 모두
보여주겠다는 듯이 한 손을 의미심장하게 펼쳐 보였다. 손톱을 물어뜯은
자국이 흉했다. "그러면서도 나름대로 인상적이라는 건 인정합니다." 그
가 말을 이었다. "제 소견으론 퓌비 드 샤반과 다소 같은 방식으로요."

그는 손을 제니의 어깨에 얹은 채 두 사람의 시선이 자신에게 못박혀 있음
을 의식하는 데서 나오는 즐거움에 젖어 말을 이었다. "앵그르가 제자들을
데리고 루브르 견학을 갔던 얘기 아세요? 들라크루아 앞을 지날 때면 이렇
게 말하곤 했답니다. '제군들, 모자를 벗어 예를 표하되 높이 평가하진 말
게.'"

"제가 이 작품을 보며 느끼는 것도 대체로 그렇습니다. 그러니까 고전주
의, 자제, 푸생적인 조화로의 회기. 찬사를 보낼 수밖에 없어요. 하지만 그
점도 직시해야 합니다. 끔찍하게, 엄청나게 지루하다는 걸요."

"쉿!" 제니가 입술을 내밀어 주름을 잡으며 말했다. "그가 들을지도 모르
잖아, 자기."

나는 주변을 둘러봤다. 야노스는 보이지 않았다. 친구와 얘기하는 다이애
나의 모습만 얼핏 스치듯 볼 수 있었다. 한 쌍의 검은 옷과 한 쌍의 흰 장갑
이 함께 건드리기 놀이를 하는 모습.

마커스도 주변을 돌아보더니 자기 여자에게로 몸을 기울였다. "일 분도 안
걸릴 거야, 우리 이쁜이. 몇 마디 나눠야 될 사람이 저기 있어서."

H의 전시실 입구에는 영국에서 첫손 꼽히는 공공미술관의 큐레이터가 서
있었다. 마커스는 N 아무개와 얘기를 하고 있는 그에게 다가갔다.

제니는 야심을 쫓는 제 애인이 알아서 하게 내버려두고 나는 슬슬 걸음을
옮겼다. 가끔씩 큐레이터의 재담 따위에 마커스가 떠들썩하게 웃는 소리
가 들렸다. 하지만 대부분의 경우엔 말하는 사람이 바로 옆에 있지 않는 한

목소리를 구분해내는 건 불가능했다. 전시실은 웅웅거리는 엔진 소음 같은 칵테일 파티 스타일의 대화로 가득했고, 실제로도 셰리주를 나눠 주는 웨이터들이 사람들 틈바구니를 비집고 지나다니는 형편이었다. 커다란 그림들을 제대로 감상하는 건 불가능했다. 의식적으로 그림에 집중하는 몇 안 되는 손님들도 난간 앞까지 밀려 나간 경마장 제일 앞줄의 사람들처럼 바로 앞에서 그림을 봐야 했다. 한 남자가 시가에 불을 붙였고, 청록색 모자를 쓴 그 옆의 여자는 수첩에 주소를 받아적었다. 두 사람 사이로 〈헤엄치는 사람〉의 단순화한 두상이 보였다.

막연히 야노스를 찾아다니다가 다이애나와 마주쳤다. 그녀가 제정신이 아니었다고 말하는 건 잘못된 인상을 줄 우려가 있다. 제정신이 아니긴 했지만 그러면서도 자신을 완벽하게 통제했다. 이제 더 이상 신부처럼 점잔을 빼지 않았고, 차라리 자신의 약혼 무도회에서 끊임없는 흥분에 가슴은 두근거리지만 거기 모인 사람들이 전부 자신을 지켜 보고 있다는 걸 알아차린 19세기의 소녀에 더 가까웠다.

"존." 그녀가 외쳤다. "여기요!" 그리고는 주최자의 완벽한 자신감 때문인지 그다지 힘들이지 않고 사람들 사이를 뚫고 나온 그녀는 나를 〈용접공〉 캔버스 앞으로 데려갔다. 액자 대신 그림 주변을 두른 가느다란 나무 조각에 붉은색 별이 하나 붙어 있었다.

"우리 형부가 방금 이걸 샀어요." 그녀가 속삭였다.

나는 미소와 함께 적당한 말을 덧붙이며 그녀를 쳐다봤다. 다이애나는 가족한테 팔렸다는 걸 야노스가 의심할지 모른다는 생각을 했을까? 아마도. 결혼식과 신혼여행과 결혼생활이 기다리고 있다. 이건 시작에 불과하다.

화랑 정문에서 소동이 벌어졌다.

"그래요, 초대장을 잃어버리긴 했어요. 그래도 초대를 받았다고요. 분명히 말하는데, 초대받았어요. 가서 화가들한테 물어 봐요. 고마워요. 고마워요."

수위는 불미스러운 상황을 피하기 위해 남자—입성이 너저분한 마흔다섯 살가량의 남자—를 들여보냈다. 그는 과히 취한 것 같지 않았고 무단으로 입장한 사람이 아닌 것도 분명했는데, 무슨 일인지 살펴보던 몇몇 사람들이 그에게 손을 흔들었기 때문이다.

그는 배에 승선하려는 승객처럼 행복하게 첫번째 전시실로 향했다. 얼굴은 붉게 달아오른 데다 땀구멍으로 꺼칠한 피부결 때문에 아직 완전히 익지 않은 딸기처럼 보였다. 그래도 만면에 가득한 행복하고 넉넉한 표정 덕분에 꽤나 매력적인 얼굴이었다. 해리는 언론과 문학계에서는 잘 알려진 인물이다. 야노스는 전쟁 중에 그를 알게 됐고, 사실 야노스의 첫번째 드로잉 책이 출간된 것도 그를 통해서였다. 그는 삼십년대에 스페인에서 싸웠고, 중동을 소재로 한 훌륭한 소설도 한 편 썼다. 지금은 돈이 생기면 보헤미안 술집을 전전하는데, 대개는 형편이 퍽퍽하다. 그는 두 가지를 격렬하게 싫어한다. 계급제도와 공산당의 예술 관련 규정들. 그도 그럴 것이 자신을 망가뜨린 게 그 두 가지이기 때문이다.

"야노스는 어딨어?" 그가 큰 소리로 물었다.

다이애나는 어떻게 해야 할지를 판단하는 잠시 동안 불쾌한 기색을 드러냈다. 그러고는 그에게 다가갔다.

"해리, 와 주셔서 너무 기뻐요. 야노스는 저기 있어요."

그녀는 사람들 속으로 그를 밀어대면서 나를 향해 고개를 돌렸다. "가서 이 사람 좀 찾아봐요." 그녀가 말했다. "사라져 버렸어요."

나는 전시실을 돌아다녔다. 아직도 혼자 남겨진 상태인 제니는 이제 자기처럼 청바지 차림에 상고머리를 한 젊은 남자에게 말을 걸고 있었다. "그림은 느껴져야 해요." 그녀는 이렇게 말했다. "과일이나 말이나…" 그녀는 다음에 거론할 예를 강조하기 위해 잠시 뜸을 들였다. "몸처럼 만지고 싶어져야 하죠."

나는 앞으로 밀고 나갔지만, 어떤 국립예술단체의 관장이 나를 불러 세웠다. 뒤에서는 여자 두 명이 얘기를 하고 있었다.

"반지가 너무 예뻐요."

"로마 시대 거예요."

"그럴 줄 알았어. 분명히 기원전 거겠죠?"

국립예술단체의 관장은 코에 걸린 안경과 입에 가져다 댄 셰리 잔을 통해 나를 빤히 쳐다봤다.

"어째서 우리가 이 사람의 작품을 지금껏 한번도 못 봤을까요?" 그가 물었다.

"전엔 한번도 발표한 적이 없거든요."

그는 셰리 잔에 남은 술을 마저 비웠다.

"이 작품들을 어떻게 생각하시나요?" 내가 물었다.

"어떤 건 그렇고, 어떤 건 아니고."

"그렇군요."

"어떤 건 너무 차가워요."

"누드화 말씀이신가요?"

"아니오, 누드화는 마음에 들어요."

"그 밖에는 어떤 게 마음에 드시나요?"

"저기 저거요. 저걸 뭐라고 제목을 붙였더라?" 그는 이중초점 렌즈로 도록을 살폈다. "맞아, 〈파도〉. 대단히 주목할 만한 성취라고 생각합니다. 아마도 모네가 했던 것—물론 후기 모네죠—을 시도한 것 같지만, 정반대의 방향에서 시작했어요. 제 말을 이해하신다면 말이죠! 물론 영향을 받은 곳이야 얼마든지 길게 열거할 수 있죠. 그렇지 않아요? 비용 약간, 레제도 약간, 어쩌면 드 라 프레네도 약간?" 그가 하는 말은 거의 모든 문장에 의문부호가 찍혔다. 그는 다시 한번 도록을 들여다봤다. 이 남자가 도록에 표시하는 동그라미나 가위 표시는 상당한 무게를 지닌다. 공공예술단체에 팔리는 그림과 팔리지 않는 그림 사이의 차이가 거기서 결정되는 경우도 빈번하다.

"지루하다고 생각한 것들도 꽤 있거든요." 그는 유치한 표현에조차 공식적인 위엄을 불어넣었다.

"지루하다니, 무슨 뜻이죠?"

그는 미소를 지었다. 신중한 미소. 그는 언쟁에 얽히는 걸 좋아하지 않는 사람인데, 언제 입장을 바꿔야 할지 모르기 때문이다. 단순히 의견을 개진하는 것과는 다른데, 이건 언제든지 심지어 혼자서도, 관대하게, '순전히 개인적인 의견' 이었다며 없었던 걸로 할 수 있기 때문이다. "수사학적이라는 거죠." 그가 말을 바꿨다. "어쩌면 조금 부풀려진?"

어린 소녀가 그에게 다가왔다.

"제 딸 제니퍼를 보신 적이 있던가요?"

"아빠, 셰리주 좀 마셔도 돼요?" 그는 그런 경우가 있는지를 보려고 주위를 돌아봤다.

"안 될 이유가 없을 것 같은데." 그가 말했다.

"여기 그림들은 너무 훌륭한 것 같아요." 제니퍼는 열일곱 살짜리가 스스로 발견한 것에 대해 가질 수 있는 확신을 가득 담아 말했다. "아빠는 안 그래요? 늙은 헨리 H보다 훨씬, 훨씬 더 짜릿했어요. 아무리 그분과 가족끼리 아는 사이라도 말이에요. 이 그림들은 아름다워요, 특히 거대한 인물들이 조각상처럼 보이는 그림들은요. 너무 멋져요."

아이의 아버지는 입가에 조심스런 미소를 머금고 나를 쳐다봤다. "그러니까 나는 이 그림들을 수사학적이라고 생각해요. 내 딸은 멋지다고 생각하고. 어쩌면 이건 그저 세대의 문제일까요? 우리가 맞서게 된 어떤?"

그는 어깨를 들썩였고 그 질문은 허공에 띄워 놓은 채 큰 키에 구부정한 자세로 빈 잔을 새 잔으로 바꾸기 위해 웨이터에게 다가갔다.

"아빠는 그렇게 구식은 아니에요." 딸이 하는 얘기가 들렸다.

나는 야노스를 찾아 좀더 돌아다녔다. 전시실엔 없는 게 확실했다. 아마 H의 전시실에 있는지도 몰랐다. 뒤에서 들려 온 〈헤엄치는 사람〉을 논하는 두 목소리 때문에 나는 잠시 걸음을 멈췄다.

"이걸 보니 뭐가 떠오르는 줄 알아?" 여자 목소리가 물었다. "수족관에 있는 그 거북이들."

남자 목소리가 대답했다. "그나저나 이걸 물어 보려 했었어. 어떤 친구가 오늘 거북이를 좀 나눠 줬거든. 오 파운드. 수프 끓여먹게 좀 줄까?"

"훌륭해, 휴고. 냠냠."

H의 전시실 사정도 야노스 쪽과 같았고, 붐비는 것도 마찬가지였다. 유일한 차이점은 관심의 한복판에서 H의 모습을 볼 수 있다는 것이었다. 사람들은 일상의 얘기를 나누는 대신 그의 주변을 두 겹으로 에워싸고 있었다. 키가 작기 때문에 얼굴은 볼 수 없었다. 하지만 청색 셔츠를 배경으로 한 오렌지빛 넥타이가 언뜻언뜻 보였다. 마커스는 화랑의 큐레이터에게 H의

그림 한 점에 대해 장광설을 늘어놓고 있었다. 체구가 훨씬 작은 큐레이터는 마커스의 휘감는 듯한 제스처와 화려한 손짓에 둘러싸여 갇히다시피했다. 큐레이터의 아내는 제니처럼 버림받은 처지가 되어 근처에 서 있었는데, 이유는 정반대지만 그녀의 남편도 친분을 유지해야 할 필요가 있었기 때문이다. 마커스가 언젠가는 그보다 더한 사기꾼을 막는 데 요긴한 도움을 줄지도 모르는 일이다.

여러 방향에서 목소리가 들려 왔다.

"레지스탕스에 대한 새 연극들 말이야. 내가 하고 싶은 말은, 이젠 레지스탕스에 저항하는 레지스탕스를 조직할 때가 됐다는 거야!"

"전적으로 동감이야. 요즘은 온통 증오, 증오, 증오라니깐. 그리고 너무 바보 같아. 어찌 됐든, 고통은 우리 모두가 다 받은 거 아니야?"

"그리고 그 다음엔 유쾌한 발명품이 있었어요. 매트 위에서 몸을 흔들어주면 동양풍의 작은 부채에서 바람이 솔솔 분다니까요. 그리고 각 방마다 다른 종류의 침대에 다른 스타일의 여자가 있었어요. 노동자들의 부엌에다 부서진 침대까지 있었다니까요. 그리고 얘길 들어 봤더니 상류층 자제들은 하나같이 그걸 골랐다네요. 그걸 금지시킨 건 정말 부끄러운 노릇이에요. 최소한 박물관으로 만들었어야지. 정말 독특하고, 또 옷장 위엔 너무너무 유쾌한 그림들이 걸려 있었거든요."

야노스의 흔적은 보이지 않았다.

나는 아래층으로 내려가서 화장실을 살폈다. 거기 지하실에서 듣는 두 전시실의 소음은 어딘가 기이했다. 발을 구르고 쿵쾅대는 소리는 웬만한 상상을 초월하는 수준이었다. 어떤 기계가 다소 불규칙적으로 돌아가는 듯하고, 상당히 꾸준한 목소리의 소음은 낮게 그르렁거리는 엔진 소리 같았다. 수백 점의 그림이 얹혀진 선반 사이를 걸어갔다. 스치며 보게 되는 한 구석의 약간만으로도 어떤 작품인지 알 수 있는 그림들도 적지 않았다. 위트릴로, 모딜리아니, 수틴.(다들 너무나 절망적인 삶을 산 나머지 수준이 조금 떨어지는 그림들은 모사하기가 쉽다) 화장실 문을 당겨 봤다. 잠겨 있었다. 다시 한번 손잡이를 돌려 봤다.

"자넨가, 야노스?" 해리의 굵은 목소리가 들려왔다. "기다리게, 자네에게 들려줄 재미난 얘기가 있어."

그렇다면 야노스는 거기 없다는 뜻이었다. 나는 다시 위층의 그 엔진실로 돌아갔다.

다이애나가 나를 봤다. 지금까지 나는 그녀를 신부와 약혼녀에 비유했었다. 이젠 거의 무아지경에 빠져 신성한 사당에서 병을 치료받는 신도 같았다. 나는 그녀를 응시했다. 모자는 여전히 완벽한 모양새를 유지하고 있었다. 전시실은 숨 막힐 듯 답답한 지경이었는데도 그녀의 화장은 완벽했다. 눈만이 열에 들떠 있었다. 그녀는 내 팔을 잡고 조용히 말했다.

"두 점을 더 팔았어요. 이 사람 좀 찾아봐요."

"누구한테요?"

"저기 저 남자요. 헝가리 보석상이래요. 그리고 어디 다른 데 있는 어떤 여자한테도 팔았어요. 이이는 어쩌면 커피 한 잔을 더 하러 나갔을지도 몰라요. 가서 좀 찾아 오세요."

"나가 볼게요."

야노스가 없어진 데 대해 그녀가 그만큼밖에 걱정하지 않거나 성가셔 할 뿐이라는 게 놀라웠다. 하지만 그녀는 아마도 그가 될 수 있으면 모습을 감출 거라고 예상했었을 것이다. 동반자 관계에 대한 그녀의 조건은 그 나름대로는 그리 비합리적이지 않았다. 그는 그림을 그리고, 그녀는 나머지를 알아서 처리할 것이다.

세번째 파트너와 그 아들이 입구에 서 있었다. 벽에 기댄 채 주머니 속의 동전을 만지작거리는 아들의 품에선 지루한 티가 역력했다. 아직도 꼬박한 시간이 더 남았다. 그의 아버지는 사업체를 일궜다. 맬번 화랑은 런던에서 가장 돈이 많은 곳 중의 하나이고, 그에겐 다른 업자들과 안목(예술의 개별적인 세 범주에 대한 안목—대중이 지금 무엇을 원하는가, 내후년에는 무엇을 원할 것인가, 그리고 이십 년 후에는 무엇에 열광할 것인가)을 겨루는 그 오래 된 흥분이 여전히 짜릿할 것이다.

"제럴드 뱅크스 경이 지금 막 도착했어요." 그가 바깥에 있는 차 한 대를 가리켰다.

"오늘 아침에 평론가들이 많이 왔나요?" 내가 물었다. 그의 시선은 차에 고정돼 있었다.

"꽤 많아요." 그는 고개를 돌리지 않은 채 말했다. "두고 봅시다. 신문이 나오면 알게 되겠죠."

차 문이 열리고 그가 다가와서 화랑 문을 열었다. 아들은 여전히 구두코만 내려다보고 있었다.

나는 급히 손을 흔들고는 빠져 나와 찻집으로 갔다. 사람들로 제법 가득했지만 야노스는 거기 없었다. 나는 카운터를 보는 젊은 여자에게 갔다.

"한 시간 반쯤 전에 우리 일행 넷이 여기서 커피 마셨던 거 기억해요?"

"그땐 제가 없었는데요."

"어 그러면 짙은 색의 긴 외투를 입고 베레모를 쓴 키 큰 남자가 여기 왔었나요?"

"붉은 수염 기르신 분이요?"

"아니오, 수염은 안 길렀어요. 약간 갸름한 듯한 얼굴에 눈초리가 올라가고 외국 억양이 있는 사람인데."

"그런 분들은 많아요."

"봤으면 기억할 텐데."

"글쎄요, 확실히 말씀 못 드리겠는데요."

아마도 여긴 오지 않은 모양이었다. 한숨이 나왔다. 그때 여자가 몸을 앞으로 숙였다.

"누구든 자기를 찾는 사람이 있으면 끝나기 전에 돌아가겠다고 전해 달랬어요."

"그것뿐이에요?"

"그게 다예요. 아주 매력적이시던데요. 꼭 책에 나오는 그런 스파이처럼 보였어요."

나는 화가 솟구쳤다. 화랑을 잠깐 빠져 나오는 것은 이해할 수 있지만 이런 식으로 음모를 하거나 메시지를 남기는 건 유치한 노릇이었다. 아마 나도 조금은 혼란스러웠던 모양이다. 너무나 야노스답지 않은 행동이었다. 다시 거리로 나온 나는 화랑의 반대쪽으로 걸어가면서 이제 뭘 어떻게 해야 할지를 정리해 보려 했다. 그럴수록 더 화가 났다. 뉴스 영화관 앞에서 방향을 바꿨다. 다시 돌아갈 생각이었다. 상영되고 있는 영화의 사진을 힐끗 쳐다봤다. 그리고 거기, 영화관에서 나오는 야노스가 있었다.

"대체 뭘 하고 있는 거야? 다들 자넬 찾고 있는데."

"안정을 좀 취한 거야."

"찻집 아가씨한테는 왜 메시지를 남겼어?"

"메시지? 무슨 메시지?"

그는 어리둥절한 표정이었다. 그 질문보다 내가 화를 내는 게 더 어리둥절하다는 눈치였다. 그는 내 어깨에 손을 얹었다.

"뭐가 문제야?" 그가 물었다. "자넨 이걸 지나치게 심각하게 받아들이고 있어. 우리가 심각해질 수 있는 건 어떤 일정한 상황에서뿐이야. 심각해지고 싶으면 그런 상황을 선택해야지."

얘기를 돌리는 재주가 있단 말이야, 나는 생각했다.

"찻집 아가씨한테 메시지를 남겼어, 안 남겼어?"

"자네한테 한번 물어 보지, 내가 그럴 사람인가? 당연히 안 남겼지."

우리는 잠자코 걸어갔다. 야노스는 코트를 풀어헤친 채 개가 걷듯이 긴 보폭으로 걸었다. 그건 앞을 살피지 않는 일종의 맹인 같은 걸음걸이기 때문에 다른 사람들이 길을 비켜 주는 경향이 있었다. 얼마 후, 말을 이었다.

"한 시간 동안 붙어 있었어. 삼십 분 동안 나와 있었고, 그리고 이젠 돌아가잖아. 뭐가 문제야?"

"그림이 석 점 팔렸네."

"잘 됐군. 정말 기뻐. 다이애나가 행복해 하겠군."

화랑 현관에 닿았을 때 야노스는 걸음을 멈추고 강렬한 시선으로 나를 빤히 쳐다봤다. 눈가엔 짙은 갈색 그림자가 어려 있었다. 감자는 평소보다도 더러워 보였다.

"자네가 알아 왔던 대로 사람을 판단해. 성급한 결론 내리지 말고. 이걸 알기까지 오랜 시간이 걸렸네."

"그래, 그래." 내가 말했다.

"그 큰 누드화가 팔리지 않는다면, 관심 있나?"

"있다마다."

230

그는 애정의 표현으로 내 뺨을 찰싹 때리고는 안으로 들어갔다. 이 말을 잊을 수 없는 이유는 얼마 후에 일어났다.

들어갔더니 야노스의 전시실은 조금 한산해 보였다. 그와 동시에, 알아볼 수 있는 사람은 더 많아졌다. 막스와 핸콕 부부가 와 있었다. 하지만 전시실이 조금 한산한 듯한 느낌은 제럴드 뱅크스 경의 존재로 인한 결과였을지도 모르는데, 뱅크스 주위가 휑했기 때문이다. 어떤 규칙이 엄수된 건 아니었다. 가끔씩 한두 사람이 그 공간으로 들어서기도 했다. 뱅크스 편에서 뭔가를 의도한 결과도 아니었던 것 같다. 그저 위압적인 체격과 자세에다 엄청난 부유함에서 발휘되는 독특한 특징인 어떤 태연함까지 고루 갖춘 사람이 전시실에 들어섰고, 아는 사람들과 한두 마디 나누는 것을 꺼리지는 않았지만 그림을 감상하고 싶어하는 모습이 역력했기 때문에 ─ 이런 기운이 어찌어찌 술을 마시고 이야기를 하고 작업을 하면서 자신을 숨기거나 과시하고 있던 사람들 속으로 파고들었기 때문에 ─ 태도가 전혀 다르기는 하지만 쟁반을 든 웨이터에게 그러듯이 그에게도 자연스럽게 길을 터 준 것이다. 그런 모습을 지켜 보고 있는 건 원로 파트너들이었다. 아마 아들은 결국 집에 간 모양이었다. 그들은 대단히 진지하게 지켜 봤고, 표범 가죽 옷을 입은 한 여자가 다가와서 첫번째 파트너에게 무슨 말인가를 속삭이자 다른 파트너는 더 집중을 하면서 결국 참지 못하고 앞으로 한 걸음 나와 사람들 사이에 계류탑처럼 서 있었다. 혹시라도 제럴드 경이 고개를 돌려 자신을 찾을 것에 대비해서.

다이애나는 주변에 모인 사람들과 계속 얘기를 했지만, 뱅크스 경이 벽을 따라 돌며 감상하는 모습을 의식하고 있는 게 분명했다. 그녀는 재빨리 뒤를 살짝 살폈다. 속으로는 분명히 아직까지도 자신이 제럴드 경에게 직접 다가갈 수 없게(적어도 그녀가 생각하기엔) 만든 사 년 전 야노스의 행동을 원망하고 있었을 게 분명했다.

첫번째 파트너는 표범가죽 여자의 용건을 들어 준 뒤 고개를 돌렸고, 그때 내 옆에 서 있는 야노스를 봤다. 그의 얼굴은 미소로 주름이 자글자글해졌다. 가까이 다가오면서 야노스에게 고개를 숙여 자기 말을 들으라고 손짓했다.

"넷." 그가 말했다. "큰 걸로 넉 점. 아주 흡족합니다. 가서 제럴드 뱅크스 경과 몇 마디 나누지 않으시겠어요?"

"그림을 감상하게 놔두는 편이 좋겠는데요." 야노스가 말했다. 그런 다음 이렇게 덧붙였다. "우리는 서로 아는 사이입니다."

파트너는 가슴에 닿을 듯이 턱을 끄덕였고, 여전히 미소 띤 얼굴로 숨을 들이마셨다. "물론입니다. 그럼요. 좋으실 대로 하세요, 라빈 씨."

그는 H쪽 전시실의 열기를 뜨겁게 유지하기 위해 그곳으로 건너갔다.

어떤 여자가 하는 말소리가 우리 두 사람의 귀에 들어왔다.

"헝가리 사람이라더군요. 그리고 제가 보기엔 아무래도 버르토크(나치즘의 압박을 피해 1940년 미국으로 망명한 헝가리의 작곡가―역자) 같은 느낌이 약간 드는데, 어떠세요?"

야노스는 유머감각이 넘치는 사람은 아니었다. 다른 사람의 농담엔 웃음을 터뜨리고 때로는 열띤 반응을 보이기도 했지만, 본인이 농담을 하는 경우는 거의 없었다. 그런데 여자의 말에 보였던 반응은 그가 의식적으로 웃기려 했던 몇 안 되는 상황 중 하나로 기억된다. 그는 나를 쿡 찌르고서 어떤 표정을 지어 보였을 뿐이다. 눈을 크게 뜨고 입을 쩍 벌리고, 지푸라기로 만든 듯한 머리를 옆으로 끄덕여서 짐짓 현명한 척하려는 백치 같은 표정이었다. 아마 내가 그걸 우습다고 생각했던 건 너무나 예상치 못했던 일이었기 때문일 텐데, 확실히 놀라웠고, 마치 간질 발작이 막 일어나는 걸 보면서 무슨 일인지 깨닫지 못할 때와 비슷했다. 십 초 동안 그의 얼굴은 꽤나 멍청했다. 그러다 흉내내기를 그만두고 담배를 피워 물었다.

한 남자가 다가왔다. 제럴드 뱅크스 경은 세번째 파트너를 따라 H의 전시실로 갔다. 그 남자가 말했다.

"제 이름은 버클리-타인입니다. 야노스 라빈 씨죠?" 야노스가 고개를 끄덕였다.

"아마 제 이름을 모르시겠지만, 『임팩트』라는 새 미술 월간지에서 일하고 있습니다. 작품에 대해 몇 가지 여쭤 보고 싶은데요. 얘기가 나온 김에 말씀드리면 일부는 상당히 마음에 듭니다. 그리고 나서 사진 몇 장을 찍도록 하겠습니다."

"저요, 아니면 그림이요?" 야노스가 물었다.

"그림이요."

"좋아요. 그 새 잡지는 어디서 자금을 대나요?"

"몇몇 미국 미술관이 뒷받침을 해줍니다. 하지만 물론 운영 면에서는 상당히 독립적입니다."

"그렇군요."

남자는 젊고 체구가 크고 비만의 소지가 약간 엿보였다. 태도는 공격적이었지만, 직선적이기도 했다. 탐미주의자들을 혐오하는 게 분명했다. 머리엔 기름을 발라 숨을 죽이고, 짙고 두꺼운 테의 안경을 썼다.

"미국의 미술관들을 모두 못마땅하게 여기시나요?" 그가 물었다.

"아니오."

"서로 동의하는 부분부터 시작하기로 하죠." 그가 말했다. "대체로 오늘날의 그림이나 조각들이 기본적으로 향수라는 기준에 따라 창작되고 평가된다는 데 동의하시죠. 그 구시대적인 기준." 그는 마지막 말에 자신이 할 수 있는 모든 경멸을 담아 얘기했다.

"무슨 말씀을 하시려는 건지 모르겠는데요." 야노스가 말했다.

"선생의 작품을 예로 들어 보죠. 선생은 현대의 도시에 관심이 있습니다. 현대의 이른바 대중사회의 인간에 관심이 있어요. 수제로 만든 기발한 것들에는, 제가 봤을 때 그다지 관심이 없어요. 비키니를 좋아하시고. 스쿠터를 좋아하시고. 아마도 제트기와 에스프레소 커피숍도 좋아하실 겁니다. 좋아요. 하지만 제가 묻건대, 얼마나 많은 예술가들이 이런 태도를 갖고 있죠?"

"현대적인 것들 중에 제가 좋아하지 않는 것도 많습니다."

"이를테면?"

"독점자본주의, 화염방사기, 수소폭탄, 황색언론."

"아! 하지만 그건 정치의 영역이죠. 우리가 주목하는 건 기법입니다. 하지만 선생의 작품으로 돌아가서, 선생은 현대적 삶의 현실들을 받아들입니다. 은연중에 향수를 거부해요. 또는, 어쩌면, 그게 선생의 의도예요. 사실상, 제 미력한 소견으로는, 이 현대의 현실을 백일몽으로 만들고 미래에 대

233

한 향수를 느끼는 거죠!"

"구약성경 속의 유대인들처럼."

"바로 그거죠." 남자는 그 말을 정말 진지하게 받았다. "선생의 스타일이 이걸 입증합니다. 이건 현대적 기법과는 전혀 상관이 없어요."

"그래요?"

"화구점에서 파는 페인트 총을 사용해 본 적이 있으신가요?"

"아니오."

"그건 완전히 새로운 종류의 이미지를 연상시킵니다."

"그래요?"

"이제 전자계산기가 사람의 머리로는 풀 수 없는 문제에 답을 해줄 수 있다는 걸 아셨나요?"

"아니오."

"더 나아가 우리는 여기서 나오는 대답에 따라 행동합니다. 그건 우리가 살고 있는 대중문명의 복잡함을 보여주는 단면이죠. 현대의 화가라면 그 복잡함에 직면하게 됩니다. 그리고 그렇게 할 수 있는 유일한 방법은 자신의 환경을 구성하는 모든 기법에 직관적으로 참여하는 것이죠!"

타인 씨는 몸짓을 취하지는 않았지만, 얘기를 하는 동안 둥근 얼굴은 점점 달아올라 붉어졌으며, 말은 갈수록 뚝뚝 끊어졌다. 뜨겁게 달궈진 빈 탄피가 튀어나오는 것처럼. 한 번인가 두 번은 손을 들어 가슴 주머니에 꽂혀 있는 줄자와 파이프를 만지작거리기도 했다.

"진정한 현대의 화가는 하나의 도구가 되었습니다. 측량을 위한 도구요. 물론 유클리드적인 의미에서는 아닙니다만. 그의 역할은 속도계의 바늘과 같습니다. 그는 우리네 대중-상품-문화의 일일 거래량의 속도를 기록합니다. 하지만 당연히 그 계량기엔 숫자판이 없죠. 화가는 인간의 스트레스와 발산, 균형의 다양한 정도를 기록하기 위한 자신만의 상징을 만들어냅니다. 주어진 환경에서 즐거움이 고통으로 변하는, 또는 물론 그 반대의 지점을 표시하는 비본질적인 요인을 나타내는 거죠."

누군가 야노스의 어깨에 손을 얹더니 굵은 목소리로 껄껄 웃었다.

"야노스, 이 친구야. 축하하네, 축하해. 축하…" 해리가 그를 찾아냈다.

야노스는 잠시 놀란 표정이더니 그를 알아보고는 팔을 잡았다. 그러는 동안에도 표정이 얼마나 혼란스러웠던지 잠깐 동안은 두 사람 다 서로의 팔을 잡고 함께 서 있는 술주정뱅이처럼 보였다.

타인 씨는 그대로 입을 다물 사람이 아니었다.

"저희는 인간적인 요인이 비본질적인 것 속에서 어디까지 표출되는지에 대해 논하고 있었습니다." 그가 말했다.

"이렇게 공교로울 데가 있나. 매번 이렇단 말이야, 태어날 때부터!" 해리는 딸꾹질 같은 높은 음으로 말을 맺었는데, 그 말은 밖으로 나온 뒤에도 계속 이어지다가 씩씩대는 음으로 잦아들고, 결국 뱃속으로 가라앉아 너털웃음으로 터져 나왔다. 눈가에 눈물이 약간 번졌다. 옷이 흔들렸다. 그리고 두 손은 속수무책으로 옆에 떨궈져 있었다. 전시실에 있던 사람들 몇 명이 어리둥절하고 못마땅한 표정으로 그를 돌아봤다. 세번째 파트너의 아들(집에 돌아간 게 아니었던 모양이다)이 이런 종류의 비상사태에 알맞게 대처해 줄 원로 파트너를 찾아 H의 전시실로 급히 넘어갔다. 웃음이 기침으로 바뀌고, 야노스는 한 손으로 해리의 등을 두드리고 다른 손으로는 팔꿈치를 잡아 그를 부축했다. 소음은 차츰 가라앉았다. 해리의 손이 배의 무게를 재배치하려는 듯이 그 위로 스르르 미끄러졌다. 그런 다음 야노스 쪽으로 몸을 기울이고는 이렇게 웅얼거렸다.

"정말 미안하지만 자리를 떠야겠어. 눈 깜짝할 사이에 돌아옴세…. 소변이 급해서."

그리고는 바람에 밀려 가는 사람처럼 계단으로 걸어갔다.

타인 씨는 여전히 차분하고도 끈질기게 기다리고 있었다. 야노스는 그를 향해 돌아섰는데, 그날 오후 들어 유일하게 화를 냈다. 어금니를 악물어서 머리 전체가 경련하듯 꿈틀거리는 게 눈에 보였다.

"쉽게 풀어 보면, 이런 말씀을 하시는 것 같군요. 자기의 연장들로 뭘 할 수 있는지는 자기가 안다."

타인 씨는 농담을 미소로 받으며 다음 말을 기다렸다. 야노스가 등을 돌리고 난 후에야 그는 인터뷰가 끝났다는 걸 깨달았다. 그림을 향해 슬슬 걸어가면서 그는 여봐란 듯한 참을성을 내비치며 그것들을 살펴봤는데, 개인적인 감정이 없고 『임팩트』의 편집자는 늘 객관적이라고 믿을 수 있다는 걸 최소한 나한테 입증하려는 듯했다. 전시실은 이제 한결 한산했다. 다시 그림을 감상할 수 있는 상태가 됐다. 실물 크기로 그려진 인물을 실제와 대비해서 보는 기이한 충격이 다시 한번 가능해졌다. 다이애나마저도 하루를 마감하고는 이제 구석의 의자에 앉아 여자친구와 얘기를 하고 있었다. 두 사람이 고개를 끄덕일 때면 어쩌다 모자가 서로 부딪히기도 했다.

야노스가 시계를 보더니 여전히 수줍어서 그에게 다가오지 못하고 있는 핸콕 부부에게 손을 흔들었고, 다 같이 나가서 한 잔 해야겠다는 뜻을 몸짓으로 전했다.

그런데 바로 그때, 두 명의 원로 파트너들이 제럴드 뱅크스 경의 양 옆을 호위하며 전시실로 들어왔다. 마주치지 않을 재간이 없었고, 제럴드 경에게 그럴 의사가 없다는 사실은 금세 확연해졌다. 그는 곧장 야노스에게로 걸어갔다. 두 명의 파트너가 그의 옆을 슬쩍 비켜나면서 일종의 V자 편대가 형성됐다. 다이애나와 가장 가까이 있던 세번째 파트너가 눈짓으로 그녀를 불렀다. 제럴드 경이 다가왔다. 야노스는 허리를 쭉 폈다.

둘 중에서 뱅크스가 더 묵직하고, 라빈이 더 호리호리하다.

뱅크스가 손을 내밀며 말했다.

"제가 소장한 현대 작품들을 보러 끝내 안 오셨죠. 하지만 이젠 반드시 오셔야 돼요. 당신의 그림들이 그 속에서 어떻게 보이는지를 보기 위해서라도요."

이런 기습적인 말로 그는 확실한 우위를 점했다.

"어떤 작품들과 같이 있게 되나요?" 야노스는 받아넘기는 수밖에 도리가 없었다.

"일반적으로요, 아니면 구체적으로요? 당신의 그림들을 어느 방에 걸지는 아직 정하지 않았어요. 하지만 일반적으론, 이번 세기의 역사를 만든 이들과 내가 좋아하는 한두 명의 괴짜." 그는 야노스에게 미소를 던졌고 말을 멈추고는 전시실을 둘러봤다. "저걸 사고 싶었는데." 그가 검은색 지팡이와 장갑을 같은 손에 쥐고 〈파도〉를 가리켰다. "홀란드 유물관에 선수를 빼앗겼더군요."

"어, 하지만 확정된 건 아니에요." 다이애나가 말했다. 썩 하고 싶은 말이 아니라서 반쯤 우물거렸지만 그날의 흥분이 결국 그녀를 무모하게 만든 까닭에 충분히 들릴 정도는 됐다. 제럴드 뱅크스 경은 그녀를 다정하게 바라보면서 이 사람이 누구일까를 가늠했다. 그녀를 소개받은 그는 이렇게 말했다.

"뵙게 돼서 기쁩니다, 라빈 부인. 홀란드 유물관에서 저 그림을 예약만 했다는 건 알지만, 사실 제겐 남편 분께서 동의해 주셨으면 하는 다른 생각이 있답니다."

일 미터도 떨어지지 않은 곳에 있던 야노스는 눈앞의 허공만 응시했다. 제럴드 경은 계속 다이애나를 보고 얘기를 했다.

"〈대회〉라는 작품의 사진에 상당히 관심이 갑니다. 이번 주에는 로마에 가야 하지만, 한 달 후에 돌아왔을 때 방문해서 볼 수 있을는지요. 가능할까요?" 이 질문은 느닷없이 고개를 돌리면서 야노스에게 직접 던졌다.

"가로 사 미터 세로 십 미터입니다." 야노스가 대꾸했다.

"알아요, 알아요. 그런데 지난 번에 오셨을 때 상당히 오래 된 넓은 방을 보셨던가요? 지금 그걸 새로 단장해서 소규모 음악회나 무도회 등의 공간으로 만들고 있거든요. 아주 큰 그림들을 수용할 수 있을 겁니다."

"제 아내와 상의해서 편하신 대로 하세요."

냉소가 전혀 담기지 않은 태도로 이렇게 순순히 물러나자 다이애나조차 놀라는 표정이었다. 나도 정말 놀랐다. 하지만 제럴드 뱅크스 경은, 당연히, 그의 말을 액면 그대로 받아들였다.

"감사합니다. 방문하게 될 날을 손꼽아 기다리겠습니다."

원로 파트너 두 명은 마치 자기들도 어떤 특별한 행사에 초대를 받은 듯이 기쁜 표정이었다. 제럴드 뱅크스 경이 〈대회〉를 구입할 경우 삼십삼 퍼센트를 챙기게 되고, 그렇지 않다 해도 그가 이미 다른 그림 두 점을 구입했다는 사실은 앞으로의 거래에 유리하게 작용할 테니 그럴 만도 했다. 예를 들어, 내게 딸을 인사시켰던 예술단체의 그 관장이 다시 돌아와서 제럴드 경이 라빈의 그림 두 점을 구입했다는 소식을 듣는다면, 도록에 표시했던 가위표가 동그라미로 바뀔 가능성이 농후하고, 동그라미에는 밑줄이 쳐질

가능성이 대단히 높아서, 또 다른 그림의 판매로 이어질지 모른다. 나는 두 사람을 번갈아 쳐다봤다. 나와 눈이 마주친 두 사람은 미소로 화답을 했다. 이 년 전에 내가 야노스의 포트폴리오를 보여줬던 사실은 까맣게 잊은 게 분명했다. 그렇게 확신할 수 있었던 건, 그때 이후로 그들에겐 야노스의 이름이 바뀐 것이나 다름없기 때문이다. 재능이야 어떻든, 그때는 수십만 명의 화가 중 하나였다. 그리고 지금은 한계야 어떻든, 어엿한 야노스 라빈이다.

뱅크스는 돌아갈 차비를 했다. 그는 또렷한 발음의 불어로 또 만나자고 말했다. 그러고는 축하의 말을 덧붙여 전했다. 그는 똑똑한 사람이다. 돈으로 뭘 살 수 있고, 뭘 할 수 없는지 알고 있었다.

우리는 다들 너무나 피곤했다. 핸콕 부부가 나가는 길에 다가왔는데, 야노스의 시간을 조금이라도 빼앗는 것에 대해 너무나 조심스러워 했다. "지극히 당연한 결과예요." 렌은 안경 속의 눈을 깜빡이며 이 말을 연신 반복했다. 그들을 보내면서 야노스는 핸콕 부인의 손에 입을 맞췄다. 자투리 같은 몸짓만이 그에게 남은 전부였다. 그는 기진맥진했다.

H가 자신의 전시실에서 슬슬 걸어 나왔다.

"세상에! 끝나서 얼마나 기쁜지 몰라요."

그는 벽을 쓱 훑어봤다.

"축하드립니다, 라빈 씨. 그리고 홀란드 유물관 건도요. 그건 어디로 간답니까?"

"만약 가져간다면, 몬트리올이요." 다이애나가 말했다.

"잘 됐어요. 몬트리올을 뚫으셨군요. 전 멜버른과 시카고를 먹었어요. 나쁜 건 아니죠. 나쁜 건 아니에요, 그죠?"

그는 우리를 전부 자신의 클럽으로 초대했지만, 우리는 양해를 구하고 우리끼리 술집으로 갔다. 모두 넷이었는데, 네번째는 막스였다. 위스키가 몇 잔 들어가자 기운이 살아나기 시작했다.

실제로, 막스와 다이애나는 다시 한껏 기분이 고무되었다. 두 사람은 그날의 성공에 대한 열정을 놓고 서로 경쟁이라도 벌이는 듯했다. 야노스는 막스가 보여준 열정이 자기 자신의 또 다른 소중한 실패를 또 다른 방식으로 강조하는 데서 얻는 비뚤어진 즐거움의 결과라고 말했을지 모른다. 내 생각에 그건 절반만 옳다. 그러면서도 그의 기쁨엔 군더더기가 없었다. 훨훨 타는 커다란 불을 보며, 그게 자기 것인가 아닌가에 구애치 않고 즐거워하는 사람처럼. 막스는 그 오후의 성공에 몸을 녹이고 손을 비볐으며, 그 불빛을 받으며 위스키를 마셨다. 다이애나는 불꽃을 응시했고 한밤중의 모닥불에 흥분한 아이처럼 눈을 가늘게 떴다.

막스가 말했다. "와, 하루에 이천 파운드를 벌었어!"

야노스가 화답하는 뜻으로 잔을 치켜들었다. "그렇게 볼 수도 있지." 그가 말했다.

술집의 길가 쪽 문이 쾅 소리를 내며 열렸다. 어찌나 세게 부딪혔던지 우리는 유리가 깨진 줄만 알았다. 다들 고개를 돌렸다. 해리가 거기 서 있었다. 양쪽 손바닥을 벽에 대고 몸을 기울인 채 서서히 들어서자, 문이 다시 휙 닫혔다. 그는 아무것도 제대로 볼 수 없었다. 그러다가 인상까지 찌푸려 가며 초점을 맞춘 끝에 야노스를 알아봤다. 야노스를 가리키기 위해 한 손을 떼어내려 했지만, 벽에서 손을 떼는 순간 아래로 미끄러지기 시작했다. 그래서 대신 야노스를 향해 고개를 끄덕였다.

"저기들 있군, 내 친구들이." 그의 굵은 목소리는 간신히 알아들을 수 있을 정도였다. "서구 유럽 최고의 화가가 여기 있다고. 늘 그렇게 말해 왔지. 그의 드로잉 책을 낸 이후로 줄곧. 최고의 화가가…." 그는 바닥으로 주저앉았고, 머리는 가슴으로 푹 떨어졌다. 야노스는 그가 총에 맞기라도 한 듯이 앞으로 뛰어나갔다. 물론 해리는 너무나 유쾌했고 다친 데도 없었다. 우리는 그를 스튜디오에 데려가서 침대에 누인 다음, 다시 나가 저녁을 먹었다.

IO월 II일

내 전시회가 이틀 전에 시작됐다.

우리 스스로를 특별한 창조자라고 생각한다면 그건 오산이다. 모든 사람들이 우리와 똑같은 방식으로 창조한다. 그들은 발명하고 상상하고 희망하고 꿈꾸고 겁을 집어먹고 기억하고 관찰한다. 그리고 이 모든 것으로부터 그들은 제 스스로 어떤 아이디어와 이미지들을 만들어낸다. 일부는 표현될 수 있고 또 일부는 그럴 수 없다. 대부분의 사람들과 우리가 다른 점은 이런 아이디어와 이미지들을 파괴하려는 우리의 방식에 있다. 우리는 그것들을 치고, 때리고, 그것들을 죽이기 위해 안간힘을 쓴다. 성공할 때도 많다. 이미지들은 스러져서 생명을 잃고 결국 거짓이나 진부한 표현으로 인식된다. 그런데 어쩌다 한 번씩 우리의 매질을 견뎌내는 게 있다. 그것은 죽지 않을 것이다. 우리가 때리면 때릴수록 그것은 더 강하고 단단해진다. 그것은 불멸의 것이 된다. 우리는 예술작품을 만들었다─우리, 창조자들, 불확실한 것과 반(半)의식과 그저 관심만 불러일으키는 것들을 파괴하는 게 임무인. 제아무리 단단한 쇠붙이도 계속해서 담금질을 하면 단련이 된다. 모든 것은 뜨거워질 수 있다─인간의 위대하고 놀라운 온기의 결과로. 우리의 특권, 그렇게 부를 수 있다면, 그것을 우리는 또한 식힐 수 있다─우리의 기강이라는 지독한 차가움으로.

이것이 스케치북에 적힌 마지막 날짜의 일기였다.

끝

THE END

10월 16일, 전시회가 시작되고 일 주일이 지났을 때 야노스는 사라졌다. 오후에 스튜디오로 돌아온 다이애나는 메모만을 발견했다. 거기엔 그가 떠나야만 했다고 써 있었고, 그녀에게 돈이 필요하면 화랑에서 그에게 주기로 되어 있는 돈을 받고, 뿐만 아니라 다른 그림도 얼마든지 팔아도 된다고 했다. 그리고 즉시 막스에게 연락을 하라는 말도 덧붙였다. 다이애나는 그걸 막스가 뭐가를 설명해 줄 수 있다는 뜻으로 해석했다. 막스는 아무것도 몰랐다.

이제 일 년이 지나 이 글을 쓰는 지금, 다이애나와 막스는 많은 시간을 함께 보냈으며 연인 사이로 발전하는 게 틀림없다. 내 짐작엔 야노스가 이걸 내다봤고, 두 사람의 유별난 필요가 잘 맞아떨어지리라는 것(막스는 '진짜 망명자' 이고 다이애나는 그를 실패로부터 구해낼 수 있다는 것)을 깨달았으며, 이런 까닭에 그런 말을 메모에 덧붙였던 것 같다.

야노스가 사라진 지 이 주일이 되던 날, 나는 그에게서 편지 한 통을 받았다.

너무나 소중한 친구에게
마침내 자네에게 편지를 쓰게 돼서 기쁘다네. 떠난 후로 이 편지를 쓰는 것에 대해 자주 생각을 했어. 더 늙은 건 아니야. 손이 늙어 보이는 건 내가 동쪽으로 올라가는 기차를 타고 있기 때문이지. 밖은 어둡고 춥지만, 런던에서는 한번도 맡아 보지 못했던 냄새를 맡기 시작했어. 시가 한 통을 보낼 수 있으면 좋으련만.

지금껏 편지를 쓰지 않은 건 무슨 말을 해야 할지 몰랐기 때문이네. 빈에 도착하기 전까지는 내가 왜 여기에 있는지를 나 자신도 알 수 없었거든. 이젠, 신문에 실린 최근 소식을 보니, 내가 뭘 해야 할지가 분명해지네. 그래서, 나는 이 기차를 타고 앉아 같이 탄 승객들을 깊은 의심의 눈초리로 바라보고 있다네. 헝가리 사람을 두 명 봤어. 둘 다 어머니의 쌈짓돈을 들고 나온 것처럼 보이더군.

난 큰 도움은 안 될 거야. 나는 늙었어. 그리고 내 방향을 오래 전 과거에 선택했지. 예전의 나 같지 않은 사람들이 내가 그랬던 것과 같은 선택을 할 거야. 지금 나는 예전의 나와 같은 사람들에게 내 실수를 얘기해 주러 가는 거라네.

자넨 이게 이해가 되나? 우리가 함께 이야기하지 않은 것들도 많았어. 하지만 내 작품에 보여준 자네의 믿음은 결코 잊지 않을 거야. 나는 그걸 찾아 먼 여행을 해야 했어. 이제 반대 방향으로 떠나는 나를 보며 고마움도 모른다고는 생각지 말아 주게. 단지 내 안에 있던 그 남자가 제 존재를 다시 주장하고 있는 것뿐이야. 맞은편에는 빈 학생이 앉았는데 —아주 예뻐— 목에는 천진하고 발랄한 초록색 시폰 스카프를 맸어. 책을 읽는데 스카프를 맨 매듭이 턱을 간질이나 봐. 내가 보고 있는데 곧 다리의 방향을 바꾸는군. 나는 충분히 오래 기다렸네. 구애의 손길을 기다리는 여자처럼 말이야.

작업 잘하게. 우리에게 뭐가 또 있겠나. 자네의 상상력을 좀더 믿어 봐.

그림과 관련해서 힘 닿는 대로 다이애나를 도와주기 바라네.

용기를 내게, 이 친구야,

항상.

자네의 야노스

기차에서 창문에 경찰관의 모습이 비치는 상상을 했던 얘기를 기억하나? 그게 지금 다시 일어났어. 물론 친절한 검표관이었어!

그리고 그에겐 무슨 일이 일어났을까? 우리는 알지 못한다. 사방으로 문의해 봤지만 부정적인 답만이 돌아왔다. 잘못 날아온 총알에 뜻하지 않은 죽음을 맞았을지도 모른다. 아직 살아서 감옥에 갇혀 있는지도 모른다. 이름을 바꿔서 우리가 소식을 듣거나 기사에서 접할 그런 사람이 되었을지도 모른다.

더 심한 건, 야노스가 뭘 했는지를 알지 못한다는 것이다. 그는 부다페스트에서의 그 끔찍한 날들 동안 옆에서 사태를 지켜 봤을까? 페퇴피 계보의 수정주의자들과 합류했을까? 붉은 군대에 저항한 노동자 위원회의 사람들과 나란히 서서 싸웠을까? 이런 저항에 반대하다 라코시(1949년에 라코시가 당서기로 있는 근로자당 정권이 성립되면서 소련의 위성국가로서 공산화가 진행되었고, 이후 라코시 정권에 대한 불만이 분출된 것이 1956년 헝가리 의거이다—역자)의 첩자라고 폭도들에게 린치를 당했을까? 그는 지금 카다르 정부(1956년에 소련군의 개입으로 너지 정권이 붕괴되고, 친소적 개혁주의자인 카다르가 집권한다. 이후 근로자당은 사회주의노동자당으로 이름을 바꾸고 일당독재에 들어간다. 카다르는 친소 노선을 유지하며 유화책으로 정치경제 분야의 자유화 정책을 추진했고, 그 결과 1960년대말에는 동유럽에서 가장 자유로운 나라가 되었다. 하지만 실업과 물가 상승 등으로 불만이 쌓이면서 1988년에 이선으로 물러난다—역자)를 지지할까, 아니면 때를 기다리고 있을까? 모든 것이 가능하다. 그리고 이 남자의 가슴속 가장 은밀한 희망과 생각과 고백을 어느 정도 안다는 우리마저도 그가 어느 노선을 따라가게 되어 있었는지를 확실히 단언할 수 없다는 사실에서 헝가리 상황의 비극을 고스란히 엿볼 수 있다.

우리는 이런 혼란, 사람들에게서 삶을 질식시키고 단순한 사람을 절망적으로 만들고 혁명주의자를 반혁명주의자로 전향시키거나 그 반대가 되게 하는 이 뒤얽힌 모순을 이용할 수도 있다. 우리 자신을 위로하고 싶다면 그걸 이용할 수도 있다. 다이애나는 야노스가 공산주의자들의 손에 죽었다고 확신한다. 그녀가 말하는 공산주의자는 헝가리 정부를 의미한다. 가능한 일이다. 하지만 그녀의 선택은 야노스가 자발적으로 영원히 그녀의 곁을 떠났을지 모른다는 걸 잊는 데 도움이 된다. 맬번 화랑의 파트너들은 어쨌거나 그가 죽었다고 확신한다. 그럴지도 모른다. 하지만 그가 죽음으로써 그의 그림을 팔 시장이 확실해지고 값이 올라갈 것이다. 조지 트렌트는 그가 반체제 운동가였다고 확신한다. 그랬을지도 모른다. 하지만 조지는 기성의 것에 반항하는 독립심이 강한 젊은이이고, 그런 사람에겐 영웅적인 무정부주의자가 필요하다. 막스는 여기서 성공이 시작되는 것처럼 보이는 걸 직시할 수 없어서 도망갔다고 믿는다. 그건 다소 미심쩍지만 설사 일말의 진실이 담겼다 하더라도 그 성공의 성격에 대한 또 다른 질문으로 이어질 뿐이다. 나는 야노스가, 지금 살아 있다면, 카다르를 지지한다고 믿고 싶다. 하지만 맬번 화랑 앞에서 나를 응시하며 이렇게 말하던 모습만이 떠오를 뿐이다. "자네가 알아 왔던 대로 사람을 판단해. 성급한 결론을 내리지 말고."

야노스를 잘 알았던 이들 중에 기꺼이 의혹 속에 머물러 있는 사람은 핸콕 부부뿐이다. 하지만 핸콕 부부는 아이들 같아서 자신들의 삶을 실질적으로 침범하지 않는 것에 대해서는 깊이 생각하는 법이 없다. 그들은 그가 마차에 실려 하늘로 올라갔다고 해도 믿었을 것처럼 그가 떠난 사실을 받아들였다.

후기
AFTERWORD
1988

그림은 세월이 흐르면서 점점 더 제 모습을 지녀 간다. 그것이 완성되던 날 화가의 이젤에 얹혀 있던 상태와 비슷해질 때까지 캔버스를 닦아내려는 일부 복원가들의 바람이 어리석은 것은 그 때문이다. 여기서 말하는 변형에는 평균 잡아 약 이십 년이 걸린다. 내가 생각하는 건 유화의 경우다. 그렇기는 하지만, 비슷하되 덜 뚜렷한 과정이 수채화, 심지어 드로잉에서도 일어날지 모른다. 이런 변화는 물질적이다. 색소는 캔버스 속으로, 그리고 그 위로, 자리를 잡는다. 그것의 불투명이나 그것의 투명함이 달라진다. 색은 한 몸의 여러 부분인 양 어우러진다. 그려진 이미지들이 마른다. 속속들이. 그것을 완성에 이르게 했던 모든 결정의 신선함과 '젖음'은 좋게든 나쁘게든, 모든 결정을 넘어서는 일종의 불가피성에 자리를 내준다. 그림이 형편없으면 본보기가 될 정도로 도드라진다. 그것은 하나의 경고가 된다. 그림이 좋으면 권위가 높아진다.

이것과 약간 비슷한 과정은 심지어 의상이나 신발의 경우에도 발생한다. 쇼윈도에 걸린 새 셔츠와 새로 다림질해서 옷장에 걸어 놓은 일 년쯤 입은 똑같은 셔츠를 비교해 보라. 낡고 헤진 자국을 말하는 게 아니다. 몸에 **맞는** 옷이 된 느낌, 그 옷만의 독특함이 미세하게 증가하는 것, 그 공간을 차지하는 옷의 **존재감**에 대해 얘기하는 것이다.

책에도 이런 일이 일어날 수 있을까? 만약 그렇더라도 그 과정은 좀더 복잡할 수밖에 없는데, 책의 경우엔 물질적인 차원에서의 단순한 설명이 불가능하기 때문이다.

내가 이 소설을 쓴 건 벌써 삼십여 년 전의 일이다. 지금 이 책을 펼쳐 한 장을 읽어 보면 이걸 썼을 때보다 덜 미심쩍어 보인다. 더 확실하게 제자리를 잡았다. 그건 단지 이후의 내 삶이 실제로 그랬듯이 상처 위에 새 살이 돋았기 때문일까?

당시의 나는 몸이 가늘다 못해 거의 홀쭉했었다. 어깨와 가슴은 아직 벌어지기 전이었다. 브레히트와 카뮈를 읽고 잭 예이츠의 고향을 찾아갔다. 아일랜드와 아일랜드 사람을 사랑했기 때문이었다. 그들에게 가한 역사의 잘못은 끝내 보상되지 않을 것이다. 그곳에 있으면 고향에 온 듯 편안했다. 나는 오토바이를 타고 돌아다녔다. 모두들 나를 공산당원으로 여겼고, 나도 굳이 부정하지 않았다. 그 사실을 공공연히 부정하는 것은 이른바 마녀사냥꾼들의 손에 나를 내맡기는 것과 같았기 때문이다. 나는 여자들에게 미쳐 지냈는데, 수줍음도 무척 많았다. 하지만 열정을 담아 독단적으로 말하는 내 말투가 내 속에 꽉 찬 우유부단함을 가려 줬기 때문에 나의 이런 수줍음을 알아차린 사람은 아마 거의 없었을 것이다. 나는 몬머스 근처에 살았고 토끼 사냥을 다녔다. 동독과 소련에는 이미 여러 번 다녀왔었다. 나짐 히크메트(터키 좌파의 혁명적 영웅이자 민중시인—역자)는 내가 가장 흠모한 시인이었고, 어쩌면 지금도 그 마음에는 변함이 없다. 작가로서의 재능에 대해선 그다지 확신이 없었어도 어딘가에 나를 돌봐 주는 악마나 천사가 있다는 것은 확신했다.

『우리 시대의 화가』는 내가 쓴 첫 책은 아니었지만 —이보다 앞서 이탈리아 화가인 레나토 구투소에 대해 짧은 논문을 썼다— 영국에서 선을 보인 첫번째 책이긴 하다. 발행인은 세커와 워버그였다.

원고를 부친 후 편집부의 반응을 초조하게 기다렸다. 몇 년 전부터 나 자신에게 이런 질문을 끝없이 던져 왔었다. 내게 책 한 권을 써낼 자질이 있을까? 아니면 그저 저널리스트로, 짧은 글을 쓰는 기자의 소양만을 가졌을까? 프레드 워버그에게서 편지가 왔다. 원고가 마음에 든다면서 책을 내고 싶다고 했다.

이 책이 받은 유일한 호평은 예수회의 피터 레비가 카톨릭 주간지 『태블릿』에 쓴 글뿐이었다. 다른 평들은 거의 참사에 가까웠다. 스티븐 스펜더는 한 일요신문에 쓴 탁월한 글에서 나말고 이런 사악한 책을 쓸 수 있는 사람은 단 한 명뿐이라고 주장했다. 이름하여, 젊은 시절의 괴벨스.

리처드 볼하임은 『인카운터』라는 잡지에서 나를 정직하지 못하고 전체주의에 동조하는 인간으로 몰아붙이며 맹공을 퍼부었다. 평단의 반응이 어찌나 격했던지 세커(당시 『인카운터』의 발행인이기도 했던)는 책의 배포를 중단하기로 결정했다. 한 달 만에 내 첫 작품은 죽은 글자가 되어 버렸다.

아마 지금은 기성 평론가들이 왜 그토록 격렬한 반응을 보였는지 이해하기 어려울 것이다. 책의 마지막 장에 이른바 전모를 드러내는 이런 문장이 있다. 책의 화자는 이렇게 단언한다. "나는 야노스가, 지금 살아 있다면, 카다르를 지지한다고 믿고 싶다."

이 한 문장으로 충분했다. 책이 나온 건 1958년이었다. 냉전이 절정에 달했고, 미국 중앙정보국은 『인카운터』를 암암리에 조종했으며, 매카시즘은 끝났지만 그것이 조작해낸 두려움은 여전했다. 1956년에 헝가리의 수상이었던 임레 너지는 부다페스트에서 처형됐다. 제네바 협약은 무시되었으며, 디엠 정권은 베트남에 독자적인 국가를 설립했다. 도처에서 음모가 드러나거나 획책되었다. 집권당이나 계급은 음모의 망상에 사로잡혔다. 그리고 음모는 그 구상이나 협잡의 내용이 아무리 사악하다 해도, 예외 없이 엄청난 정치와 이데올로기적인 단순화를 수반했다.(부언하자면, 비밀정보국이 계속해서 민주주의에 대한 잠재적인 위협으로 존재하는 까닭도 여기에 있다) 그런데 그렇게 편집증적인 풍토 속에서 화자가 **적**에게 공감을 표명했으니!

나는 운이 좋았다. 내가 다른 나라에 살았더라면 그 한 문장만으로 그대로 매장되거나, 체포되어 심문을 당하거나, 작가연맹에서 퇴출되거나, 여권을 빼앗겼을 것이다. 하지만 나는 인생의 유익한 교훈 하나를 배우는 것으로 끝이 났다. 나는 여기서 언론과 얼굴을 맞대고 살기 위해 ─그들이 침이 마르도록 칭찬을 하든, 아니면 물어뜯든 간에─ 현대의 작가에게 필요한 자긍심을 지니는 법을 배웠다. 칠 년 뒤, 두 권의 소설을 더 쓰고 이젠 글쓰기를 중단할 수 없다는 걸 깨달았을 때, 펭귄 출판사에서 『우리 시대의 화가』를 페이퍼백으로 다시 내자고 제안했고, 그제야 비로소 영국의 일반 독자들을 만나게 됐다.

그리고 나의 이 첫 작품은 또다시 예상치 못한 반응을 불러일으켰는데, 이번에는 고무적인 반응이었다. 몇몇 헝가리 친구들을 통해 초판 몇 권이 부다페스트로 흘러들어 갔다. 하루는 대학에서 근무한다는 한 헝가리 여자에게서 편지가 왔다. 전공은 역사지만 그림을 대단히 좋아한다고 소개한 그녀는 어디에 가면 야노스의 그림을 볼 수 있는지 알려 달라고 했다. 나는 무척 놀랐다. 내가 야노스의 이름을 내세워 쓴 일기가 너무나 설득력이 있었던 나머지 부다페스트(당시만 해도 한번도 가 본 적이 없는 도시였다)에 사는 헝가리 사람마저 그걸 진짜로 받아들였다는 뜻이었다.

이건 내게 또 다른 교훈이 되었다. 그녀의 편지는 내가 정말로 귀기울여 듣는다면, 완전히 판판인 삶을 사는 누군가에게 나 자신을 충분히 이입한다면, 그런 차이점에도 불구하고 그들을 대변할 수 있으며, 그것도 대단히 신빙성있게 할 수 있다는 사실을 확인시켜 주었다. 물론 모든 소설가들은 이점을 알고 있었다. 우리 세기의 중반까지만 해도. 그런데 그 즈음부터 ―교조주의가 득세하면서― 어느 누구도 직접 살아 보지 않은 것에 대해 쓸 권리가 없다는 말들이 나오기 시작했다. 자전적인 허구가 시대의 황금률이 되었다. 부다페스트에 사는 생면부지의 한 여자 덕분에 나는 이 황금률을 한번도 받아들인 적이 없다.

이십 년 후 이 소설은 헝가리어로 번역되어 그곳에서 출간되었다. 이 글을 쓰고 있는 지금은 헝가리와 영국 공동제작으로 텔레비전 드라마가 준비 중이다. 세월은 흐른다….

이 책을 쓰기 사 년쯤 전에(완성하는 데는 삼 년이 걸렸다) 나는 화가로서 그림 그리기를 중단했다. 그런 면에서 보면 이 책은 내가 얼마 전에 두고 떠나온 예술에 고하는 작별인사와도 같았다. 내가 그림을 포기한 까닭은 재능이 없다고 생각해서가 아니라, 1950년대 초반에 그림은 핵전쟁에 의한 세계의 종말을 중단시킬 직접적인 방법으로 충분치 않아 보였기 때문이다. 인쇄매체가 조금은 더 효과적이었다. 요즘 사람들은 우리에게 이 궁극적인 재앙을 중단시킬 시간이 얼마나 촉박하게 느껴졌는지를 실감하기 어려울 것이다.

나는 미술비평을 포함해서 신문에 글을 기고하는 것으로 생계를 잇기 시작했다. 친구들이나 지인들 중엔 여전히 화가인 사람이 많았고, 점점 더 많은 화가들이 미술에 대한 내 글에 반응하면서 내 인맥은 빠르게 확장됐다.

화랑이나 미술관에서 많은 시간을 보냈지만, 화가들의 집이나 스튜디오에서 보내는 시간이 더 많았다. 이런 화가들 중 일부는 내 또래였지만 대부분은 나이가 더 많았고, 외국인이 상당수를 차지했다. 전쟁이 일어나기 직전에 파시즘을 피해 정치적인 망명자로 영국에 온 남자와 여자들이었다.

그들과 나 사이엔 서로에 대한 편애, 모종의 공범의식 같은 게 있었다. 그런 의식을 갖게 된 근거? 그건 돌이켜 생각해야만 정확하게 짚어낼 수 있는데, 고통이라는 것을 거부하는 영국과 영국인을 겪은 우리의 경험에 근거한 것이었다. 영국인들의 정의에 따르면 고통은 품위가 없었다. 영국식 실리주의는 여기서 출발한다. 유럽의 망명자들과 나(상대적으로 순진했던!)는 생각이 달랐다. 우리의 공모, 우리의 이견은 고통이야말로 인간의 상상력의 원천이라는 추정에서부터 자라났다. 이런 태도는 우리를 엄숙하게 만들지 않았고 —다만 서로의 어깨에 팔을 두르고 서로를 껴안게 했을 뿐— 이런 우리를 지켜 보는 영국인들은 당혹스러워했다.

이렇게 떠돌며 보낸 세월—떠돌았던 건 끝없이 누군가를 방문했고, 함께 얘기를 나누는 사람들의 상당수가 망명자였기 때문이다—은 이 책의 세세한 부분에 살을 채워 주었다.(소설을 쓰기 **시작하면** 망망대해에서 조난을 당한 사람이 나뭇조각에 매달리듯이 세부적인 묘사에 매달리기 마련이다) 하지만 그 세월이 내게 준 건 그것에 그치지 않았다. 극빈한 환경 속에서 생활하는 경우가 많았던 내 망명자 친구들은 내게 세상을 가르쳐 준 스승이었다.(나는 대학엘 다니지 않았다) 무엇보다 그들은 내게 역사, 그리고 어째서 그것에 따라 살지 않을 수 없는지를 가르쳐 주었다. 책을 쓰기로 결심했을 때, 나는 철저하게 그들의 제자였다. 하지만 책의 목소리는 나 혼자 힘으로 찾아내야 했다. 그리하여 계속해서 내 방, 또는 다른 누군가의 방바닥에 등을 대고 누워 눈을 감고 기다렸다. 마침내 한 목소리가, 뒤이어 목소리들이, 나타났다.

야노스 라빈이 누구냐고 사람들은 내게 묻는다. 그런 질문은 이 소설이 실제를 바탕으로 했다고 생각하기 때문이고, 아마도 그런 생각은 화자의 이름이 존(나처럼)이고 미술평론가(나처럼)라는 사실 때문에 더 힘을 얻었을 것이다. 하지만 어떤 소설도 현실의 모사는 결코 아니다. 소설은 절대로 실존 인물의 초상화를 걸어 놓은 집이 아니다.

삶과 평행선을 그리는 소설을 쓸 때 어떤 일이 벌어지는지에 대한 단서를 원한다면 그림보다는 차라리 극장 쪽으로 시선을 돌려야 한다. 소설가는 자신이 창조한 역을 연기할 배우들을 찾는다. 예를 들어 『우리 시대의 화가』에서 나는 내가 아닌 미술평론가를 연기한다. 야노스 라빈이라는 역을 위해 나는 두 명의 배우를 선택했는데, 둘 다 절친한 친구였다. 첫번째는 야노스와 같은 세대인 헝가리 조각가 피터 페리이고, 두번째—그림과 관련된 모든 '장면들'을 위해—는 나와 같은 세대인 네덜란드 화가 프리소 텐 홀트였다.

책의 첫머리에서도 밝혔듯이, 나는 이 두 사람에게 크나큰 빚을 지고 있는데, 내 상상 속에서 그들이 지닌 모든 재능과 원칙을 가지고 연기를 해주었기 때문이지만, 그들 자신을 연기한 건 아니었다. 그들은 내 머릿속에 들어앉아 떠나지 않는 야노스 라빈이라는 낯선 이방인을 연기했다. 그가 누구인지에 대해선 해줄 말이 없는데, 그건 사랑의 이유를 찾을 수 없는 것과 마찬가지다.

삼십 년이 흐른 지금 이 책의 어떤 특징이나 새로운 면이 눈에 띄지는 않았을까? 사실, 지금 이 책을 다시 읽어 보니 불현듯 내가 이 책의 속편을 얼마 전에 완성했다는 걸 알게 됐다. 넬라 비엘스키와 함께 작업한 『고야의 마지막 초상화(Goya's Last Portrait)』라는 희곡이다. 여기서도 정치와 예술은 서로를 따라다니며 괴롭힌다. 그리고 이 소설에 대해 최근 또 한 가지 깨달은 점이 있다. 독자들이 그림을 그리는 화가의 몰입과 고독, 그리고 그의 꿈 속으로 들어가리라는 건 알고 있었다. 그 스튜디오는 예술가의 삶으로 충만했다. 내가 몰랐던 사실은 이 책이 정치적으로 얼마나 성숙한가였다. 바로 그 점이 그토록 격렬한 분노를 불러일으키고 책의 존재 자체를 위협했다는 사실은 역설적이지 않을 수 없다. 지금 이 책에서 고치고 싶은 내용은 단 한 줄도 없다. 세월은 역사적인 순간에 대한 이 책의 서술이 옳았음을 확인해 주었다. 가끔 어떤 책의 정치적인 내용이 낡은 것으로 변하는 까닭은 기회주의 때문이다. 이 책은 기회주의적이지 않았다.

시간이 이 책의 내용을 확인해 줬다고는 했지만, 그렇다고 해서 이 책이 예언적이었다는 건 아니다. 이 책에 담은 미래에 대한 희망 중에 어떤 것들은 끝내 실현되지 않을지도 모른다, 희망이라는 것이 종종 그렇듯이. 이 책의 성숙함은 현재를 단순화하려는 유혹을 고집스레 거부했다는 것, 가슴을 찢을 듯한 모순의 고통을 인정했다는 것, 그리고 그 모든 것에도 불구하고 순연한 희망을 지켜냈다는 것에 있다. 이 책은 첫머리에 인용한 고리키의 말을 내가 생각했던 것보다 훨씬 더 충실하게 구현했다. 그리하여, 그 말을 여기에 다시 한번 반복한다.

삶은, 항상 뭔가 더 나은 것에 대한 갈망이 인간의 마음속에서 사라지지 않을 만큼은 고될 것이다. ㅡ막심 고리키

1988년
프랑스, 미유시 지방의 캥시에서
존 버거

존 버거(John Berger, 1926-2017)는 미술비평가, 사진이론가, 소설가,
다큐멘터리 작가, 사회비평가로 널리 알려져 있다. 처음 미술평론으로
시작해 점차 관심과 활동 영역을 넓혀 예술과 인문, 사회 전반에 걸쳐 깊고
명쾌한 관점을 제시했다. 중년 이후 프랑스 동부의 알프스 산록에 위치한
시골 농촌 마을로 옮겨 가 살면서 생을 마감할 때까지 농사일과 글쓰기를
함께했다. 주요 저서로 『다른 방식으로 보기』 『제7의 인간』 『행운아』
『그리고 사진처럼 덧없는 우리들의 얼굴, 내 가슴』 『벤투의 스케치북』
『우리가 아는 모든 언어』 등이 있고, 소설로 『G』, 삼부작 '그들의 노동에'
『끈질긴 땅』 『한때 유로파에서』 『라일락과 깃발』, 『결혼식 가는 길』 『킹』
『여기, 우리가 만나는 곳』 『A가 X에게』 등이 있다.

역자 강수정(姜秀貞)은 연세대학교를 졸업하고 출판사와 잡지사에
근무했다. 현재 전문번역가로 활동 중이다. 옮긴 책으로는 『여기, 우리가
만나는 곳』 『모비 딕』 『길버트 그레이프』 『마음을 치료하는 법』 등이
있으며, 최근 영화 에세이 『한 줄도 좋다, 가족 영화』를 썼다.

우리 시대의 화가

존 버거 장편소설 | 강수정 옮김

초판1쇄 발행 | 2005년 11월 20일   초판2쇄 발행 | 2021년 4월 20일
발행인 | 李起雄   발행처 | 悅話堂
경기도 파주시 광인사길 25 파주출판도시
전화 031-955-7000 팩스 031-955-7010
www.youlhwadang.co.kr yhdp@youlhwadang.co.kr
등록번호 | 제10-74호 등록일자 | 1971년 7월 2일
편집 | 조윤형 · 이수정   디자인 | 공미경 · 곽해나
인쇄제책 | (주)상지사 피앤비

ISBN 978-89-301-0175-2 03840